転生少女はまず一歩からはじめたい 3

～魔物がいるとか聞いてない！～

著者 カヤ Kaya

Characters
キャラクター紹介
サラ
ネリー

ブラッドリー
ハルト
アレン
クリス
テッド

景色の中に高山オオカミの群れがいるのもお約束であるが、振り返ると、小屋から坂の下にかけて青々とした草原が広がり、まるで一幅の絵のようであった。
「登ってくるときは振り返る余裕なんてなかったけど、ほんとにきれいだな」

Contents

プロローグ
話を聞かない人たち

サラは疲れた体を伸ばして、草原からローザの町の東門を眺めた。隣を見るとネリーも腰に手を当てて門のほうを見ている。

このあいだここに来たときは一人だった。だが今はネリーと二人だ。疲れていても、心は軽い。

やっとネリーと合流し、魔の山に戻ってひと月くらいしか経《た》っていないのだが、その間、魔の山をネリーと駆け回っていたサラには、ローザで過ごした日々がずいぶん前のことのような気がした。

「ほんとに二日でローザに着いちゃった。鍛えたかいがあったと言うべきかなあ」

サラの言葉に、ネリーが満足そうに頷《うなず》いた。

「次は一日で」

「無理だから。いきなりそんなにできないから」

「そ、そうか」

そんなサラとネリーの目の前で、東門がゆっくり開いた。

「本当に開くんだ。私が前に来たときは閉じたままだったのに」

「いつものことだぞ」

ネリーはさっと右手を挙げて門の兵に無言で挨拶すると、すたすたと町のほうに歩き始めた。

サラは慌ててその後を追いかけたが、サラが入った途端、またゆっくりと門は閉められた。

「町のここらへんをじっくり見るのは初めて」

「そうか。私も、ここからすぐ南のギルドに向かうから、町の北半分は見たことがないな。一度町長の家には招かれたことがあるが、それはちょうど町の中央にあるし」

ネリーもサラと同じほどしかローザの町を知らないという。確かに、たとえ住んでいたとしてもその町に詳しいということにはならないし、たまに行く町ならなおさらだろう。

「第二層に入って、そのまままず薬師ギルドに行くか」

「ううん。できれば先にハンターギルドに行きたいの」

いつもネリーに売りに行ってもらっていた薬草を、今度はサラが自分で売る。

今までなんとなく採取していた薬草だが、これからしばらくはこれがサラの生業《なりわい》となる。町に来るまでの二〇日間を利用して存分に魔の山で採集をして過ごした。

しかし、それを売りに行く以上にしたいことがサラにはある。

お世話になったハンターギルドにお土産を持っていくのだ。

振り返ってみると、ギルドの売店の手伝いも食堂の手伝いも、特に必要なかったはずである。アレンに遠回しに手助けをしていたのと同じに、サラの自立も助けてくれたのはハンターギルドだ。特に食堂の人たちにはお世話になった。

干し肉以外で、サラの食べたことのあるのはコカトリスやガーゴイルなど、魔の山で獲《と》れる特殊な魔物の肉だけだった。それ以外の肉もこの世界にはあること、そしてどういう調理をするのかを教えてくれたのがギルドの食堂なのだ。

「ゴールデントラウト、喜んでくれるかな」

「おそらく、大喜びだと思うぞ」

「ネリーも好きだもんね」

ゴールデントラウトとはダンジョンで獲れる魔物だそうだが、サラにとっては要は魚だ。魔物の命を狩るのは嫌だと言い続けてきたが、魚はちょっと違う。魚は食べ物だ。それがサラの言い分である。

魚なら自分で獲れる。それに、水中の生き物を獲るのはネリーは苦手だという。ネリーのためにもなって一石二鳥であった。

獲ったゴールデントラウトはとても大きいので大量の切り身にし、自分たち用にフライやムニエルにして収納袋に保存してある。

次に出かけたときにはその淵《ふち》には少し小さめのゴールデントラウトがいたし、なんなら渓流沿いに下っていくと淵ごとに必ずゴールデントラウトがいたので、獲りすぎて減ってしまうということもなかった。

それを五匹くらいお土産に持ってきたのである。

「五匹あれば、ギルドの皆に余裕で行き渡るでしょ」

「余裕すぎると思うが、まあ、サラがそうしたいのならそれで」

なぜネリーが苦笑しているのかわからないが、二人はハンターギルドへと急いだ。

「こんにちは！」

サラはギルドの両開きのドアを勢いよく開けると、元気に挨拶した。

「よう、サラ！　久しぶり。元気そうだなあ、おい」

ヴィンスが思わずといったように受付で立ち上がって、にやりと笑った。

残りの受付の人も、にこやかに手を振ったり挨拶したりしてくれる。

「うん。毎日薬草を採ったり、ネリーの狩りに付いていったりしてるの」

「ネリーとか。そ、そうか」

ヴィンスはなぜか口ごもったが、気を取り直してネリーにも声をかけた。

「よう、ネフェルタリ。二十日おきと言わず、もっと頻繁に来てくれていいんだぜ」

「できなくはないが、サラを連れてくることを考えると、二十日のほうが何かと都合がよくてな」

「まあなあ。行き帰りにかかる時間のことを考えるとなあ」

カウンターで親しそうに話しているネリーを置いて、サラは食堂に向かった。が、声が聞こえたのかマイズをはじめとして厨房《ちゅうぼう》の人たちがぞろぞろ出てきていた。サラは嬉《うれ》しくて大きな声をあげた。

「マイズ！　お土産があるの！　ゴールデントラウトだよ！」

「ご、ゴールデントラウトだあ？」

大声をあげたのはマイズではなくて、ヴィンスだった。

サラはきょとんとした顔で振り返った。

「そう。魔の山の渓流に、けっこういるの」

「あー、いるよな、ダンジョンの渓流にさあ、けっこうたくさん」

ヴィンスが顔を引きつらせている。このパターンに覚えがあるサラは、ちょっと身を固くした。

「でも、そいつ、深いとこにいるからめったに獲れないんだがな」

「そういえばネリーが、剣士には獲りにくいって言っていたような」

「魔法師でも獲りにくいんだよ、まったくお前は」

ため息をつかれたが、サラは別に悪くないと思う。

「マイズ」

「ああ、仕方ねえな」

ヴィンスとマイズが頷きあっている。なんだろうとサラは首を傾《かし》げた。

「サラ、裏に来い」

体育館のことではない。魔物の量が多い場合や、あまり公開したくないものがあるときなど、ギルドの裏の部屋で査定するのである。

「魚をさばいて食べるだけなのに」

「ただの魚じゃない。ゴールデントラウトだ」

魚は魚でしょと言いたいサラだったが、

「私の査定もある。まあ、一緒に済ませてしまおう」

とネリーに言われたらそれはもう仕方がない。

しぶしぶヴィンスの後ろから裏に向かうと、ヴィンスは迷わずギルド長の部屋に向かった。

「ジェイ」

「仕事中だぞ」

どう見ても椅子にそっくり返って休んでいたギルド長が、サラを見て目を見開いた。

「よう、サラ。ネフェルタリも」

ギルド長はネリーにも挨拶すると、感心したように口を開いた。

「魔の山からか。サラ、お前ほんとに町まで来られたんだなあ」

たとえネリーが強くても、道中あれだけ魔物に襲われる状況にあっては、サラを守り切って町まで来るのはかなり無理がある。つまり、ネリーと一緒であっても、魔の山から町に来たからには、サラには自分で自分の身を守る力があるということなのだ。

「ジェイ、査定だ」

「ここじゃなくてもいいだろ」

「魚の魔物だからな。ここなら汚れてもいい」

「よくないよね。ここギルド長室なんだけど。客人も来ますけど」

ギルド長のぼやきは無視された。

「さ、出してみろ」

サラはしぶしぶゴールデントラウトを一匹床の上に出した。一度だけ主《ぬし》のような大物が獲れたことがあるが、あとはたいてい一メートルくらいのサイズだ。サラとネリーなら一匹で何日ももつ。

「ご、ゴールデントラウト。魔の山でか」

ギルド長が腰を半分浮かせている。

「渓流の淵ごとに一匹ずついて、獲ってもしばらくするとまた棲《す》み着くから、いなくなったりはしないですよ」

ちゃんと獲りすぎないようにしているとサラは主張しておいた。

「いや、魔物だからいくら獲ってもいいんだが。これをサラが獲って売りに来たのか？」

「違います。売りに来たんじゃなくて」

サラは首を横に振った。

「お世話になったから、これはギルドの食堂にお土産に。ギルドの皆で食べられるよう、余分に獲ってきたから」

「待て待て待て。一匹じゃなく？」

「五匹ほど」

ヴィンスの目がうつろになった。

「五匹ほどね。うん。王都でもめったに手に入らないゴールデントラウトが五匹。ハハハ」

それから真顔になると、サラのほうを向いた。

「サラ、ギルドの分は、一匹で全員に余裕で行き渡る。残りの四匹はギルドに納めないか」

「ええ？　一匹で足りるかなあ」

サラは皆におなかいっぱい食べてほしかった。

「これ一匹で余裕で二〇人前はあるぞ。食堂に、受付に、アレンを足しても十分足りる」

ヴィンスがちゃんとアレンも数に入れてくれたのが嬉しいサラである。

もっとも、アレンにはお弁当をいくつか作って持ってきていて、その中にゴールデントラウトのフライもあるので確実に食べてもらえる予定だ。

「二匹はこの町のお偉いさんが買うだろうが、残り二匹は王都だな。一匹、五〇万ギルで、四匹で二〇〇万。どうだ」

「どうだって言われても」

サラは困ってネリーを見た。

×5

「なに、ワイバーンに比べれば大した金額でもない。売ったらどうだ？」

「ワイバーンか。そういえばそうだね」

一頭当たり一〇〇〇万ギルのワイバーンと比べるのが間違っているのだが、サラはあっさり納得してしまった。

「じゃあ、売ります」

「ふう。ありがたい。希少な食材だから、ギルド職員だけが食べてるとなると、職権乱用とかなんとかな、うるさい奴もいるし」

そういうことなら仕方ない。サラはギルド長のうめき声を聞きながら残り三匹を収納リュックから出すと、ネリーに頷いて、厨房に飛び出していった。

「ギルドに登録できないって言うから、てっきり貧乏なのかと思ってたよ」

ゴールデントラウトを渡して大喜びされた後、なぜだか厨房で芋剥《いもむ》きを手伝っているサラは、同僚にはそうあきれられたが、

「あの時は手元にお金がなかったうえに薬草は売れないしで、本当に苦しかったなあ。でも、魔の山にはお店とかないからね。食べるのには困らないけど、貧乏でも金持ちでも意味がない感じ」

と答えるしかない。

「確かに店はないよなあ」

「でしょ。でもね、景色はいいよ」

その景色には、必ず高山オオカミとかワイバーンとか高山オオカミとかはいるけどね、という一言は呑《の》み込んだ。

「ところで、アレンは？」

ギルドに着いたのが午後の半ば過ぎだ。そろそろダンジョン帰りのハンターが戻ってくる頃でもある。

「アレンか」

「アレンなあ」

なぜか厨房の皆が微妙な顔をしている。

「そういえばギルド長が、俺が面倒を見るって言ってたような気がする」

「面倒は見てるぞ。家に引き取ってるしな。あれで忙しい人だから、毎日とはいかないが、アレンもギルド長も同じ身体強化型で性格も似てるから、この三週間ですごく伸びたらしいぞ」

今聞き捨てならないことを聞いたような気がする。性格も似ているって、そうだろうか。

「でも、ギルド長、裏にいましたよ。暇そうな感じで」

アレンと一緒じゃないのかというサラの問いに、なぜか皆目をそらした。

「アレンな、今パーティを組んでるというか、組まされてるというか」

「パーティを？」

アレンはまだ少年だが、魔力量が多いから同じくらいの年頃で一緒にいられそうな人はローザにはいなかったと、サラは記憶している。

「親切な先輩がいたのかな」

「いや、まあ、同年代といえば同年代だな」

同僚は少し遠い目をした。

その時、ギルドのほうがにぎやかになって、サラを呼ぶ大きな声がした。

「サラ！」

「アレン！　久しぶり！」

厨房にぴょこりと顔を出したアレンは、すぐにサラを見つけて満面の笑みになった。

「サラ、行っていいぞ。あー、土産、ありがとうな」

「はい！」

サラは厨房から駆け出した。話したいことがたくさんあるのだ。

「サラ！　元気そうだな！」

アレンはサラの笑顔を見て、まずほっとしたような顔をした。

「アレンも。なんていうか」

サラはアレンを上から下まで眺めた。なんだか小ぎれいになったような気がする。

アレンはちょっと困ったような顔をして頭をかいた。

「今、俺さ、ギルド長の家に下宿してて」

「もう野宿じゃないんだね」

「うん。俺は野宿でもよかったんだけど。自分が強いっていう自信があっても、寝てるときまでは身体強化したままではいられないだろうってギルド長が言うからさ」

「よかったねえ」

何が変わったのかといえば、衣類がきれいに洗濯されて、髪の毛が整えられているのだ。きっと、そういうところに気を使ってくれる人がいるのに違いない。

久しぶりの再会に二人がニコニコと顔を見合わせていると、アレンの後ろのほうから収納ポーチを開けて閉めるような、ガチャガチャという音がした。

アレンははっと何かに気がついたような顔をすると、後ろを振り向き、一歩横にずれた。サラは気がつかなかったが、そこには人がいたようだ。アレンと同じか、少し年上くらいの少年だった。

「こいつ、今俺とパーティを組んでいる奴なんだ」

「まあ、頼まれて仕方なく」

右腰に手を当てた体はこちらを向いているのに、顔は微妙に横を向いていて目が合わない。黒髪だということはわかるのだが、前髪が長くて目の色まではわからなかった。

同じ年頃の子どもはほとんど見たことがなかったので、サラはちょっと嬉しいような気がしたが、あまりよい態度ではないのは気にかかった。

「こっちだって仕方なくなんだから、お互いさまだぞ」

アレンがあきれたようにそう言うと、こういう奴だというようにサラに眉を上げてみせた。

向こうがなんとなく失礼だからといって、サラが失礼な態度をとるわけにもいかない。サラは丁寧に挨拶した。

「はじめまして。アレンの友だちのサラです」

「ああ。俺はハルト」

その少年はそう名乗ると、長い前髪の下からサラをちらりと見た。

「庶民か」

「ん？」

庶民と言われたサラは自分の格好を見直してみた。

いつものように大人用のチュニックを着ているが、特におかしいところはない普通の格好である。見る人によっては少年に見えたりするらしいが、清潔できちんとしている。

サラはハルトと名乗った少年を上から下まで眺めた。

仕立てのよさそうな上下に、なんだかわからないポケットがたくさんついている長めの上着。ベルトの左には真っ黒な短剣が差してあり、腰のポーチの他にもレッグポーチがついている。ポーチはどれも収納ポーチだろう。確かに、金持ちっぽくはある。

サラはもう一度自分を見直した。ハルトという少年に比べたら、庶民としか言いようがない。

「しょみん……」

「お前！　ほんっとに失礼な奴だな！　それが初対面の女子に言うことか！」

アレンがハルトの肩をバンと叩《たた》いた。

「はあ？　だって庶民は庶民だろ。それに、え？」

今度はハルトという少年とはっきりと目が合った。

「女子？」

「あちゃあ」

受付からヴィンスの声が聞こえてきた。

この世界に来てからも、貴族だとか庶民だとかほとんど考えたことのなかったサラにとって、自分は何かといえば、日本にいたときのまま、庶民である。それは特にお金持ちでも政治家でもないという程度の意味で、したがって、庶民と言われても別に悪口とは感じない。

だから別に友だちでも何でもないハルトに対して思ったのは、空気の読めない奴だなということくらいだった。

しかし、アレンは違った。

「なんでお前はそう人の気持ちがわかんないんだよ！　いちいち気に障ることばかり言ってさ」

「ってことはさ」

「ほら、俺の話をまったく聞いてない！」

「アレン、お前」

確かにまったく話がかみ合っていない。

「彼女もちなのか？」

「はあ？」

アレンがぽかんと口を開けた。

「この町には同年代のハンターがいないからってお前と組まされたけど、女子の友だちがいるとかそれ、ちょっと違くないか」

「何言ってんだお前。サラはハンターじゃないし、女子だろうが男子だろうが友だちがいて何が問題だ」

「かー、これだから幸せな奴は！　無自覚かよ！」

なんだこの拗《こじ》らせ男子は。サラは呆気《あっけ》にとられた。

そしてサラを置き去りにして進められる展開にちょっと付いていける気がしなかった。

「サラ」

ちょうどネリーがギルドの裏から出てきたようで、サラはほっとした。アレンに会えたのは嬉しいけれど、話せてもいないし、変な少年はいるしでちょっと気持ちが疲れていたのだ。

サラはとりあえずネリーのところに行こうとした。しかし、そのサラの前を少年が走っていった。

「ああ！　ネフェルタリ姉さん！」

「「姉さん？」」

あっちこっちから同じ声があがった。

サラは呆気にとられて立ちすくんだ。ネリーからは、実家が貴族でお兄さんが二人いることは聞いているが、弟がいるとは聞いていない。

「ネフェルタリ姉さんに会うためにローザに来たのに、ギルドの人たちが魔の山に行く許可は出せないって言うから、ずっとここで待ってたんだ」

なんだ、そういう事情か。

などと納得できるわけがなかった。

しかし、サラには見せなかった笑顔でネリーを見上げるハルトという少年に、ネリーは表情を動かさなかった。少しのあいだ少年を眺めると、ネリーはおもむろに口を開いた。

「誰だ、お前」

「何を言ってるんですか。一緒に渡り竜を狩った仲じゃないですか」

「渡り竜？」

ネリーはハルトをしげしげと眺めた。

「ああ、あの時の招かれ人か」

招かれ人！　サラは驚いた。招かれ人が何人かいるとは聞いていたけれど、こんなにすぐに会えるとは思っていなかったからだ。

「魔法一つで渡り竜にとどめを刺せる俺を忘れてたなんて、そんなことないですよね」

「忘れてたというか、別にどうでもいいというか」

渡り竜にとどめを刺させるというところでギルドがざわついたが、ワイバーンと渡り竜はどう違うのだろうとサラはそちらのほうが気になった。

ネリーがボソッとつぶやいた冷たい言葉を気にも留めず、ハルトは続けた。

「姉さんが渡り竜の季節が終わる前に王都からいなくなったから、討伐部隊は大騒ぎでしたよ。もっとも、俺たちがいたから特にどうということもなかったですけどね」

「そうか。ご苦労だったな」

こんな気のない労《いたわ》りの言葉があるだろうか。思わず苦笑しそうになったサラだったが、それよりも、ハルトの言った『姉さん』が、本当の姉に対する呼びかけではなく、年上の知り合いに対する呼びかけだったということにほっとしたのだった。

だが、結局アレンとはまったく話ができていない。よし、変な少年はネリーに任せようと決めた。

「ネリー。私、アレンともう少し話をしていきたいんだけど」

「そうか」

ネリーは優しい顔でサラを見ると、かまわないというように両手を広げてみせた。

「それならギルドの食堂を使わせてもらおうぜ」

サラはアレンと連れ立って食堂の端っこの席に座った。いつもの魔力の多い人向けの席である。

「元気にしてた？」

「ああ。最初の頃は、ギルド長と一緒にダンジョンに行かせてもらってたんだよ」

キラキラと目を輝かせるアレンを見ると、サラには実力がピンとこないギルド長が、アレンが憧れるくらい強い人なんだとわかる。

「じゃあ、ハンターの狩りの仕方とか教わったの？」

基礎からやり直しだとか言われて、徹底的にしごかれたのではないか。

「いや、それが」

アレンが見せたのは苦笑だった。

「ハンターに必要なのは、まず体力だって言われてさ。身体強化をかけながら、とにかくダンジョンを駆け回らされた。ギルド長なんて息も切らさないんだぜ」

「アレン、同世代では体力あるほうなのに」

「うん。けど、魔の山に休まず一日で行けるかって言われたらさ、確かにそれは無理だから」

「そりゃ無理でしょ」

サラはあきれた。身体強化特化のネリーだからできることなのだから。

「じゃあサラ、今回は何日で来れたんだよ」

「ええと」

サラはちょっと目を泳がせた。

前は五日かかっていたことをアレンは知っている。

正直に二日って言ったら、アレンはショックを受けるだろうか。でも、ごまかしてもいずれわかることだ。

「あのね。二日」

「二日？　前は五日って言ってなかったか？」

やっぱり覚えていた。

「うん。ほら、ネリーが訓練すれば早くローザの町に着けるようになるって言うからさ」

「くっそー。やっぱり俺、全然追いつけてないじゃないか」

アレンは悔しそうに天を仰いだ。

「言い訳するわけじゃないけど、途中からハルトと一緒に組まされて、訓練できてないからな」

「言い訳だな、少年」

四人掛けの席にアレンと向かい合って座っていたサラの横に、ネリーが腰かけた。

片方の口の端が上がっていて、なんだか楽しそうだ。

「ネリー。いや、ネフェルタリ、さん」

サラがネリーと言っていたから、アレンの中ではネフェルタリではなくネリーになっているようで、慌てて訂正している。

「ネリーでいい」

ネリーはさっと手を振ってそんなアレンの迷いを振り払った。

「身体強化型のハンターは、魔法師と組むこともよくある。魔法師は癖の多い奴が多いが、そいつらとも連携して成果を上げなければならないことも多いんだぞ」

「いやだなあ。確かに俺は魔法師だけど、まるで俺が癖が強いみたいな言い方しなくても。俺と一緒だと獲物がよく獲れるって、王都では組みたい奴ばかりだったっていうのに」

座っていいとも言っていないのに、ネリーの向かい側の席にハルトが座った。

「なに、お世辞だろう」

ネリーはにべもない。

「ところで、ネリー姉さん」

「ネリーと呼んでいいとは言ってない」

姉さんと呼んでもいいとも言っていないよねとサラは心の中で付け足した。

しかし、ハルトは気にもしないし、引きもしなかった。

「いつ魔の山に戻るんです？」

ネリーはここで初めて胡散臭《うさんくさ》そうにハルトを見た。

「それを聞いてどうする」

「やだなあ。俺も行きます」

サラとアレンは驚いて黙り込み、ネリーは自分のこめかみに手を当てた。そして叫んだ。

「ヴィンス！」

「俺かよ。ジェイにしろよ」

ギルド長に押し付けようとしたものの、結局は面倒くさそうにやってきたのはヴィンスだった。

「ハルト、お前王都に帰れ。面倒なんだよ」

その直接的な言い方に、サラは思わずクスッと笑いをこぼした。

「いやだ。魔の山に行くんだ。王都は面白くない」

ハルトはぷいっと横を向いた。

「何度も言っただろう。魔の山は、招かれ人とはいえ一四かそこらの子どもが遊びに行くところじゃねえ。せめて魔の山まで三日で行ける保護者を連れてこい」

「俺に付いてこられる大人なんてほとんどいない」

つまりは、一人ぼっちということか。サラの視線に気づいたのか、ハルトは少し慌てたようだ。

「違うからな！　一人とか、寂しい人だとか、そんなんじゃないぞ」

ハルトは焦ったように言葉を続けた。

「ほんとはブラッドリーも来るはずだったんだけど、指名依頼が入って、それで。気の毒そうな顔をするな！」

サラも気まずそうにふいと横を向いた。だいたい、なんで魔の山に来たいのかわからない。

ふと視線を感じると、ネリーがサラのほうを見ていた。

ネリーは何かを考える顔をしている。

「どうしたの？」

「サラ、山小屋の部屋は余ってた気がするが」

「気がするじゃなくて、余ってるよ。まったく、ネリーは自分の部屋と居間以外興味ないんだから」

サラはちょっとあきれてしまった。

「何人なら滞在できる？」

サラは頭に山小屋を思い浮かべた。

「すぐ使える客室は一つだけで、掃除をすれば使える部屋がもう一つ。あと、どうしてもっていう場合は屋根裏部屋があるかなあ。ただし寝具の用意はなかったような気がする」

「ふむ、さすがだな」

つまり、すぐ滞在できるのは二人。準備をすれば五、六人というところである。

「ヴィンス」

「なんだ。ネフェルタリ」

「魔の山の小屋は私のものではない。私も仮に滞在しているだけだ。よって、魔の山に来ようという者を私が断る権利はない」

「なら！」

ハルトが椅子をガタッとさせて立ち上がった。

しかしネリーは涼しい顔でこう言い出した。

「ただし、サラより移動が遅い奴が魔の山に来るなんて、ちゃんちゃらおかしいとは思うぞ」

何を言うのだ。サラは焦って目が泳いでしまった。だって、全員の注目がサラに集まってしまったではないか。

「あー、サラ。確かお前、一人で魔の山からローザまで来たことがあるよな」

ヴィンスがなぜか言いにくそうに聞いてきた。

「はい。一番最初ですけど」

「あの時はその、すまなかったな」

いまさらだが、どうやらネリーのことを誤解していたことを申し訳なく思っているらしい。

「いえ、私の説明も悪かったたし、あの時はどうしようもなかったと思うので、それに」

サラはアレンのほうを見た。

「なんとかなったしね」

「そうだな」

アレンとニコニコしていると、ほっとしたのかヴィンスが話を続けてきた。

「あの時は何日かけて町まで来た？」

「五日でした」

「サラ、お前、もご」

サラは何か言いかけたアレンの口を、テーブルに身を乗り出して急いでふさいだ。『今回二日で来れたんだろ』なんて言われたら、また注目を集めてしまうではないか。

「やっぱり彼女」

「違うから。友だちだから」

今度はハルトの口をふさいでやろうか。

ネリーを含めて、うかつに発言する人ばかりで、サラは気が休まらない思いだった。

ヴィンスがサラの五日という返事を聞いて、ぶつぶつ言い始めた。

「魔の山の入り口までハンターの足で一日だ。しかも、魔の山までの街道は今、結界があまりきいていないと聞く」

「魔の山も含めて、まったくきいてなかったぞ」

ヴィンスはネリーの冷静な指摘を、いつの間にか隣に来ていたギルド長にそのまま投げた。

「町長に頼んでなんとかしろよ、ジェイ」

「それがなかなか許可か出なくてなあ」

どうやら結界が張り直されないのは、ローザの町が許可を出さないからのようだ。

「そんな厳しい状況の中、お前は一人で歩き通せる自信があるのか、ハルト」

「ある。だって、そこのその、その、女子だって行けたんだろ」

「俺だって行けるさ」

なんでそこでアレンが対抗意識を出しているのだ。

「アレンは行ったことがあるのかよ」

「ないけど、ハルトと一緒に結界なんてないダンジョンに潜っても平気なの知ってるだろ」

「た、確かに」

ハルトも、なんでそこでアレンに言い負かされているのか。

サラはちょっと苛立《いらだ》ちながらそれを見つつ、イライラするのは自分らしくないぞと深呼吸した。

そもそも、なんで苛立っているのか。

魔の山にアレンやハルトが来ることだろうか。

いや、それは嫌ではない。多少ご飯の支度が大変になるかもしれないが、一緒にオオカミの群れを見たり、ゴールデントラウトを獲りに行ったりするのも楽しい気がする。

ハルトという人は、なんだか話が通じなそうな人だが、そういう人とは特に親しく付き合おうとしなければいいのであって、ネリーとアレンに任せればよい。

そう考えると、少しわくわくするような気もする。だったら何も問題はないのではないか。

「そんなに俺のことが心配なら、魔の山に行けるかどうか試してみたらいいだけじゃないか」

「そうだな。実際行ってみればいいよな。行ってみて危ないようならやめればいいんだし」

ハルトとアレンはこういうところだけ気が合っている。

しかし、実際試してみたいというのなら、やってみたらいいのではないかとサラは思う。十分体力のある状況なら、身体強化のしっかりしているアレンなら大丈夫だろうとサラは人ごとのように考えていた。

そうだ、その間に、今度こそ女の子用の服を買ってこよう。

サラは我ながらいいアイデアだと思った。明日はまず薬草を売りに行って、皆が魔の山まで行けるかどうか試している間に、町をぶらぶらして服を買う。何日か滞在してもいいぞとネリーも言ってくれていたし。

皆ががやがや話し合っている間、明日のことに思いを巡らせていたサラだったが、

「で、どうなんだ？」

とヴィンスに声をかけられて、はっと我に返った。

「どうなんだって、何がですか？」

「聞いてなかったのか？　ダンジョンだよ」

「ダンジョン？」

はてな印が頭の中を飛び交う。今、魔の山まで行けるかどうかの話をしていたように思うが。

「だーかーらーさー」

ハルトが間延びした言い方をするのでイライラさせられる。

「魔の山のふもとまで行って帰ってくるつもりなら、二日はかかるって言うからさ」

二日かかるとするなら、途中の広場での泊まりくらいは覚悟しなくてはならない。

「要は、魔の山まで行けるってことを証明すればいいわけで」

それがどうしたというのだ。

「つまり、あんたが、ええと、さ、サラがさ」

『さ』が多すぎるんですけど。サラの目が冷たくなった。

「私がどうしたの？」

「俺たちと年の近いサラが魔の山まで行ける。ってことは、サラが俺たちと一緒に中央ダンジョンに潜ってみて、俺たちが魔の山まで行けるかどうか判断してくれればいいんじゃないかってことになってさ」

「は？」

どうしてそうなる。

サラは助けを求めてアレンのほうを見て、見なければよかったと思った。

アレンはキラキラした目をしてサラを見ている。

「サラはダンジョンには入らないって言ったけど、いつか一緒に入ってみたかったんだ、俺」

そんな希望を持っていたとは知らなかった。

サラは諦めてネリーのほうを見た。

ネリーはさっと顔を横に向けた。

「ネリー？」

「わ、私は別に賛成はしていないぞ。ただ、魔の山で鍛えたサラの力がどこまで通用するかは興味があってだな」

「やだなー、ネリー、私、鍛えてなんかいないよ？」

サラの言葉は、ちょっと棒読みのようになっていたかもしれない。

「私、魔の山では薬草を専門に採っているだけだもの。そのついでにちょっと二、三日遠出したり、渓流で魚を獲ったりすることもあるけど、魔物を狩ったこともないんだよ」

「あ、ああ、そのとおりだな。うん」

「じゃあお前、なんでスライムの魔石」

サラは口をはさんできたヴィンスのほうを冷たい目で見た。

ヴィンスは思わず一歩下がって、目をそらした。

「ああ、うん。偶然獲っただけだったな。うん」

「そうです。偶然目に入ったから、シュッと」

「シュッとな。よくあるよな、魔法師ならな」

「ねえよ、そんなこと」

サラはため息をついてギルド長のほうを見た。ギルド長とも話し合いが必要だろうか。

「いや、そんなこともあるかもしれないな」

話し合う必要がなくてよかった。

サラはハルトとアレンに向き直る。

二人はなぜだか姿勢を正した。

「いいですか。魔の山に行きたくて、魔の山に行く力があることを証明したいなら、私に頼らずに、自分たちで行けることを証明したらいいと思います」

「はい」

「はい」

ダンジョンに行かされずにすんで安心したサラだが、人の話を聞かない面々が暴走することをもっとちゃんと理解しておくべきだったのだ。

第一章　招かれ人が多すぎる

サラの寝起きはよい。というより、この世界に来てからよくなった。日本にいたときはいつも疲れていて、朝、さわやかに起きられることなどめったになかった。寝るのにも体力が必要だということを丈夫な人は知らないんだろうなと思っていたくらいだ。

「うーん、いい朝」

サラは体を起こすと、改めて宿泊した部屋を眺めてみる。

白く塗られた壁、簡素だが丈夫なベッドが二つに、書きもの机といす二つ。作り付けの丈夫なクローゼット。お風呂にトイレ付きである。そっけないが、これでもギルドが運営する宿では一番いい部屋なのだそうだ。

「うーん」

隣のベッドでは、寝起きのあまりよくないネリーの赤い髪だけが布団からはみ出している。この分ではまだ起きないだろう。サラはベッドから勢いをつけて下りると、窓から外を眺めた。宿はギルドの二階部分にあるので、窓からは第三層の街並みが見える。

「今日はまず薬草を納めに薬草ギルドに行って、それから町で買い物をする。今日こそ女の子の服を買うんだ」

正直なところ、サラと同じ年頃の少女は町ではほとんど見かけたことがないので、どんな服装をしているのかいまひとつわかっていないのだが、少なくともギルドの受付のミーナはシンプルな長めのスカートをはいているし、町の店や屋台のおかみさんたちにもスカートの人が多かったと思う。もちろん、ネリーのようにズボンをはいている人もいた。

「少なくとも、買うお金はある、うん」

サラはちょっと遠い目をした。そもそもサラは魔の山にいた二年の間に、コツコツと薬草を採ってお金を稼いでいたのだ。たまにサラのバリアにぶつかってきたうっかりものの魔物も売ってもらっていたし、ネリーに預けていたお金は相当な額になっていた。

ネリーが戻ってきたとき、そのお金を手渡されながらした会話を思い出すと今でも力が抜ける。

「このお金があればローザの町であんなに苦労しなかったのに……」

「す、すまん。今考えると、売るたびにいちいちサラに渡すか、台所の収納袋に入れておけばよかったんだな。サラがローザの町で一人で暮らすことはまったく想定していなかったから」

「ほんとだよ。でも待って。そもそもの原因はテッドじゃなかった？」

テッドが意地悪して薬草を買ってくれなかったこと、それからおそらくそれを知っていた薬草ギルドが何もしなかったことを思い出すと本当に腹が立つ。

「でもまあ、もう終わったことだしね」

サラは割り切りも早かった。

「今日は服を買って、それからネリーと二人で町をぶらぶらして、もう一泊したら明日は魔の山に帰る」

予定を再確認して着替えた頃にやっとネリーも起きてきたので、二人で一階に下りていった。

「ギルドで働いてたのに、二階に宿があるとは知らなかったよ」

「私は泊まったことがあるから知っていた」

　おしゃべりしながら食堂に行くと、受付も厨房《ちゅうぼう》も、サラが働いていた時間帯とは違う人たちが働いていた。朝食をとった後ものんびりとギルドを眺めていると、やがていつものメンバーが次々とやってきて朝の人と交代している。

「朝の担当、昼の担当って決まってるんだね。すごいなあ」

「朝早くから夜遅くまで開いているからな、ギルドは」

　普段と違うハンターギルドの姿が垣間見えてわくわくしているサラを、ネリーは優しい目で見た。

「さて、そろそろ薬師ギルドもやっているだろう。行くか」

「薬師ギルドは朝早くからはやっていないんだね」

　思わず突っ込んでしまったサラだが、やはりというか、あの人たちは働き者という感じはしない。

「いや、決まった時間だけ働くほうが正しいんだよね」

　つい嫌な目で見てしまうのはやめようと決意したところで、受付から焦ったような声がかかった。

「おいおい、いたんなら声をかけてくれよ」

　ヴィンスである。ギルドに住んでいるのかと思うほどいつでもギルドにいるヴィンスだが、ちゃんと出勤してきているのだとサラは微笑《ほほえ》ましく眺めていたのだったが、サラにもネリーにも気づいていなかったようである。しかしネリーは冷たかった。

「そんな義理はない」

　きっぱりと言い切るとサラを連れてさっさとギルドから出ようとした。

「待て待て待て。今日はアレだろ、ちびっこ共の訓練に立ち会うって話じゃなかったか」

「そんな話はなかった。サラがダンジョンに入らないのにどうして他のハンターの面倒を見る必要がある。それに今日はサラと買い物をする日だしな」

サラがダンジョンに入るならと立ち会うというネリーの言い分もたいがいではある。サラはアレンの面倒は見てあげてほしいと思わないでもなかったが、アレンもギルド長に見てもらって強くなっているらしいから大丈夫だろう。

サラがネリーを見上げると、ネリーもサラを見下ろしてにっこりした。さあ、買い物の時間だ。

「いや、ほら、一日。一日だけだから。なんなら俺も行くから。アレンはともかく、あの話の通じない招かれ人は俺の手に余るんだよ」

「私の手にも余る」

「サラ」

「私もちょっと……」

ヴィンスが困っているのは珍しいが、サラもなんとなく招かれ人のハルトは苦手であった。しかし、逃げる前にギルドのドアがバーンと開いた。

「サラ！」

アレンを見て、サラの顔に満面の笑みが浮かんだ。訓練に立ち会うかどうかはともかく、アレンに会えるのはいつでも嬉《うれ》しい。

「今日は楽しみだな！　俺に体力がついたとこ、サラに見せるのが楽しみだぜ！」

「ええ？　私、付いていかな……」

「まあ、ちょっと長い距離歩くことなんて俺にとってはたいしたことないけどね」

当然ハルトも付いてきていた。ハルトもギルド長の家に泊まっているのだろうか。そのギルド長が、アレンとハルトの後ろからぬっと顔を出した。

「さ、じゃあ今日はどこまで行けるかな。とりあえず一日、行けるところまで行く。で、一泊して、次の日帰ってくるでいいな」

「よくないよね？　なんでそんなこと決まってるの？　私、行きませんよ」

思わず突っ込んだサラは悪くないはずだ。

「なあネリー。魔の山はお前が数ヶ月いなくても大丈夫だったんだから、帰るのが数日遅れるくらいいいだろ？　ハルトはともかく、アレンにはサラもお世話になってるし」

「まあ、サラが世話になったのはありがたいと思っているが」

しかし、まずネリーが説得されてしまった。

「なあサラ、ダンジョンには入りたくないんだよな。でもさあ、東の草原はダンジョンじゃないだろ？　かわいいツノウサギとワタヒツジくらいしかいないしさあ」

「かわいくはないです」

サラはきっぱりと否定した。モフモフしていたらなんでもかわいいわけではないのだ。

しかし、アレンに、

「俺、少しは強くなったところ、サラに見ていてほしいんだ」

と悲しそうに言われたら頷《うなず》くしかない。

「でも！　とにかく薬師ギルドに薬草を卸しに行ってからです」

「もちろんだ。東門への途中だし、ちょうどいいな」

さあ行くぞというギルド長に、服を見に行ってからとはもう言い出せない雰囲気であった。

「戻ってきたら絶対に買い物に行こう」

「うん」

ネリーの言葉を支えに、サラはしぶしぶと一行に加わるしかなかった。

薬師ギルドは第二層の門をくぐって東側に行ったところにある。サラにとっては苦い思い出の場所で、正直いい印象はない。それに、あそこに行けばあのテッドが待っているのだ。サラは薬師ギルドの前で気合を入れ、扉を開けた。

「こんにちは！」

ハンターギルドと違って入ってすぐにカウンターがあるので、サラは奥の作業場に向けて挨拶をして薬師を呼び出した。

「はーい。おや、君は」

出てきたのはテッドではなかった。たしか副ギルド長かなにかだったはずだ。その人はサラが一人なのを見てとると、こう確認した。

「君がいるということは、ネフェルタリもいるね」

「はい、外に」

「じゃあ、ちょっと待っててくれるかい。ここでクリスに知らせないと、あとで大騒ぎだからね」

副ギルド長が作業場に引っ込むと、すぐに薬師ギルドの長のクリスが出てきてサラに見向きもせず外に飛び出していった。やれやれといった顔で見送った薬師はやっとサラに向き合った。

「すまないね。今日は薬草かい？」

「はい。これ」

腰の収納ポーチから薬草かごを取り出したサラは、そのまま薬師に手渡した。魔の山で採ったたっぷりの薬草だ。

「本当に助かるよ。最近はローザでも薬草を採るようになったから、一時ほどひっ迫はしていないんだけどね。数えるから少し待っていてくれ」

「はい」

特にトラブルにもならなくてほっとしたサラは、そっと工房の入り口をのぞき込んだ。

薬師の人は丁寧に薬草を数えながらそう口にした。

「テッドかい」

「違います」

返事が早すぎただろうか。

「テッドは今ね、薬草を採りに第一層の壁の外に出ているよ」

「あのテッドが？」

サラは正直に驚いた。

「テッド一人だけじゃなくてね。若い薬師見習いや、時間を持て余したご老人などを引き連れていってる。薬草を見分けるのはなかなか難しいから、まだたくさんは採取できないが、季節も春だし、案外希望者もいるようでね」

「自分は働かず、人を働かせようとしてばかりいたテッドが？」

思わず口に出してしまった。それにテッドが一番下っ端の薬師だと思っていたから、そうでなかったことにも驚いた。

「そうだね。やっとテッドにも対等に相手をしてくれる人ができて、やる気を出したようだよ」

「そんな奇特な相手がいたなんて驚きです」

サラは真顔でそう言った。

「ハハハ、自覚はないのか、君は。ええと」

「サラです」

「サラと、アレンもそうだよね。テッドに対してなんの遠慮もない」

「そもそもテッド自身が遠慮がなさすぎだと思うんです」

テッドに関しては特に褒めるところはないのだから、サラの口調も厳しいものにならざるをえない。薬師が話を続けようとしたとき、ギルドの入り口からヴィンスの声がかかった。

「サラ、急げよ」

「もう。代金は後で取りに来ることにします」

「量が多いからね。そうしてくれると助かる。かごは先に返しておくよ」

サラは急いで走り出た。ローザの町はだいぶ好きになったが、この町に来るとなぜかマイペースで暮らせないのが難点だ。

「量が多いから、後で代金を取りに来ることにしました」

とりあえず皆に報告である。情報の共有は大事だと身をもって知ったのだから。

「ああ、サラか」

さっきからいましたけど、むしろ薬師ギルドの中にいましたけどとサラは言いたかったが、ぐっと呑《の》み込んだ。どうせクリスはネリーしか見ていないのだから。

「ということは、ネフ、君もまたすぐに来るということだな」

「さあな」

「また来るのなら今別れる必要もあるまい。おい、ジェイ」

「なんだよ」

クリスがギルド長をジェイと名前で呼ぶのを初めて聞いたが、よく考えたら二人ともギルド長でややこしい。名前で呼ぶのに何の不思議もない。

「私も行こう。子どもたちが心配だからな」

「お、おう。いいんじゃねえか、理由はどうあれ、薬師がいれば役に立つしな。いちおう泊まりだぞ」

「問題ない」

子どもたちになんて何の興味もなくて、ネリーに付いていきたいだけだろうと誰もが思ったに違いない。サラとしては手がかからなければ誰が来ても同じである。だとしたら、面倒でもハルトとは仲良くなっていたほうがいいかと考えながら歩き始める。とはいえ、同じ招かれ人として懐かしい日本の話なんてしたら、アレンが仲間に入れない。無難な話題とは何だろう。

「ねえ、ハルト」

「俺？」

ハルトが驚いたようにサラのほうに振り返ったが、むしろそのことにサラが驚いた。

「うん。ハルトって王都から来たんだよね」

「そうだ。王都の外の町に来たのは初めてなんだ」

案外素直な返事が戻ってきてほっとした。

「王都の暮らしってどうなの？」

「どうって言われても、普通？」

なぜ疑問形なのか。

「うーん、例えばローザと比べて物価はどうなの？　パンは一ついくらくらい？」

「パンは食事に普通に出てくるものだろ？　知らないよ」

「え、じゃあ宿は一泊いくらくらい？　ギルドの宿は五〇〇〇ギルだけど」

「そもそも俺、屋敷があるからわからない」

強敵である。しかしそういえば、ネリーもお金など使ったことないと言っていたではないか。

「もしかして、一〇万ギル硬貨を出せばなんとかなると思ってる？」

「なんとかなるだろ」

「あー、ハルトは貴族かあ」

サラは苦笑した。ネリーが最初に、招かれ人についてそう言っていたなと思い出しながら。

「普通そうだろ。王都の招かれ人は自動的にどこかの貴族に割り振られて、そこで暮らしてるぞ。俺が知っている限りでは二人しかいないけど」

「二人いるんだ。でもそれって窮屈じゃない？」

「窮屈っていえば窮屈だけど、自由に動ける体に比べたらそんなことなんでもないよ」

本当にそうだなとサラは空を見上げた。いくらでも鍛えられるから試験に付き合わされる羽目になったわけだが、疲れて動けないより何倍もましだ。それに驚いたことに普通に会話が成り立っているではないか。王都に二人しか招かれ人がいないなど、気になることはあるが、それはまた後で詳しく聞いてみようと思う。

「ハルトは何歳なの？」

「一四。お前、俺にばっかり聞いてるけど、その、お前、は」

それにしても、一四歳にしてはアレンと同じくらいの背だし、なんとなく細い。もともと骨が細いタイプなのかなとサラは思ったが、とりあえず自己紹介しておく。

「アレンと同じ、一二歳だよ」

「お、おう。年下か。まあ、俺に任せとけ、サラ」

急に胸を張ったハルトは、一四歳よりはやはり少し幼く見えた。そんなハルトをアレンが肘でつついている。

「何言ってんだよ。俺たちにサラより体力があるかどうかって話なんだぞ」

「あるに決まってるだろ」

「俺にはある。だが、ハルトにはない」

「いーや、あるね」

そんなくだらないやり取りをしているうちに、東門をくぐり抜けた。

「まだツノウサギが多いな」

「最近いつもこのくらいだぞ」

ギルド長の言葉にネリーが普通だと答えている。

「じゃあ、久しぶりに俺が前に出るか。サラを前に出したい気もするが」

ヴィンスが首をコキコキと鳴らしているが、サラは前に出るなんてことはまっぴらごめんである。

「俺とヴィンスが露払いだな。俺たちの後に、ハルトとアレン。ネリーとサラはその後。クリスは」

「私は最後だな。面倒だから怪我《けが》はしないように」

ギルド長の指示は順当な並びであると思う。その時、アレンが南のほうを指さした。

「あれ、あそこにいるのは？」

東門から少し離れたところに何人も人がいる。結界があるとはいえ、町の人が門の外に出ているのはとても珍しい。

「へえ、薬草採取してるのか。あ！　テッドだ！」

あの特徴的な金髪とシルエットはテッドである。しかも監督をするのではなく地面にしゃがみこみ、熱心に薬草を採取しているではないか。よく見ると楽しそうでさえある。そういえば薬草採取に出ているると薬師ギルドの人が言っていたなとサラは思い出した。

「声をかけるべき？」

「そっとしとこうぜ」

サラとアレンの意見が一致したところで、今日行けるところまで行くというだけの、頭の悪い一泊の旅に出発である。

「なんだこれ！　モフモフがいっぱいだ！　かわいいなあ」

隊列を決めてすぐにハルトの明るい声が東の草原に響いた。人がたくさんいる気配を察したのか、ツノウサギもいつもより数が多い気がする。確かに見た目だけはかわいいよねとサラはうんざりと灰色のツノウサギを眺めた。

「ツノウサギは王都のそばにも道中にもいただろう」

「王都のそばではたまに遠くから見かけるくらいだったんだ。それにローザへは馬車で来たけど、途中でもそんなには見なかった気がする」

「やはり増えているのはこのあたりだけのようだな」

ヴィンスが困ったもんだというように腕を組んだ。

「魔の山、つまり北ダンジョンまでの一番の問題がこいつらなんだ。かわいいなんて言ってると角でやられて終わりだぞ」

「平気平気。こいつら懐《なつ》かないかなあ」

夢を見るのは自由だよねとサラは高い空を見上げた。

「おーい、ウサギー」

「おい待て！　何のために順番を決めた！」

ウサギに惹《ひ》かれたハルトは、ヴィンスが怒鳴ったときにはすでに町の結界から一歩踏み出していた。サラも慌ててバリアを張ろうとしたが間に合わなかった。

「ダンッ」

「ダンッ」

「ほら、見ろよ！」

ハルトはにこにこしながらもがくウサギを抱いてこちらを向いた。よく見ると身体強化は腕だけで、体のほうはサラと同じようなバリアを張っている。身体強化をしていても、衝撃があれば体は揺らぐこともある。しかしバリアなら衝撃を跳ね返すので、体には影響はないのだ。

「サラ、アレン、さわってみるか？　モッフモフだぞ？」

「いやいや、よく見て。腕を噛んでるし、思いっきり蹴られてるでしょ。そもそも肉食なんだからね」

「よーし、怖くない、怖くないぞー」

「いや、ウサギ怖がってないから。むしろめちゃくちゃ怒ってるから。放してあげて」

結局暴れるツノウサギに嫌気がさして、ハルトはウサギを放したが、その間サラ以外の皆は呆気《あっけ》にとられて何もできずにいた。もちろん、危険だったら有無を言わせず手を出しただろうが、ハルトがあまりに楽しそうだったからどうしていいかわからなかったのだろう。

「招かれ人、めちゃくちゃだな」

あきれるヴィンスにギルド長がボソッと答えた。

「序の口だぞ」

「本当か……」

しかしさすがギルドのトップ二人。気を取り直してハルトに言い聞かせている。

「いいか、順番を守れ。俺たちの言うことを聞けないのなら、魔の山への許可は出さないぞ」

「わかった」

「街道は、結界に守られていない。ツノウサギがあちこちから襲ってくると思え」

「了解」

本当にわかったのかという疑いの目をハルトに向けたヴィンスだが、その目はすぐ後ろのサラとネリーに向いた。

「最初は俺たちの最速で歩く。まずそれに付いてこられるかどうかを見る。サラもいいか」

「嫌だと言っても聞いてくれないんですよね」

「まあ、そうだ」

にやりとしたヴィンスはギルド長の隣に立ち、一番後ろについたクリスに合図をすると、町の結界から出て歩き始めた。

ハルトは案外素直に頷くと、アレンと並んで歩き始めた。

「ダンッ」

「ダンッ」

さっそくツノウサギが飛びかかってくる。今は狩りではないので、アレンは自分に当たりそうなツノウサギだけ叩《たた》き落としているが、ハルトのほうは手も出さず、ウサギをはじいている。もちろん、サラもだ。ヴィンスたちの歩くスピードは確かに速いが、サラにも十分付いていける速さだった。アレンもハルトも平気そうに歩いている。

「ハルトのそれ、バリアか」

「バリア？　そう、そういえばそうだな。でもバリアなんて、かっこ悪い名前だよな」

「おい、そういう言い方はやめろ」

アレンが慌てて止めているが、すでに口から出たものは元に戻せない。後ろでサラが半目になっていることには気づいていないようだった。

「じゃあ、お前はなんて言ってるんだよ」

「俺？」

ハルトは無駄に右手を前に伸ばして宣言した。

「障壁《しょうへき》」

「バリアじゃん」

サラは思わず突っ込んだ。

「障壁のほうがかっこいいだろ」

「バリアのほうが短くて言いやすいでしょ」

「どっちでもいいだろ。そもそもいちいち口に出さなくても使えるだろ」

二人の言い合いはアレンに仲裁に入られて終わったが、サラは納得したわけではない。

そんな多少のイライラもありながら、最初の一時間ほどは順調に進み、ちょうど結界の残っている広場を見つけ、休憩することにした。一時間歩き続けることくらい、サラにとってはどうということもない。なにしろ二年以上鍛え続けてきたのだから。

「このくらい、全然平気だ」

座り込むハルトの息は少し上がっていたが、サラは後ろからそんなハルトを見ていて、少し気になることがあった。

ハルトはサラと同じ招かれ人だから、どんなに身体強化を使ってもバリアを使っても魔力がなくなることはない。だが、サラが初めての遠出をしたときのように、そもそも体が動くことに慣れていないと、靴擦れを起こしたり足そのものが疲れたりする。もちろん、筋肉痛にもなる。

だからサラが町まで出るのに丸二年かかったのだ。

だが、ハルトの歩き方はサラから見ても少しバランスが悪いものだった。上半身が前のめりになっており、腿《もも》が全然上がっていない。つまり、そもそも長く歩くという訓練をしたことがないのではないか。

「ハルト、ちゃんと聞いたことなかったけど、王都ではどんなふうにハンターやってたんだ?」

サラと同じ疑問を持ったのか、アレンが聞いてくれた。

「うん、だいたい毎日、仲間と一緒にダンジョンに潜ってた。そこでいろいろ魔法を試すのが面白くてさ。で、渡り竜の季節だけ、手伝いに駆り出されるほかは好きにさせてもらってた、と思う」

「ほう、渡り竜の討伐に参加していたか」

ヴィンスが感心したように声をあげた。ギルドで話していたときは聞いていなかったのだろう。

「うん、そこで姉さんと知り合った」

「知り合ってはいない。たまたま一緒にいただけだ」

ネリーは相変わらず冷たい対応である。

「王都のダンジョンか。じゃあ、町から出てすぐのところか」

「違うよ、あんな初心者ダンジョンじゃない。王都の南ダンジョンだ」

「だってあそこは町からは遠いだろう」

アレンも王都にいたことがあるから地理は把握しているようだ。

「屋敷から馬車で行ってたからな」

「馬車か。それでか……。で、何時間くらい潜ってたんだ?」

「昼頃行って、夕方には戻ってきてた。大きい魔法を使うとそれなりに疲れるんだよ」

「うーん」

この話で、ハルト以外の全員が理解した。

確かにハルトは招かれ人で、魔力量も多く、ハンターとして活躍していたのかもしれない。でもそれはあくまで貴族のやり方で、泥臭く修行したものではない。

つまり、ハルトには体力がないのだ。体力お化けのようなアレンでさえ、ギルド長に体力をつける訓練をやらされていたというのに。

周りがわかったところで、本人の自覚がなければどうしようもない。

ヴィンスは改めて周りを見回し、ため息をついた。

「にしても、すげえな、ツノウサギ。話には聞いていたが、これほどいるとは思わなかったぜ」

「俺、ちゃんと報告書に書いたからね」

ギルド長が口を尖《とが》らせているが、見ないと実感できないこともある。東門から魔の山に向かうほどツノウサギが増える。広場の周りは、集まってきたツノウサギで草原が灰色に見えるほどだ。

「俺がまとめてなんとかするよ」

ハルトがすっと立ち上がった。

「いや、なんとかしなくても今日は歩くだけだから、別にいい」

「じゃあ、いくよ」

「いや待てお前、ほんとに話を聞かないな？」

あきれるヴィンスの話も聞かず、ハルトは生き生きと両手を天に伸ばした。皆のんびり見学しているが、サラは気が気ではなかった。いったい何をするつもりなのだ。

「ダンジョンは狭いからさ。広いところで試してみたかった魔法があるんだ」

「いや、やめたほうがいいと思う」

誰かが言わなくてはならない。サラがすかさず突っ込んだが、ハルトは聞く耳を持たない。

「集え群雲《むらくも》よ、集いて天に昇り銀河となれ」

「いやいや、雲は銀河にならないよね」

サラはもはや義務のようにつぶやいたが、ハルトの頭上、斜め前には、草原の上にもくもくと怪しく暗い雲が広がり始めていた。やがて雲が集まり、雲のあちこちで小さな稲光がチリチリと光る。

「いくよ」

「いかないほうがいいと思う」

「舞い散れ、流れ星《スターダスト》」

頭上の雲から光の雨が降り注ぎ、一瞬の後、草原には動くものは何一つなくなった。

「そこは流れ星のままでいいじゃん」

サラの虚《むな》しい声が響く。

呆然《ぼうぜん》と見守る皆と、魔法が成功して嬉しそうなハルトの前で、やがて冬の名残の枯れ草についた火が燃え広がっていく。

「え？　あれ？」

「あれじゃないよ。こうなると思ってた」

サラは仕方なく立ち上がると、空に向かってハルトと同じように両手を広げた。

「ええと、魔法の教本に書いてあったとおり。『魔力は自分の思い描いたとおりの力になる。自分の魔力量に応じて、無理せず、自由に、自分が思い描いたように』」

サラの頭上にもくもくと雲が集まり始める。

「おいサラ、まさか」

「心配しないで、ヴィンス」

やがてあたりが暗くなるほど雲が濃くなった。

「スプリンクラー」

「だっさ」

ださいからなんだというのだ。サラの宣言したとおり、雲からスプリンクラーのように降り注ぐ雨は、草原の火を静かに収めていった。サラはその様子をちょっと悲しい気持ちで眺めると、ハルトに声をかけた。

「さ、ハルト。行くよ」

「え？　どこに」

「草原に。ツノウサギを拾ってこないと」

ハルトは大きな魔法を撃って満足かもしれないが、その魔法でたくさんのツノウサギが命を失った。ツノウサギは凶暴な魔物だし、あれだけ集まっていたら、自分の身の安全のためには討伐するのが当たり前だ。それでも、ハルトには言い聞かせなければいけないことがある。

「ハルト！」

「ああ。行くよ」

「見て」

サラはくたりと命を失ったツノウサギにしゃがみこんだ。

「雷の魔法を無差別に落としたせいで、毛皮の大半が駄目になってるでしょ。たぶん食べられなくなったものがたくさんある。魔石は取れるけど、これじゃ肉としても毛皮としても売れないよ。確かにいっぺんに倒すことはできたけど、ハンターとしてこれはどうなの」

サラはハンターではないし、人にものを教える立場でもない。でも、スライム一匹といえども、命を狩ったらそれをきちんと回収する大切さをネリーに教わってきているのだ。

「魔物だけど、さっきまで生きて動いていたものなんだよ。モフモフしてたでしょ。危険な魔物を間引くことは大切だし、自分の身を守ることも大事だけど、こんなやり方はよくない。よくないよ」

サラはそれだけ言うと、黙々とツノウサギを拾い集めた。もちろん、後でハルトに返すけれども。少なくとも、売れるところはちゃんと売って、食べられるところは食べてもらうのだ。それが命を狩ったハンターの責任だろう。

ハルトも何か感じるところがあったのか、反論せずにウサギを集め始め、やがてポツリポツリと話し始めた。

「ブラッドリーと同じことを言う」

「ブラッドリー？」

「招かれ人。先輩なんだ」

「ああ、王都にいるっていう、もう一人の」

サラはネリーのほうに振り返った。ネリーは知っているよというように頷いた。

「ブラッドリーは常識人だ」

「そこ？」

でも、その情報はとても大切な気がする。もう一人の招かれ人がハルトと同じように無茶をする人でなくてよかったということなのだから。

「年も上だけど、もともと社会人経験があるからって。いろいろ口うるさいけど、心配もしてくれる」

「いい人なんだね」

ブラッドリーというのは外国の人の名前だ。ハルトも外見は日本人に近いし、招かれ人は皆日本人だと思っていたが、違うのだろうかとサラは不思議に思った。ハルトには聞きたいことがたくさんあるけれど、人のいる前でどこまで聞いてもいいかわからず、ちょっとためらってしまう。

「今までダンジョンの魔物で、ふわふわしていた生き物なんていなかったから。かわいくて、もしかして飼えないかなあなんて思ってたけど。そのかわいい魔物を俺は今、たくさん殺してしまったんだな」

「うん。魔物だもの」

あの高山オオカミでさえ、かわいいと思うことはある。でも、魔物だから、ちゃんと線を引かなければならないのだ。

「でもさ、魔法はかっこよかっただろ」

ハルトはツノウサギを収納袋にしまいながらも、ちょっと自慢げだ。でもサラの答えは厳しい。

「え、別に」

「なんでだよ」

「そもそも詠唱が長すぎるし。統一感に欠けてるし。バリアが駄目なのに、スターダストがありとかないし」

バリアがかっこ悪いと言われたことを、サラは忘れていなかった。

「あ、まさかお前」

最後のツノウサギを収納袋にしまうと、ハルトは大声を出した。

「地味だから気がつかなかったけど、お前、招かれ人か！」

「いや、今ごろ？」

なぜ、ただの少女が魔の山に住んでいられると思うのだ。それに地味とか、明らかに言ってはいけない言葉であろう。

「じゃあ、姉さんが王都で使っていたバリアは、サラが考えたものなのか。つまりそれを真似した俺の障壁も、サラのバリアが元ってことか。だっさ」

「失礼すぎるでしょ。それにそもそもが私のバリアじゃないの」

「ご、ごめん。それについては感謝してるんだ。自分では身体強化で十分だと思ってたから、盾の魔法を全方位に展開するとか思いつかなくてさ。名前がださいだけで、魔法自体はいいものだよ」

「ださくないし」

サラはプイッと顔を背けると広場まで戻ってきた。

「ネリーは王都でバリアを使ったの？」

「正確には違うんだ。身体強化をちょっと伸ばす感じで、盾の魔法とは違うんだが、その」

ネリーは照れたように鼻の頭をこすった。

「サラみたいに、バリアって言ってみたくてな。それをあの招かれ人に聞かれていたらしい」

「ネフ。なんと愛らしい」

近くで感動している薬師は放っておいて、サラはネリーの隣に座って肩を寄せた。

「バリアって口にしたら、ちょっと楽しかったでしょ」

「ああ。でも、聞かれると照れくさいから、やっぱり私は控えめにしておくよ」

「それもいいね」

失礼な招かれ人に地味だとかださいとか言われても、自分とネリーが楽しければいいのだ。

ハルトもさすがに言い過ぎたと反省してしっかり謝ってくれたので、サラも許すことにした。

「さて、そろそろ進んでもいいか？」

落ち着いたヴィンスの声と共に、皆立ち上がって歩き始めた。

ハルトが次は何をやらかすのかとハラハラしながら歩き始めたが、心配するほどではなかった。

時折アレンと話しながら楽しそうに歩いている。

しかし、歩いているうちにアレンがしきりにハルトの足元を気にするようになった。サラにもわかる。すごく単純なことだが、片足を引きずり始めたハルトは、きっと靴擦れを起こしている。

地下ダンジョンというのは不思議なことに階段もあるし、時には悪路になることもあるという。ハルトの身につけているのもそんな中で戦える装備のはずなのだが、ただひたすら単調に歩き続けるというのは、ダンジョンでするのとはまた違う動きになる。

身体強化をして体を前に進めることはできても、痛いものは痛いのだ。

「よーし、止まれ」

ヴィンスが声をかけたとき、ハルトの肩がほっとしたように落ちたのをサラは見逃さなかった。

休憩中にポーションを使えば怪我は治って歩き続けられるだろう。

「ハルトとやら。足を見せなさい」

「え？　大丈夫だよ。ちょっとポーションをかけておけば」

「見せなさい」

クリスに言われてハルトがしぶしぶ出した足はやっぱり靴擦れを起こしていた。クリスはそれを見てとると、靴擦れを起こした足に手をかけたまま顔を上げた。

「ジェイ、ヴィンス。今日はここまで」

「そうするかあ」

ギルド長もヴィンスも迷いなく頷き、足を崩して座った。

「え、待ってくれよ。まだ昼になるかどうかってところなのに」

「ポーションをかけて治したら、歩き続けるつもりだろう。だが自分の足を見てみろ」

ハルトの足は、全体に細かく震えていた。

「そもそも体を動かす筋肉が足りない。まだ若いから、ジェイのような筋肉をつける必要はないが、体力をつけないと意味がない。身体強化を使うための体がまず必要なんだ」

「だったら、こんなとこで休んでないでポーションをかけて町に戻りたい」

「靴擦れごときでポーションなど使うな。サラ」

そうくると思っていたサラは、立ち上がった。クリスの人使いが荒いのは知っているし、この中では薬草担当は自分だと自負しているからだ。

「薬草ですか？」

「ああ。新鮮なもののほうがいいのでな。頼む」

「いいですよ」

「俺も行くよ」

アレンが付いてきてくれるようだ。休憩の広場から外を眺めただけでも、薬草はすぐに見つかった。ただし、冬よりも草丈が伸びている分、この季節に草原で薬草を見つけるのはかえって難しいかもしれないとも思うサラである。

「ダンッ」

「ダンッ」

ツノウサギがぶつかってくる音にもだいぶ慣れてきた。近くの薬草をさっと折り取ると、ハルトとクリスのもとに急ぐ。

「サラ、やり方はわかるか？」

「薬草を手のひらで揉《も》んで貼り付けます」

「やってみなさい」

サラはネリーに教わったとおり、クリスに言われるまま薬草を揉んで、ハルトの靴擦れに丁寧に貼り付け、以前作って余っていたタオルの切れ端でくるりと巻き付けた。

「半日あれば、治ると思うよ」

「うむ。合格だ」

クリスが満足したように頷いたが、サラは何に合格したのだろうかと遠い目をしてしまった。

「サラ、ほんとか？」

ハルトの素直な質問のほうがよほどわかりやすい。

「私もやったことあるからね。一番最初に歩く訓練をしたとき、私も靴擦れを起こしたんだよ」

ネリーがフッと微笑んだ。

「あの時はサラが一時間も歩けなくて、正直驚いたよ」

「一時間で休憩して、休み休みもう二時間、結局三時間で靴擦れになって歩けなくなったから、今のハルトと一緒だよ」

「そうか、サラも歩けなかったのか」

ハルトがほっと息を吐いた。

「ネリーもすぐポーションを使おうとするんだよ。しかも上級ポーションだよ。もったいないでしょ、薬草を貼り付けておけば治るのに」

隣でアレンが頷いているが、こう付け足すのも忘れなかった。

「ハルト、そのままうのみにするなよ。ポーションをやたら使うのはよくないが、薬草を見つけられる人も、貼り付ければいいって知識を持っている人もそうはいないからな？」

そういえばダンジョンで怪我をしたとしてもそこに薬草があるとは限らない。サラの住んでいた魔の山もこの草原もたまたま薬草の生えている場所が多いというだけなのだ。

「それに、怪我をするたびにポーションを買ってたら、ハンターで生活が成り立たなくなるからな。

なるべく怪我をしないようにする、そして自然に治る傷は自然に治すのが基本だぞ」

「地元民でもそうなのか。ポーションがある世界だから、ポーションを使うのが普通かと思ってた」

サラは思わず噴き出した。地元民という言い方がおかしかったからだ。

「サラもずいぶん常識がないと思っていたが、招かれ人の世界とはそんなに違うものなのか」

「ヴィンスからとばっちりが来た！　今、私は関係ありませんよ」

サラは顔の前でぶんぶんと手を振った。一方でハルトはヴィンスに素直に答えている。

「俺、一〇歳まで体が弱くて入院ばかりしてたから、元の世界のこともあんまり知らないんだ。ブラッドリーならよく知ってるから、ブラッドリーが来たら聞いてみたらいいよ」

「招かれ人は元の世界では長くは生きられない人ってのは本当のことだったのか」

サラは二人の言葉を聞いてショックを受けた。一番は、招かれ人といっても、この世界に来る前にはさまざまな人生があっただろうということを忘れていた自分にである。自分だっていつも疲れていて、人生を満喫していたとは言えなかったではないか。

それに、ヴィンスの直接的な言葉も衝撃は大きかった。確かに、女神らしき人には、サラも短い命だと言われた。転生した途端にオオカミに襲われそうになったサラは生きるのに必死で、そのことをすっかり忘れていたのだ。

「招かれ人はたいてい一〇歳くらいの姿でこちらに来るというが」

「うん。俺も一〇歳でこっちに来た。もう四年経《た》つんだ」

サラは転生前は二七歳だった。疲れがちであっても、社会人として働いていた。しかし、ハルトはその年齢のまま一〇歳でこちらに来たという。おそらくいろいろな経験のないままに。そしてすぐに貴族の屋敷に引き取られ、囲い込まれて暮らしていたのだろう。年の割に幼い理由がわかったような気がした。

ただし、もう四年経つというところで、ふふんという顔でサラのほうを見たので、そのサラの優しい気持ちは草原のさわやかな空気の中に溶けてなくなってしまった。二年先輩だぞという顔が憎たらしい。

イラッとしたが、サラはとりあえずお昼の準備をすることにした。ここに泊まるということは、つまりここでキャンプということである。午後に十分な時間があるので、薬草を採ったりアレンとお話ししたりできる楽しい時間が待っていると思うと心が弾む。

「じゃあ、まずお湯を沸かそう」

サラが携帯コンロと鍋を出すとハルトが興味津々で近寄ってきた。

「こんなの持ち歩いているのか?」

「もちろん。魔の山とローザを行き来するのに必需品だよ」

「すげえ」

目をキラキラさせるハルトに、サラの機嫌はあっという間に直ってしまった。そんなサラを眺めていたネリーだが、ふと気がついたように口にした。

「ジェイ、ヴィンス」

「なんだ?」

ネリーから話しかけるのは珍しい。

「子どもらは私が見ているから、いったん町に帰ってもいいぞ。特にヴィンスは忙しい身だろう」

どうやら二人を心配しているようだ。

「私は残ってもいいということだな」

と満足げなクリスと、

「俺だって忙しい身だし？」

と主張するギルド長はネリーに無視されているが。

「いや。せっかくだから俺ものんびりしたいんだ。半日のんびりできるなんていつぶりだろう」

ついに草原に寝転んでしまったヴィンスを見て、本当に自分が付いてくる必要があったのかとサラは疑問に思うのだった。

「サラ、せっかくだから、昼に温かいスープはどうだ？」

珍しいネリーの提案にサラは素直に頷いた。

「ちょうどポーチに鍋ごと入れているスープがあるから大丈夫。じゃあネリーの携帯コンロも貸してくれる？　お茶も沸かしたいから」

「わかった」

興味津々の皆の視線の中、ほとんど使ったことのなさそうなネリーの携帯コンロと自分の携帯コンロを並べ、収納ポーチからまず大きな鍋を出した。中身はコカトリスのトマトスープだ。アツアツのままだと取り出すときに危ないので、いったん冷ましてある。後で小分けにしようと思って鍋のまま入れておいたものだ。

それを火にかけ、もうひとつのコンロにお湯を沸かす用意だけしておく。お茶は食後にいれればいいだろう。

その準備を見ながら、みんなそれぞれのお昼ご飯とカップを出した。ハルトもみんなの様子を見て、ワンテンポ遅れて同じことをしている。サラは温めたスープを一人ずつによそっていった。なんとなく給食当番のようで、懐かしい。

「サラ、お前弁当の温めとか仕事にしてるんだから、スープもその調子で温めたらいいんじゃないのか？」

ヴィンスに言われてサラは苦笑した。

「それはそうなんですけど、やっぱりせっかくのキャンプ道具だから、使いたいじゃないですか」

「だよな！　俺も帰ったら買う」

激しく頷くハルトを横目で見て、アレンは首を横に振った、

「俺は面倒くさいからしたくないな」

「俺もだ」

残り全員、面倒くさい派だった。ネリーも小さく手を挙げていて、サラは思わずクスッと笑ってしまった。

「外に泊まるって、面白いのに」

「だよな！　俺も町に帰らなくてよかった」

さっきまで町に戻ろうと言っていたハルトがこれである。

黙々と食べているクリスとアレンと違い、ギルド中年組はにぎやかだ。

「うまっ！　相変わらずサラの料理はうまいなあ」

「前に食ったのは弁当だったが、このスープもいける。まさか、入ってるこの肉は……」

「あ、コカトリスです」

「そうだよなー、そんな気はしたんだ、あの弁当の時も」

サラの答えにヴィンスが遠い目をした。

「ネリー、お前さあ、こんな若いうちから贅沢《ぜいたく》させるなよ」

「すまん。魔の山では新鮮な肉といえばコカトリスやガーゴイルなものでな」

「ガーゴイル？　ガーゴイルって言ったか？　ゴールデントラウトといい危険な魔物ばかりなはずなのに、まるで魔の山はおいしくて楽しい楽園みたいなところに聞こえるじゃねえか。あ、サラ、スープお代わりあるか」

「俺も」

「私も」

「はいはい」

全員お代わりである。サラはスープのお代わりをよそいながら、収納ポーチの中身を頭の中で確認した。

「ガーゴイルなら、ローストしたやつがポーチに入ってますよ。ガーゴイルってごろごろ転がるからおかしいですよね」

「おかしいのはお前だぞ、サラ」

ヴィンスがスープの肉をもぐもぐしながらサラにスプーンを向けた。行儀が悪い。

「いいか。ガーゴイルはごろごろ転がるがそれがハンターにぶつかって大変危険な魔物なのであって、決して面白おかしいものではない。それからガーゴイルのローストは普通ポーチには入っていない」

「そうなんですか」

お代わりで空になったスープの鍋を洗ってからしまうかどうか悩んでいたサラは、適当に返事をした。そもそも魔の山でのネリーの暮らしがどうやら常識外れであるということは、うすうす理解はしている。

「お昼はおなかいっぱいになったから、ガーゴイルは夕ご飯の時に出しましょうか」

「……ぜひ、そうしてくれ」

「了解です」

食後のお茶を出しているときにギルド長があっという顔をした。

「そういえば奥さんからさあ、リンゴのパイを持たされてたの忘れてた」

「ジェイ！　そんな大事なことを忘れるなんて！　おなかいっぱいになっちまったじゃねえか！」

ヴィンスが怒っている理由を、クリスが冷静に説明してくれた。

「ジェイの奥さんのパイは絶品だからな。今は満腹だから、おやつにいただきたい」

「いいぞー」

「おやつってクリス……。お前その顔で……」

ヴィンスに突っ込まれているが、クールなイケメンであっても甘いものが好きでもいいのではないかと思うサラである。少年組は少年組で仲良く午後の相談をしている。

「ハルト、午後は一緒に薬草を採るか？　足がガクガクしててもそのくらいはできるだろ」

「ガクガクしてないし。そのくらい平気だし」

要は、喜んでやるということである。足はガクガクしているようだが、目は輝いている。サラは一人頷いた。アレンは薬草採取はあくまで仕事であって心は浮き立たないと言っていたが、薬草採取はうきうきする楽しい仕事なのだ。やってみたらハルトだってそのよさがわかるはず。

サラがアレンをいいなあと思うのは、こういうとき、サラを頼らないところだ。薬草のことならサラに聞いたほうが早いのに、自分でできる範囲のことをしようとする。

「私も付き合おう」

クリスもすっと立ち上がった。残りの三人は寝転がったり地面に肘をついていたりと大変くつろいでいる。サラは若干冷たい目でそれを見ながら、こう提案した。

「バリアを張ろうか？」

「そうだな。薬草を覚えるまではそれに集中したほうがいいかもしれないな」

アレンの判断により、サラがバリアを張ることになった。

四人が十分活動できるくらいの範囲にバリアを広げる。バリアの外側にツノウサギがぶつかっているが、バリアを広めにとっているので全然怖くない。

「はいどうぞー」

「これは」

アレンとハルトが何の疑いもなくバリアの中で喜々として薬草を探しているのに対し、クリスはバリアの範囲に慎重に入ってきた。もちろん身体強化をしたままだ。

「結界を人為的に作るのか。これは便利なものだ」

そうつぶやいて、サラのバリアを出入りしてみている。

「盾の魔法を、全方位に、か。やってみるか」

「待った！　それなら俺もやる。お前、薬師なのに魔法師なめんなよ」

ヴィンスが跳ね起きてクリスの隣に立った。

「身体強化だってお手のものだし、クリスは優秀すぎるんだよ。ジェイなんて目じゃないほど優秀なハンターになれるのに、なんで薬師なんてやってるんだか」

「薬師が面白いからに決まっているだろう」

「俺、けっこう優秀だからね！」

離れたところからギルド長が叫んでいるが、寝転がったまま動かない。

クリスが優秀な薬師ギルド長として慕われているというのは知っていたが、そんなに全方位に優秀な人だとは知らなかったサラは驚いた。しかしそんなサラなど気にも留めず、クリスはサラのバリアとその外側のはざまにいて、なおかつ自分の魔力と向き合っているようだ。

「盾の魔法は容易だが、それを敵もいないのに全方位に張るなど、魔力の無駄遣いだ。招かれ人ならではの発想だな。だが面白い」

「わかってんだよ、そんなことはよ」

どうやらヴィンスともとても仲がいい。そんなクリスにサラが言いたいことはただ一つだ。

「全然、薬草採りに付き合ってないんですけど」

クリスとヴィンスは放っておいて、アレンとハルトを見てみることにする。

「いいか。これが見本だ。よく見てみろ」

そう教えるアレンの手にはいつの間にか薬草が握られている。さっきの靴擦れの時に採っておいたのに違いない。サラは感心した。

「この季節、周りに背の高い草が多くて、薬草は見えにくいから、こうして一度しゃがみこむ」

「なるほど」

「最初はこの薬草を見て形を覚えてから、周りをゆっくり観察していく。薬草の葉は少し裏側が白っぽいから、慣れるとよくわかる」

「やってみる」

しゃがむどころか、地面に膝をついて熱心に周りを観察しているハルトを見て、サラは自分はアレンにこんなに親切に教えただろうかと考えた。確か本を渡して、あとは実戦で教えただけのような気がする。

サラもアレンも簡単にできる薬草採取が、なぜ他の人にできないのかと不思議に思っていたが、こういう観察力や教える力が薬師ギルドには足りないのかなと気がついた。ハンターギルドだって、自分で実力をつけろという感じで特に親切ではない。

「じゃあ、さっき見たように町の人と一緒にやっているテッドって、案外親切に教えている？　まさかね」

サラは頭を振ってその考えを追いやった。だったら最初からサラに頼らずに町の人たちに頼めばよかったのだ。

「なあ、サラ」

サラが手を出さずにアレンとハルトを見守っていると、少し離れたネリーから声がかかった。

「なあに？　ネリー」

サラがくるりと振り向くと、ネリーは不思議そうな顔でヴィンスとクリスのしようのない大人組のほうに目を向けていた。

「サラのバリアは何でも跳ね返すはずなのに、あの二人が自由に出入りできているのはなぜだろう」

「え？」

そういえば、二人ともさっきからバリアの中と外を行ったり来たりして魔力を確かめている。

「バリアが効いていない？　でもウサギははじいてる。ということは」

「もしかして、人はバリアの出入り自由なのか？」

ネリーは立ち上がるとすたすたと歩いてきて、迷いなくサラのバリアの中に入ってきた。

「入れてる……。人なら自由なのかな。でも騎士隊の人ははじいてたし、ネリーだって一番最初ははじかれていたよね。もしかして、私が警戒しているものは入れないとか」

サラは騎士隊とやりあったときのことを思い出した。そんなサラにネリーが提案した。

「それなら、誰か一人敵役になってもらって試したらいいんじゃないか？」

「敵役っていっても、皆親切にしてくれた人ばかりだし」

ネリーも難しいことを言う。

「でも、強いて言うなら」

サラはちらっとクリスのほうを見やった。

「待て。私か？　なぜ私なのだ。ネフのことをこんなにも大切にしているというのに！」

「ええ、ネリーのことは大切にしてますけど、私は別に大切にされていないので」

サラは正直な気持ちを正直に述べた。皆思い思いのほうに目を背け、何とも言えない気まずい雰囲気が漂った。しかしクリスはあっさりと肩をすくめ、頷いた。

「まあ、それなら仕方がないか」

「仕方がないで済ますんだ。それならサラのこともっと気にかけよう、とかなんとか普通は言うと思うんだけどな。やっぱり薬師ってちょっと感覚が普通の人と違うよね」

サラはぶつぶつと文句を言ったが、アレンが気の毒そうに見るほかは、誰も気にもしない。

「かといって今の私では自由に出入りできる。さあ、私を敵だと思え」

偉そうに宣言すると、クリスはいったん結界の外に出た。

「無駄に偉そうなんだけど。でも敵、敵ねえ。敵とは思わないけど、ネリーがいなかったとき、この人は頼れないと思った悲しい気持ちを思い出そう。頼れない、頼れない……」

つぶやいているとどんどん悲しい気持ちになってきた。

「大変微妙な心持ちだが仕方がない」

クリスもなにか言いながら、サラがうつむいて悲しい気持ちを反芻《はんすう》している傍らで、手のひらをバリアのあるあたりに当てた。

「うっ」

音こそしなかったが、クリスの手のひらは衝撃ではじかれた。クリスはそれにもめげず、今度は倒れこむように勢いよく横向きでぶつかった。

「うわっ」

まるで何かに叩き返されるように体が弾み、クリスは思わずその場に尻餅《しりもち》をついてしまっていた。

「驚いたな。これほどサラの気持ちに左右されるものなのか」

ネリーはふむと頷くと、サラのバリアを出たり入ったりしてみている。やはり人そのものではなく、個人を認識してはじくようだ。それを見てクリスが切なそうな顔をした。

「いや、これは体も跳ね返されるが、心も跳ね返されて何とも微妙な気持ちになるな。サラ、もう敵役と思うのをやめてもらえないか」

「はい」

サラは悲しみを反芻するのをやめた。しかし、

「うわっ！　入れないぞ」

「なかなか気持ちって戻らないいんですね」

と、しばらく大騒ぎであった。

「なあ、サラ。テントや何かに泊まるとき、人もはじくなら安心だって俺、思ってたけど、寝てるときに悪意を持った人をちゃんとはじくのかなあ。無意識で見分けられるとは思わないんだよな。ちょっと心配になってきた」

アレンが薬草採取の手を休めて、サラのことを心配そうに見た。こういう気遣いが欲しかったのだとサラはうんうんと頷いた。

「アレンとネリーならたぶんいつでも出入り自由な気がしてきた」

「それも危ないぞ。本来ならすべてをはじいたほうがいいんだ」

ネリーも心配そうにサラを見た。そしてなにやらヴィンスたちと目を見交わしていたが、そもそ

もあまり危険なことはするつもりがないのでサラはあまり気にはならなかった。

「さ、それでは最初から気になっていたとおり、全方位に盾を展開ということでやってみるか」

「いや、待てクリス。その考えだと、盾を何重にも張ることになるだろう」

「確かに、そのつもりだった」

「そうなると、盾を一度にいくつも操ることになり、あっという間に魔力がなくなるぞ」

真剣に話し合っているクリスとヴィンスに、薬草を探す目はそのままで、ハルトが声をかけた。

「俺らはさ、っていうか俺は、サラの障壁《しょうへき》」

「バリアね」

サラはすかさず訂正した。

「……サラのバリアの話を聞いて思ったのはカプセルだったたし、実際見たらシャボン玉みたいだと思った。盾をイメージするんじゃなくて、丸いものをイメージしたほうがいいんじゃないかな」

「かぶせる？　シャボン玉、は子どもが洗濯の時に遊ぶあれか」

カプセルはどうやらこの世界にはないようだった。サラは似たものがないかと記憶を探った。

「お魚の卵とか、カエルの卵とかは？」

「カエルか！　それなら俺にもわかる！」

反応したのはなぜかアレンだった。

「王都の西側にある湖沼地帯で春に大発生するあれだろ！　叔父さんの狩りに付き合ったことがある。確かに卵は大きくて透き通っていて、丸かった！」

「チャイロヌマドクガエルか！　確かにあれならイメージできる。あれも毒草と同じで、薬師にとっては欠かせない素材だからな」

サラは思いがけない情報に呆然とした。そもそもアレンが言うように大きなカエルの卵なんて想像できなかったし、クリスに至っては、それが薬の材料になるという。

「ポーションの材料は薬草だけでは？　冊子には薬草しか載ってなかったけど」

「サラは何を言っている。薬草はもちろんだが、魔物の素材にもポーションになるものがあるぞ」

「知らなかった。薬師も無理かも」

薬師になりたいと思っていたわけではなかったが、ここでもサラの前に魔物の存在が立ちふさがるのであった。

魔法はイメージが大事だという教本のとおり、カエルの卵という微妙なイメージでクリスもヴィンスもバリアを成功させた。ただし、やはり長時間展開するのは無理なようだ。

「身体強化は半日以上続けても大丈夫なのに、バリアは数分しか続けることができないのはなぜだ。魔力の消費にそこまでの差があるとは思えないのだが」

「そんな簡単にできるわけないだろ。訓練するしかないだろうが。これだから天才はいやなんだよ」

そんなクリスとヴィンスは放置していて、サラとアレンとハルトは薬草採取にいそしんでいた。ハルトは一度薬草について教わってからは、サラの教本を借りて見直しているほかは質問もせず、静かに集中して薬草を探している。

サラは意外だった。いつでもうるさくて少し自分勝手、それがハルトという少年だと思っていたからだ。

「さあ、おやつにしねえか」

寝転がっていただけのギルド長の声に、大人組が光の速さで広場に戻ってきたときも、

「俺、切り分けてみたい。あとコンロの使い方教えてくれ」

とサラに付いて回り、不器用ながらもパイを切り分け、目を輝かせて携帯コンロをいじってみている。その間、質問するほかは無駄口も叩かず、動きも静かだ。さらに片付けにまで手を出した。

「洗うのがカップだけなら、水を魔法で手から流しながらこうキュッキュッと」

「手のひらから水を出す感じだな」

「そう。終わったらこう、水分を蒸発させる感じで乾燥すると早いよ」

「それはちょっと難しい」

サラとハルトの会話をクリスとヴィンスが唖然《あぜん》として聞いている。ネリーとアレンはサラで慣れているし、ギルド長も驚いてはいない。

「招かれ人の発想は奇想天外だな」

「それもなんで食器を洗うとかそういうどうでもいいとこに魔力が発揮されてるんだよ」

ネリーに魔力の話を聞いたとき、この世界では皆魔力を持ってはいるが、別に積極的には使わないとサラは聞いたような記憶がある。確かに、水は水道から出したほうが早いし、熱だって魔道具から発生させたほうが早い。だとしたら、細かいことに魔力を使うことはないのだろうと思う。

「俺、大きな魔法で魔物を倒すことばかり考えていて、こういう身の回りのことはやったことがなかったんだ。魔力って、いろいろなことに応用できるんだな」

「うん。むしろ大きい魔法とか考えようとも思わなかったよ」

人が違うと考えることも違う。ハルトは少し暗い顔をしてうつむいた。

「あのな、サラ。それに姉さん」

「姉さんではない。ネリーだ」

「うん。ネリー」

サラはネリーのその言葉に思わず振り返った。それは拒否の言葉ではなく、ネリーと呼んでいいという許可の言葉のように感じたからである。少しだけ口の端が上がっているネリーの表情を見ると、サラの勘は当たっていたようだ。

「俺、最初、王様の前に現れたんだ。招かれ人ってたいていそうなんだって。女神のような人が、魔力が多いから大切にされるだろうけど、日本にいたときと変わらず、ちゃんと決まりを守って生きていきましょうねって説明してくれた後に」

「え？　私、招かれたというか、放置されたの魔の山ですが。そして目の前にいたのは高山オオカミでしたけど。何の説明もありませんでしたが」

サラはハルトの身の上と自分との違いに気が遠くなりそうだった。なぜサラだけが違うのだ。

「そこからすぐに立派な部屋を用意してくれて」

「私は山小屋でしたけど」

「いろいろこの世界のことを学ばせてくれて、それから後見してくれる人を決めて、屋敷を用意してくれた」

「もはや何を言っていいかわからないです」

あきれたような口調になりながらも、サラは二七歳の社会人だったし、ハルトは一〇歳の子どもだったことを考えれば仕方がないかなとも思えるのだった。一〇歳といえばまだ親が必要な年齢であり、転生させられたのが魔の山とか、家事能力のない人のそばとかではなくてよかったくらいだ。

「先のことはゆっくり決めていいと言われたけど、ダンジョンとか魔物とか、ハンターとか聞いたら、やっぱりそういう仕事に就きたくなって、一二歳からハンターになったんだ」

「一二歳でハンターになったのは私も同じだ」

サラも頷いた。

「一人じゃ危ないからって、仲間も用意してもらって、そうしていろいろな魔法を使って、けっこう活躍していたと思う。そんなとき、大型の魔物を離れたところからおとなしくさせる魔法はないかって聞かれて」

「うーん、スリープとかスタンとか？」

サラの知識ではこのくらいがせいぜいである。その話に反応したのはヴィンスだった。

「サラ、お前もそんなにすぐに思いつくのか」

「うん。実際に魔法を使ったことはなかったけど、架空の物語はたくさんあったから」

それぞれのお話にそれぞれの魔法名があった気がするが、いちいち覚えていない。

「でも精神干渉系の魔法は俺は使えなかった。魔法がどう相手の心や神経に作用するかのイメージが、どうしてもできないんだ」

「それは私もだ。確かに難しいよね。それに、危険だし」

「うん。その危険に気がつかずに、『麻痺《まひ》薬を魔法と併用させたらできる』って提案したのは俺なんだ。ブラッドリーはそういうことを聞かれても何も教えたりしないのに」

「あー」

サラは騎士隊に襲われたときのことを思い出した。

「その考えを騎士隊が人に応用したんだ。騎士隊、弱いだけじゃなく最低だね、やっぱり」

サラは改めて騎士隊に嫌悪感を抱いた。

「俺は姉さん、いやネリーに麻痺薬を使うのを王都で見てしまった。ネリーはそれをうまくかわしていたから、その時もそこまで責任は感じてなかった。けど、後から、ネリーが子どもを置いて連れ去られてきたって聞いたんだ。それって俺のせいだろ」

「うーん、なんといっていいか」

サラはその話を聞いても、ハルトに怒りは感じなかった。ただ、騎士隊の後ろに、招かれ人をいいように使おうとする勢力があることを感じて嫌な気持ちにはなった。

「ここにきて、その子どもがサラだって聞いて。一見のんきで気楽に見えるけど、一二歳のお前が一人で取り残されたんだと思ったら、本当に俺のしたことは……」

「のんきでも気楽でもないからね、私は」

そこは大事なので指摘しておく。ハルトは目を一度上げて、ネリーのほうをしっかりと見ると、深く頭を下げた。

「ごめんなさい！　俺のせいで、薬を使われて、つらい思いをさせました！　本当に、ごめんなさい……」

ネリーは何とも言えない顔をすると、ふっと微笑んだ。

「私はいい。取り残されてつらい思いをしたのはサラのほうだからな」

ハルトは今度はサラに頭を下げた。

「サラ。ごめんな。俺が軽はずみな提案をしたから」

「謝罪は受け取るけど、もういいよ」

「よくないんだ。よくないんだよ」

ハルトの声は思ったより深刻だった。

「俺は、麻痺薬のことを反省したけど、それでも、何なら話してもよくて何なら駄目なのか、全然わからないんだ。このまま王都にいて周りにちやほやされ続けたら、また何か、人に害を及ぼすようなことを言ってしまいかねない。だから俺」

「逃げてきた、んだろ」

黙り込んだハルトの代わりに言葉を発したのはアレンだった。ハルトは頷いた。

「魔の山に行くって、手紙を残して出てきた。特にどこかに行くなとは言われてないけど、たぶん俺を王都からは出したくないんだろうなと感じてはいた。ローザに行くって言ったら絶対止められるから」

「王都では焦ってるだろうな。ってことは、そろそろ迎えが来るかもしれん。招かれ人は貴重だからな」

ヴィンスの言葉に、サラは思わず、

「貴重なんだ」

と突っ込んでしまった。だが、そういえばそれが面倒だったから、わざわざ招かれ人だと名乗りをあげなかったということもある。

「そうだった。私、せっかく疲れない体になったんだから、囲い込まれずにあっちこっち行きたいと思って黙ってたんだよ」

「そうなのか。いいなあ、俺、周りに流されてなんにも考えてこなかったから。サラ、俺」

「あ、許すとかそんな話？　別にいいよ。ネリーと離れちゃったの、ハルトのせいじゃないし」

麻痺薬を散布するというのはハルトが考えたことかもしれないが、悪いのはそれを人間に使おうと考えた騎士隊やその背後にいる人たちである。サラはできればそういう人たちとは一生かかわりあいたくない。

「おや、待てよ」

ヴィンスが何かに気づいたという顔をした。

「ハルトはおそらく、王都から迎えが来るだろうが、サラにも迎えが来るんじゃないのか？　確かあの時、騎士隊に『招かれ人なんだから』って言っちゃってただろう」

「しまった！　黙ってればよかったのに、つい」

確かに、騎士隊ともめたときに見得を切ってしまっていた。

「なに、迎えに来たとて、行かなければいいだけのことだ。ハルトにしろ、王都に留《とど》まらなければならないという義務はないはずだぞ」

ネリーが何を悩んでいるのだという目でハルトを見ている。

「そうかな。でもあれだけ世話になってたら、こっちもなにか返さないとまずいかなって思うし」

「それこそが囲い込まれるってことじゃない。たしか女神みたいな人は、いてくれればそれでいいって言ってたよ」

ちょっと突っ張っていたあれこれが抜けてみると、ハルトは素直な少年だった。

「ハルトさあ、別に恩返しとか考えなくていいんだよ。お前、うちの嫁さんに対してもそうだろ。アレンもそんなんだし、母親だと思ってもっと甘えてもいいのにって残念がってたぞ」

「ありがたいけど、俺ももう甘える年じゃないから」

今ハルトとアレンを預かっているギルド長の様子だと、家だとハルトもアレンもきちんとしているようだ。アレンがきっぱりと断ると、ハルトも顔を上げた。

「俺も、本当にありがたいと思ってます。でも、俺にとっての母さんは、元の世界の母さんだけだから。甘えなくていいんだ。それにもう、ほとんど大人みたいなもんだし」

大人ではないよねという微妙な雰囲気が漂ったが、自立しようというのはいいことだ。

「そこまで言うんなら、そろそろ一人暮らしでもいいかもしれないなあ。ここまで二人を預かって、少なくとも家の中では無茶しないのはわかったからな」

一人暮らしという言葉にハルトの背筋が伸びた。一二歳と一四歳と、どちらにしても日本では一人暮らしなどありえなかったが、この世界では実際にある。それに、アレンなど、おじさんが亡くなって数ヶ月間、そもそも一人でテント暮らしをしていたという強者《つわもの》なのだから。

「そういう意味では、魔の山は一人暮らしみたいなものだなあ。ネリーはいるけど、料理洗濯に掃除は自分でしなくちゃならないし、自活するために薬草採取したりしなくちゃいけないしね」

「うむ。もはやサラがいなくてはやっていけないほどに世話になっている」

「それってつまり、サラはちゃんと生活してるが、ネフェルタリはサラに頼り切りってことなんじゃないのか？」

ヴィンスの突っ込みをネリーはさらりと無視したので、疑惑は草原の風に消えてどこかに行ってしまった。

「なあ、サラは二年、魔の山にいたんだろ。魔の山って人がいなくて退屈じゃなかったのか」

「退屈とか、ないない。最初はとにかく魔物が怖くて小屋から出られなかったけど、それでも毎日生活を整えるのは楽しかったよ。それから一歩ずつ外に出て、今ではガーゴイルの岩場に行ったり、ゴールデントラウトのいる淵《ふち》に行ったりする。今度コカトリスの卵を取りに行くんだ。それに」

「それに？」

サラはちょっと答えるのをためらった。あれを楽しいことに含めていいのか悩んだからだ。それなのにネリーが笑いながら先に教えてしまった。

「サラは高山オオカミに餌付けをしているからな。家の周りには高山オオカミがたくさんいるぞ」

「餌付けなんてしてないし。毎日生ゴミを捨ててるから、オオカミはそれを待ってるだけだし。そもそも私が餌付けをしなくても最初からいたし」

サラはネリーからぷいと顔を背けたが、背けたらハルトのキラキラした目と合ってしまった。

「オオカミか？　オオカミと仲良しなのか？」

「仲良しではありません。むしろ天敵です」

「何頭くらいいるんだ？」

その質問がくるとは思わなかったサラは、毒気を抜かれて正直に答えた。

「だいたい一〇頭前後かなあ」

「一〇頭も！　オオカミが！　自分のうちにいるのか！」

「自分のうちじゃなくて、管理小屋だし。いるのは結界の外側だし」

「やっぱり俺、魔の山に行く！　そこなら王都の奴らも来ないんだろ」

確かに王都の騎士隊で魔の山まで行けたのは小隊長ただ一人だったはずだ。

「まあ、ハルトが来たいなら来てもいい。どうやらサラやアレンと同じで、私の圧も気にならないようだし」

ネリーは鷹揚《おうよう》に許可を出した後、はっとしてサラに確認をとった。

「いいよな、サラ」

「うん。誰かがうちに遊びに来るならそれは嬉しいもの」

「いや、うちっていうか、魔の山だから。あと、遊びとかじゃないからね」

ギルド長がきっちりと突っ込んでくれてありがたい。

「そのためにも、まずは魔の山まで歩き切る脚力が大事だな、ハルト」

「はい」

ハルトはさっき町に帰りたいとグズグズしたことなどすっかり忘れたかのように、ネリーに素直に返事をした。目的が決まれば努力は苦にならないものだ。ハルトはアレンのほうに向き直った。

「なあ、アレン。俺、しばらくダンジョンに行けなくなる」

「わかってるよ。草原を長く歩く訓練をするんだろ。帰りにツノウサギを狩ることが条件だ。毎日ちゃんと暮らせるだけの収入は大事だからな」

アレンは苦笑して条件を出しているが、ハルトは驚いたように目を見開いた。

「一緒に来てくれるのか」

「ハルト、お前、一人で草原を行き来できるほどの集中力はないよな。一人では危ないぞ」

「う、そ、それは」

ハルトは目をそらした。バリアを張ることはできるとはいえ、サラのように訓練したわけでもないから、注意がそれるとすぐ適当になってしまう。身体強化はお手のものだが、だからといって、ツノウサギが群れている場所で何が起こるかはわからないのだから。

「俺だってサラのいる魔の山には行きたいんだ。ハルトに先に行かれてたまるか」

「そっちが本音かよ。感動したのに」

ハルトはがっかりしているが、サラは嬉しいの一言に尽きる。いつ魔の山に来てくれるだろうかと楽しみになった。

次の日、サラとネリーは、足早にローザに戻る一行を見送ると、いつものように魔の山へ向かった。

「これから少し山小屋の模様替えをしなくちゃだね」

サラはこれからすべきことをうきうきと数え上げた。

「ハルトとアレンだけじゃなく、付き添いの大人も来るでしょ。お客が来ている間は私はネリーと一緒の部屋でいい？」

「もちろんだ」

ネリーの部屋もサラの部屋も、もともとベッドが二つ置いてある二人部屋仕様なのだ。そして二人部屋が三つあるから、もともとは六人泊まれる造りなのである。

「それで客室が二つ用意できるから、一つはハルトとアレン用、もう一つは大人用で」

「うむ。確か屋根裏も、非常用の客室になっていたと思うが」

「あの開けたことのない屋根裏が？」

屋根裏に上がる階段があるのは知っていたが、てっきりただの荷物置き場だと思っていた。

「うーん、お布団とかはあるのかな」

「確か小さい収納袋があったような気がするぞ」

何年も住んでいるのに相変わらず家のことに興味がなく、知識も曖昧なネリーである。そんな話をしながらあっという間に魔の山の入り口に着き、いつものように集まってきたツノウサギをうんざりと眺めながら歩いていると、ふとネリーが立ち止まった。

「ネリー？」

「うん。ああー」

しまったという顔をしたネリーは、いきなり勢いよく頭を下げた。

「すまんサラ」

「な、なに？」

焦るサラに、ネリーは困った顔を向けた。

「服を買い忘れた」

「あー！」

いったんローザの町に戻って買い物に行こうと思っていたのに、すっかり忘れて普通に帰ってきてしまっていたのだ。

「ネリーのせいじゃないよ。私も忘れてたし、何より今回は急に話を持ってきたギルド長のせいだよ……」

「いや、私が思い出せばよかったのに。そうだ、今度行ったときに店ごと買えば、しばらくは買い忘れても大丈夫なんじゃないか？」

買い物が面倒だという気持ちがありありと前面に出ている。

「服には流行というものがあってね、というか、店ごとじゃなくまず一枚から欲しいんだよ」

そうは言っても、くよくよしていても仕方がないとサラは割り切った。

「今度ローザに行ったときは、薬師ギルドやハンターギルドの前に、服を買いに行く。誰にも邪魔させない。これですべて解決！」

ふんと気合を入れるサラにネリーは優しく微笑んだ。

「そうだな。今度は忘れないようにしような」

「ネリーはお店に入っても気を使わなくてすむよう、クリスがやってるみたいに魔力を抑える訓練をしないとね」

「うむ」

魔力の圧が高いと生きづらいのはアレンを見ていてもわかったが、アレンにしろギルド長やヴィンスにしろ、気を使うとはいえ町の人の間で普通に暮らしている。薬師ギルド長のクリスに至っては、周りに人が集まってうっとうしいほどだ。

「面倒くさがって、魔力を出しっぱなしにしているからお店に入りにくいんだからね」

「はい」

神妙に頷いたネリーと共に魔の山に戻るサラである。

高山オオカミに迎えられて魔の山の小屋に戻ったサラは、さっそく屋根裏部屋の検分をした。少しほこりっぽかったが荷物などはなく、何もない広い部屋だった。隅に置いてある収納袋には、ベッドの木枠が四つと四組の布団が入っていたが、床になっている部分も丈夫だし、床に寝るのでよければさらに数人は大丈夫そうであった。

「何かあったときのことを考えると、客室だけだと六人だけど、屋根裏でさらに四人、あちこちにごろ寝をすれば全部で二〇人くらいは泊まれるのか。いやいや、そんなにたくさん泊まることを考えてもしようがない。ハルトとアレン、付き添いの大人二人で四人くらい泊まれればいいかな」

サラはぶつぶつ言いながら、客が来たらどうなるかの配置を考えていた。ローザの町へ行きたくて焦っていた頃の自分からだいぶレベルアップしたなと思いながら。

収納袋から出してみた布団はすぐに使えそうだったので、そのまま元に戻した。客室はすぐに使えるようになっているし、あとは二人が修行して魔の山に来られるようになるのを、サラなりの生活をして待つだけでいい。

「私は二年かかったけど、アレンたちはどのくらいかかるだろう」

もちろん、最弱だったサラと比べたらスタート地点はかなり前のほうだ。

「今度ローザに行くのが楽しみだな」

ネリーが戻ってきてからサラは毎日が楽しい。もちろん、アレンと一緒に過ごしたローザの町でのあれこれも楽しかったが、常にネリーの安否が気にかかっていたから、それが日常にどこか暗い影を落としていたのだ。

客用に部屋を調えたり、日課の薬草採取にいそしんだり、ネリーの狩りに付いていったりしているうちにローザの町へ行くまでの一〇日間はあっという間に過ぎた。サラはいつものように収納リュックをしっかりと背負った。遠くに見えるローザの町に向かって声を張り上げる。

「今度こそ服を買うぞ！」

「よし！」

ところが、草原の入り口の広場まで来てキャンプをしようとしたら、そこには先客が三人いた。一人はぐったりと仰向《あおむ》けに倒れこみ、まぶしいのか片手で日差しを遮っており、残りの二人はあきれたようにそれを見守っている。その二人がサラとネリーに気がついた。

「サラ！」

「サラと姉さん！」

「姉さんではない。ネリーだ」

見覚えのある二人はアレンとハルトだった。アレンはともかく、ハルトがたった一〇日間ちょっとで、草原の端っこまで来られるようになったのは驚きである。しかし倒れているのは誰だろう。

「アレン！　ハルト！　それと？」

「チッ」

このあたりでこんな失礼な態度をとる人は一人しかいない。

「テッド？　なんで？」

「……うるさい……」

「大人は？　保護者はいないの？」

サラはあたりを見回した。どう見ても三人しかいない。

「どう見ても……、俺が……、保護者だろうが……」

確かに二〇歳は超えているはずだが、どこからどう見ても保護者の器ではない。そもそも、アレンの圧を嫌がるくらいなのだから、魔力量もそれほど多くないはずだ。テッドが草原に出てくること自体が自殺行為ではないのか。

「ええ？　保護者って、面倒見るどころか、一番疲れてるじゃない」

「疲れてない。空を見ているだけだ」

テッドと話していても埒《らち》が明かない。

「アレン？」

「ええと、その」

どうやら事情がありそうだ。

困った顔のアレンとは違って、ハルトは元気いっぱいに答えてくれた。

「ギルド長に頼まれたんだよ。テッドの面倒を見てくれないかって。そしてギルド長は、薬師ギルド長に頼まれたって言ってた」

「俺は！」

テッドはガバリと体を起こしたが、またゆっくりと背中から倒れ、そっぽを向いた。

「草原に出る必要があった。そしてそこにアレンとハルトがいた。それだけだ」

「面倒見てないし、保護者でも何でもないじゃん……」

サラはあきれて腰に手を当てた。大体、サラとアレンにさんざん迷惑をかけているのに、いまさら頼ろうとか厚かましすぎる。

「俺は頼まれてない。ハルトが頼まれただけで、ハルトが面倒を見る約束だ」

アレンもそう思っていたようで、首を横に振った。

「まあ、なんにせよここまで来られたのはすごいよね、テッドもだけど、ハルトも」

サラは自分がゆっくり鍛えたせいか、一〇日ちょっとでここまで歩けるようになったということにとても感心した。ハルトは誇らしげに胸を張った。

「で、ここまで何日で来られるようになったの？」

「今回はテッドがいるから一泊して二日だな」

「俺のせいかよ」

もちろん、テッドのせいだろう。

「でも、正直に言って俺、足はまだガクガクする。修行の道はなかなか厳しいぜ」

ハルトが正直に言った。ローザの町のハンターギルドは、サラが招かれ人だと知ってからも何も変わらなかった。おそらくハルトもこの世界に来てから初めて、普通のハンターの少年として年相応に扱われているのだろう。突っ張ったところや虚勢を張ったところがなくなり、ちゃんと人の話を聞くようになった気がする。

「とりあえず私たちも休憩しようよ」

「そうだな」

頷くネリーと一緒にサラは座り込んだ。

「テッドはどうして急に修行なんか始めたの？　魔力量だってそんなに多くないのに」

「うっせー」

「そんな言い方してるとお茶をいれてあげないけど」

サラはずけずけと指摘した。テッドに対しては遠慮とか思いやりとかは不要だ。テッドはだるそうに起き上がると、少し考えて言い直した。

「うるさい」

「それで丁寧な言い方になったとでも思ってるの？」

サラはあきれて問い詰めた。そんなサラとテッドを眺めて、ハルトがふっと含み笑いをした。

「俺、こないだテッドんちに行ってご飯ごちそうになったんだけどさ」

「黙れ、ハルト」

「テッドんち？　あとなんでハルト？」

サラは心底驚いた。テッドが人を招くようなタイプには見えなかったからだ。

「俺にも家くらいある」

「そこが問題なんじゃないからね」

楽しそうな顔のハルトがサラとテッドを交互に見て話を続けた。

「俺が呼ばれたのは、俺が招かれ人だから。王都でもそうだったたから、そういうのは慣れてる。なんか箔《はく》が付くというか、要は身分の高い人が来たのと同じ扱いだから、招待するものらしいよ。テッドの父さんって、ローザの町長だろ。だから、ギルド長と一緒にいちおう形式的なお食事会みたいな感じでさ」

「そういえばそうだったたね」

サラは一度だけ見たテッドのお父さんを思い出した。ハンターギルドでのことだ。ハルトは話を始めたものの、ちょっと気まずそうにアレンのほうを向いた。

「ごめんな、アレン。俺だけ行ってさ」

「いいって。招待されるような身分じゃねえよ、俺は」

「この世界のそういうとこ、嫌いだ、俺。でも礼儀として行かなきゃいけなかったし」

招かれ人として食事に招待されたと聞いてサラが思ったのは、おいしい食事は食べたいが、テッドの家には行きたくないということだ。

「テッドさ、家ではちゃんとお坊ちゃんしてるのに、なんで外に出ると急にそんなふうになるんだ？」

ハルトが興味津々という顔でテッドに尋ねている。

「うるせえよ。お坊ちゃん言うな。外でくらい自由にさせとけよ」

「私は外で自由にしてるけどテッドみたいに失礼じゃないよ？」

「……うっせー」

サラの突っ込みにテッドの勢いが弱くなった。

「テッドさあ、昨日のキャンプだってすごく嬉しそうだったじゃん。ポーション作るのに火の扱いは慣れているから料理は任せとけとか言って、失敗したり」

「わーわー、黙れお前！」

どうやらハルトとテッドは気が合うようだ。サラはそのことにちょっと楽しい気持ちになりながらお茶を用意しようとして、むしろ暑いくらいだから、冷たい飲み物にしようと思いついた。

「ならばこれでしょう」

サラがポーチから出したのは赤いジャムが入った瓶だ。アレンの背筋がぴょんと伸びた。

「サラ、なんだそれ」

「ふふふ、ヤブイチゴを煮詰めたものだよ。さ、皆カップを出して」

町の食堂でヤブイチゴのジュースを飲んでからずっと、サラは魔の山でもヤブイチゴを探そうと思っていた。魔の山も春になってようやっとヤブイチゴが出始めたので、丁寧に集めて砂糖を加えて煮詰めてある。テッドも含めて素直に差し出されたカップを集めて、スプーンで二さじずつ煮詰めたジャムを入れ、冷たい水を注いでいく。くるくるとかき回したらそれで出来上がりだ。

「はい、どうぞ」

キラキラした目で受け取る者、胡散臭《うさんくさ》そうな目で受け取る者とさまざまだが、皆一口飲むといったん動きを止めて、ごくごくとあっという間に飲み干した。

濃いジュースではないけれど、だからこそ後味がさっぱりしていて、体を動かした後に飲むと最高なのだ。サラはにこにこしながら皆を眺めた。

「ん」

カップを差し出したのはテッドだ。

「お代わりって言えばいいじゃない」

「お代わり」

「お代わり」

「お代わり」

「……お代わり」

とりあえず合格である。皆でジュースをお代わりして、のんびりと空を眺めた。そしてサラははっと気がついた。

「テッド、ネリーやアレンがいるのに苦しくないの？」

「あの時のお前は馬鹿みたいに魔力を出してただろう。そうでなければそれほど苦しくはない」

馬鹿みたいに出すというのは失礼な話だが、サラが怒ってテッドに魔力をぶつけたときのことを言っているのだろう。だったらなんで初めて会ったときにアレンに近くに寄るなと言ったのかと思うが、

「そもそもテッドが意地悪だからだな」

と結論づけた。しかし、アレンの圧が気にならないということは、テッドは実はけっこう魔力があるということになる。

「あれ、そういえば、テッド、どうやってここまで来られたの？　騎士隊でも怪我をする人がいるくらいなのに」

「別に。身体強化で」

「できたんだ。だったらやっぱり自分で薬草採取に行ったらよかったじゃない」

「俺には調薬の仕事がある」

それではなぜここに来たのかということなのだが、それはどうやらしゃべる気はないらしい。

「ま、いいや。そこまでテッドに興味ないし」

テッドには気の毒なことに、この一行には『さすがにそれはひどすぎねえか？』と指摘してくれるヴィンスのような人はいない。さっぱりと切り捨てたサラは、もうローザの町に出たらどんな服

を買うかで頭がいっぱいであった。

　テッドが足を引っ張りながらも、なんとか次の日のうちには全員でローザの町に着いた。驚いたことに、ハルトはもう疲れている様子は一切なかった。

「もともとダンジョンに潜っていたから、体力や筋力がないわけじゃない。ただ、いろいろな動きをするのと、ただ単調に歩き続けるのとは体の使い方が違うって理解できたら、あとは早かった」

「へえ」

　ハルトにぐっと二の腕を曲げられてもそれが筋肉なのかどうかはよくわからないし、正直に言ってどうでもいいサラである。無事にたどり着けたのならそれでいい。

　そろそろ夕方になりそうな時間だというのに、町の東門は大きく開いていた。

「いつもなら私を確認して門が開くのだが、最初から開いているのは珍しいな。うん？　あれは」

「クリス様！　俺を待っててくれたんですか！」

　疲れてふらふらだったテッドが声だけは元気よく、よろよろと駆け寄ろうとしたのは、腕を組んで難しそうな顔で立っているクリスだった。

「テッドか？　そういえばお前も草原に出ていたな」

「クリス様……」

　あいかわらず誰に対しても冷たい対応なクリスである。ということは、クリスがここにいる理由は一つしかない。サラはうんざりとして額に手を当てた。

「ネフ！」

「ほらね」

思わず漏れ出た本音である。しかし、クリスの声はいつもネリーを呼ぶときのはずんだものではなく、なにか悲壮なものを感じさせた。

クリスはずんずんと歩いてくると、いきなりネリーを抱き寄せた。

「お前！　なにを！」

とっさのことで避けられず、クリスを殴ろうとして上がったネリーのこぶしが、戸惑ったように開かれてゆっくりと落ちた。

「なんだクリス。なにをそんなに必死に」

「離れたくない！　離れたくないんだ」

「はあ？　いいから離れろ。おいクリス」

「いやだ」

なんだか子どものようなクリスに、普段遠慮のないネリーも戸惑っているようだ。

そんな二人を見たサラは、そっとため息をついて夕暮れの空を見上げ、小さな声でつぶやいた。

「今日も服を買いに行けそうにないなあ」

「なんなら俺が一緒に行こうか？　テント買ったときみたいにさ」

「アレン、ありがとう」

アレンの優しさに涙が落ちそうだ。

「私だけならそれでも嬉しいんだけど、なんとかネリーにも服を買わせたくて」

「ああ。それじゃ本人がいないとだめだもんな」

「それだけじゃなくて、私が先に服を買ったら、『じゃあもう行かなくていいだろう』って言い出しそうで」

「そ、そうか」

それでもネリーが忙しそうなら、自分の服だけでも先に買おうと思うサラであった。

「ネリー、クリス」

埒が明かないクリスを見て、サラはあえてネリーにも声をかけた。クリスにだけ声をかけても返事をしそうになかったからだ。

「ネリー、疲れているよね」

「いや」

「疲れてるよね」

「いや、ああ」

サラと目の合ったネリーは慌てて言い直した。

「魔の山から来たばかりで、疲れたなあ」

「早くギルドの宿に行って休みたいよね」

「もちろんだ」

ネリーがこのくらいで疲れているわけはないのでとんだ小芝居だが、クリスにはよく効いた。

「こんなところですまない。さあ、すぐにハンターギルドに行こう。というか、いつでも私の家があけてあるのに」

「なぜお前の家に泊まらねばならん」

ネリーが鈍感すぎてクリスが気の毒なレベルである。とはいえ、これでやっとローザの町の中に入れる。テッドはそのまま自分の家へ、残りはハンターギルドに向かうことになった。

サラは第三層の商店街に切ない目を向けながら、ハンターギルドに入った。

「よう、お揃《そろ》いで登場か」

なじんだヴィンスの声が響く。カウンターに寄りかかってヴィンスと話をしていたギルド長が、サラたちの後ろをのぞき込んだ。

「先に帰った。あ、テッドはちゃんと魔の山の手前まで一泊で行けたよ」

「アレンたちと行き会うかもしれないと思ってはいたが、テッドはどうした」

「あのボンボンがか。騎士隊でも難しかったのに」

テッドの同行はクリスからギルド長に頼まれたものだったはずなのに、ハンターギルドの親切さと比べてクリスの無関心さはどうだろうと思うサラである。

「テッドは王都にいたときは素材を求めてダンジョンにも潜っていたし、変わった素材があれば遠出もしていた。本来ならばできるはずなんだ。興味のないことはやらないだけで」

クリスの口から次々とテッドの新事実が出てくるが、サラには興味のないことはやらないというところだけが響いた。やっぱりねと思う。

「まあ、無事に帰ってきたのならいい。明日になっても帰らなかったら町長が捜索隊を出すところだったがな」

ハハッとヴィンスは笑ったが、笑えない冗談だ。

「ところで、クリスが一緒だということは、あのこと、もう話したのか」

「これからだ。部屋を借りたい」

「俺の部屋、集会所じゃないからね」

ギルド長の一言は無視された。なぜかアレンとハルトも加えてぞろぞろとギルド長室の応接セットに落ち着くと、クリスが嫌そうに話し始めた。

「実は、他の町から依頼が来ていてね」

「依頼。ネリーの渡り竜討伐と同じ？」

依頼と聞いてサラに思いつくのはそのくらいだ。だが、クリスは首を横に振った。

「私は薬師ギルド長だから、そういった依頼は受けるのではなく振り分けるほうの立場なんだよ。でも今回はな」

クリスは大きなため息をついた。

「なんだよさっさと言えよ。他の町からギルド長就任の依頼が来たってさあ」

「ジェイ！　私が自分で言おうと思ったのに」

でもなかなか言わなかったので仕方がないと思う。

「行けばいいではないか」

ネリーはあっさりとそんなことを言う。

「どこの町なんだ？」

それでも興味はあるようで、身を乗り出すようにして話を聞いている。

「カメリアの町だ」

「ああ、西の大きな町だな。そろそろチャイロヌマドクガエルの繁殖の季節か」

「ああ。よい毒薬や解毒薬の材料になるんだが、最近、数が増えているということでな」

「人手が足りぬならそれこそ薬師を派遣すればいいのに。なぜクリスが？」

サラもそう思う。

「カメリアの町で一から薬師を育ててほしいのだそうだ。いずれは王都だけでなく、カメリアにも薬師の学校を作りたいらしい」

「校長先生だ」

思わずサラは口を挟んでいた。王都に薬師の学校があるということも知らなかったが、テッドを見ていて薬師には誰でもなれるのかと思っていたのだ。

「ああ、確かにその役割かもしれない」

ネリーはクリスをじっと見て、口を開いた。

「その仕事が嫌なのか？」

「嫌ではない。ギルド長はそもそもギルドの管理の他に人を育てる役割もある。素質のある者を王都に送り出すのも含めてな」

「では何をごねている」

「何をごねているだと？」

クリスはばんと机を叩いて立ち上がった。

「ネフと！　離れたくないからに決まっているだろうが！」

「はあ？」

「私がたいして面白くもないローザにいたのは何のためだと思っている。ネフがいたからだろう」

「そ、そうか。奇特なことだと思っていたが、そんな理由だったとは」

ギルド長とヴィンスが気の毒そうにクリスを見ている。

「断れるんですか？」

サラは気になっていたことを聞いてみた。

「断れはする。だが、常々薬師不足を痛感していたところだし、王都でしか薬師を養成できないというのも面倒なことだと思っていたのでな。どうしても裕福な家の者か、王都住みの者に薬師が偏ってしまう」

つまり、仕事としては魅力的なのだろう。その時、トントンとドアを叩く音がした。

「ギルド長、お客様です」

「なんでこの面白いタイミングで」

本音すぎるでしょとサラは突っ込むところだった。

「失礼する」

客はすでに案内されてきていたようで、許可も出ていないのにすたすたと部屋に入ってきた。

「ブラッドリー！」

ハルトは立ち上がると嬉しそうに駆け寄った。そういえばブラッドリーという名前は聞いたことがあるとサラは思い返していた。確か、そう、常識のある招かれ人、だったと思う。

「ハルト。遅くなった」

「いいんだ。俺、こっちですごくよくしてもらってたから」

「そうか」

ハルトの返事を聞き口元に笑みを浮かべたブラッドリーという人は、ハルトやサラの黒髪と違い、アレンのようなくすんだ金髪に緑の瞳の、静かなたたずまいの人だった。テッドよりはだいぶ年上、ヴィンスよりはだいぶ年下、そんな年頃で、確かに見るからに常識人だ。

ブラッドリーは、ハルトから目を離すと一瞬サラに目を留めたが、声はかけずに少し視線をさまよわせた。

「突然の訪問申し訳ない。私は招かれ人のブラッドリーだ。王都から来た。ギルド長はどなただろうか」

「俺だ。ローザのハンターギルドへようこそ」

ギルド長がちょっとかっこいい感じで立ち上がると、ブラッドリーに向けて両手を広げた。そういえば握手をしている人を見たことがない。これが歓迎の意なのだろう。

「ハルトが迷惑をかけていなければいいが」

「う、うむ。まあ、今は大丈夫だ」

「今って、ずっと迷惑はかけてないよ」

「自覚なしだもんな」

正直なギルド長にブラッドリーは苦笑した。

「一緒に住んでいれば私がもう少し見てやれたんだが。招かれ人ごとに、後見する貴族が異なる決まりでね。そしてローザの招かれ人も、誰が後見するかで王都は騒がしくなっていたよ」

「やっぱり騎士隊から伝わったか」

ネリーが厳しい顔になった。

「ああ。招かれ人が王都以外に出ることはまれだし、しかも少女だという。てっきりローザの町長が囲い込むかと思っていたが」

その町長はテッドのお父さんだと思うと、サラは保護という意味だろうが囲い込まれるという言い方にちょっと嫌な気持ちになった。

「あー、俺たちは、サラが招かれ人だとは知らなかったなあ」

「そうだな。別にサラが俺たちにそう話したわけでもないし」

ギルド長とヴィンスのそんな返事に、サラは驚いた。

「薬師ギルドも、最近よい薬草を採ってきてくれる少女が現れたことは知っているが、それだけだ。だから町長はそもそも招かれ人がローザに、というか魔の山にいることを知らないのではないかな」

クリスもしれっとそんなことを言う。

もちろん、ハンターギルドの皆は知っているし、テッドをはじめ薬師ギルドの人たちもうっすらとは理解していると思う。

「そういうことになっているのだな。了解した」

ブラッドリーも状況を理解したのか、素直に頷いた。そのブラッドリーに、ネリーが気がかりな顔で尋ねた。

「ブラッドリー。ということは、サラには王都から迎えが来るということだろうか」

「すでに準備は済んでいるはずだ。後見はたしか……」

たいして興味がなかったのだろう、記憶が曖昧で言葉を詰まらせたブラッドリーを見て、ずっと静かにしていたアレンが、急に何かに気がついた顔をした。

「騎士隊といえば、伯爵家。宰相の実家。リアム」

「そう、そうだ。味方にしたら心強い有力貴族が後見に手を挙げたはずだ」

「ごめんこうむる！」

サラにとっては思わず叫んでしまうほど嫌な話だった。騎士隊には不愉快な記憶しかない。

「とはいっても、そう遠くない日に迎えに来るはずだよ。国としても、女神の招かれ人を放置はできないからね」

「本人が放っておいてほしいと望んでも？　保護者ならいるのに？」

「その保護者は家ではなく、ネフェルタリという個人だろう。それに未成年のうちは無理だね。成人していても難しいのに」

サラは助けを求めてネリーのほうを向いた。

「ネリー、成人って何歳？」

「一六歳だが」

「あと四年！」

サラは頭をかきむしりたい思いだった。貴族というものに憧れがないわけではない。特にドレスとか、ドレスとかだ。しかし、この世界に来て出会った貴族といえば騎士隊の人たちだけで、貴族ではない有力者の息子といえばテッドなわけで、いい印象などこれっぽっちもない。

クリスのことを人ごとのように大変だなあと思っていたが、大変なのは自分もだったと知り、にわかに焦るサラである。しかもクリスの話も、まだ少し聞いただけの状態だ。そのクリスが、珍しくサラの目を見て微笑んだ。

「サラ、どうやら私のことを心配してくれているようだが、今は自分のことを考えなさい。ずっと返事を引き延ばしていた依頼だったのだが、私の正直な気持ちをネフに聞いてもらえて、少し気持ちが落ち着いた。素直になるのはよいものだな。それにどさくさに紛れてネフのことを抱きしめることもできたし」

いい話で終わらなかったクリスにサラは一歩引いてしまったが、クリスはそれに気がつかずギルド長のほうを見た。

「招かれ人の客人を優先してくれ。私の話は済んだ」

「だがよ、クリス。お前、どうするんだ」

ギルド長はクリスのことを気にかけているようだ。ギルドの長として、ずっと一緒にローザの町のために働いてきたのだから、当然かもしれない。

「なるべく引き延ばすが、結局は行くことになるんだろうな」

「ローザの町はなんとかなるだろうが、ネフェルタリ、お前はどうするんだよ」

「私か？　私は」

ネリーは話の中心ではない自分に話がきたのが意外だという顔をしたが、いつものように切り捨てはしなかった。

「まずはサラと相談してからだ」

そう言ってくれたのがサラには嬉しい。黙って話を聞いていたヴィンスが、客人に目を向けた。

「ところで、あんた、ブラッドリーだったか」

「そうだ」

「そもそもあんたも、何のために来たんだ。ハルトを引きとるためだけなら来なくてもよかったように思うんだが」

「ああ。そのとおりだ」

ブラッドリーは少し困ったような顔でふっと笑った。

「ハルトと同じだ」

「何が？」

その答えに皆が戸惑った。

「逃げてきた。王都から」

「はあ？」

そんなに王都とは生きにくいところなのだろうか。サラは貴族の後見など絶対に受けないと密《ひそ》かに誓った。

「ああ、誤解しないでくれ。悪いことをして追われてきたわけではないし、追っ手がかかることもないだろう。迎えは来るかもしれないが」

その迎えというのが怪しいのだ。

「ローザの、しかもこの部屋に三人招かれ人がいることになるな。ハハハ」

ハハハではない。常識人だと思われたこの人も、実は微妙にずれている気がしてきたサラである。

「こちらの世界に招かれてから十数年、特にわがままも言わず過ごしてきたせいか、最近騎士隊からの要求が大きくなってきてね」

ブラッドリーはふうとため息をついた。

「あまりに違うレベルの文化をこの世界に持ってくると、大きな影響を与えかねない。その時はいいことに思えても、結果としてよくない事態を招くこともある。今までの招かれ人は皆幼かったし、この世界もその知識を積極的に利用しようとはしてこなかったために、問題は起きなかったようだ。が、最近はそうでもなくて、一例がハルトの麻痺薬だ」

「俺の麻痺薬とか、人聞きが悪いよ。確かに俺の考えだったけど」

それはすでに謝罪済みなので、ここでは誤解する人はいない。部屋の皆が理解した顔をしているので、ブラッドリーは安心したように肩をすくめた。

「あれこれ聞かれるのも、うかつに答えて何かに悪用されるのももう嫌になった。だから観光を名目に逃げてきた」

「とはいえ迎えが来るんじゃあどうしようもねえだろ」

しかしギルド長に計画のずさんさを指摘されている。

「ああ。だから騎士隊もあんまり行けなかったところに行こうと思って」

騎士隊もあんまり行けなかったところ。サラはピンときた。

「魔の山？」

「招かれ人のお嬢さん」

「サラです」

「サラ。そのとおりだ。できれば魔の山に行きたいんだ」

部屋の皆は呆気にとられた。魔の山は危険で、ハンターでも行きたがらないところだ。だからネリーが一人で、いや、今はサラと二人で魔物の管理をしているのだが、ここにきてハルトとブラッドリー、魔の山に行きたいという人が二人も現れた。ヴィンスが難しい顔をした。

「だが、危険だ。サラは誤解しているようだが、騎士隊はけっこう強いんだ。その騎士隊でも優秀な奴らしかたどり着けないところなんだぞ」

「それならブラッドリーは大丈夫だろう」

ネリーがあっさりと太鼓判を押した。

「渡り竜を簡単に倒していた。ハルトも体力こそないが、やはり渡り竜を倒すだけの力はあったぞ」

そこで顔見知りになったのだと、サラには小さい声で説明を足してくれた。

「俺の実力を認めてくれてたんなら、なんで魔の山に行くの反対したんだよ」

ハルトが口を尖らせたが、ネリーは鼻で笑い飛ばした。

「安全な場所で渡り竜を倒すだけならサラでもできる。サラはワイバーンだって倒せるのだからな」

「いや、私を引き合いに出すのはちょっと……。それに一回だけだし、倒したというか自らぶつかってきたというか……」

目立ちたくないサラはもごもごと言い訳したが、驚愕《きょうがく》の視線を向けられることになった。

「ワイバーンをか……」

「ワイバーン！」

一部キラキラした視線もあったが、とりあえずサラはそれらを無視し、ネリーが言いたかっただろうことを代わりに説明した。ネリーはいつだって言葉が足りないのだ。

「ワイバーンを倒せるかどうかじゃなくて！　魔の山では例えばね、ワイバーンを倒している間にも高山オオカミが隙《すき》を狙ってくるし、足元にはたくさんのスライムがいる。転がってぶつかってくる魔物もいるし、強いだけじゃなくて、慎重じゃないと魔の山は暮らすのにはつらいところなの。ハルトはたぶん強いと思うけど、隙が多いし、体力もない。ネリーが気にしてるのはそこだよね」

「そうだ。体力についてはだいぶ改善したようだが」

調子に乗ったりうかつだったりする性格は改善してはいないだろうとネリーは言いたいのだろう。

「そこで私だ」

「どこでなの？」

サラの突っ込みは無視されたが、ブラッドリーが一歩前に出た。

「このうかつなハルトの」

「ひどくない？」

「……少しうかつなハルトの面倒を見ていた私の出番だ。ハルトのやりそうなことは見当がつくし、なんとかなる。それより、私自身が、人の目のないところで自由にのびのびとのんびりと暮らしたいんだ」

ハルトをどうするかということではなく、要は自分が人目のないところで暮らしたいということらしい。そのお疲れの様子にサラは思わずブラッドリーの肩をポンと叩きそうになったが、さすがに遠慮して手を引っ込めた。

「疲れたんだね」

「そう。いるだけでいいと女神は言った。自由に動ける体を得て嬉しかった。だが、自由に動く体を得ても、私は本を読んで静かに暮らしたかったんだ。この世界では魔力の大きい私は、魔法を使って戦うことを自然に求められた。世話になっている以上、それに応えねば生きにくかった。疲れたんだよ」

その結果、普通の人が暮らすのも大変な魔の山に行きたいというのも極端な話だが、それだけ人目のある生活に疲れたということなのだろう。

「あと二人くらいなら暮らせるように部屋は整えてきたけれど、本はないよ？」

「ありがたい！　本なら山ほど持ってきた」

ブラッドリーはポンと腰のポーチを叩いた。確かに本好きの物静かな人が転生してきていてもおかしくはない。

それに、たまにはにぎやかな共同生活も面白いかもしれない。でも、ネリーはどう思うだろう。招かれ人なら、ネリーの圧も気にならないはずだが。

「ネリー？」

「ふむ。いいかもしれないいな」

ネリーには好感触なようだ。ネリーはギルド長のほうを見た。

「ギルドとしてはどうだ？」

「魔の山の担当のハンターが増えるというだけのことで、ローザの町としては助かるが」

ギルド長ではなく、ヴィンスが答えた。しかしネリーは首を横に振る。

「いや、たいして増えはしないが」

「は？　どういうことだ？」

ヴィンスだけでなく、部屋の全員が疑問に思った。

「代わりの者がいるのなら、そろそろ魔の山の管理人を交代してもいいだろうということだ」

「え？　ええー！」

部屋は叫び声であふれた。

「そ、そりゃあネフェルタリには一人でずいぶん頑張ってもらったが。だが、今、急に交代と言われても、ハンターギルドでは素直にいいぞとは言えねえよ」

衝撃から最初に立ち直ったのはヴィンスだ。そして当然のことを口にした。しかしそれに反対したのは、意外にもギルド長だった。

「いや、いい機会だ。招かれ人の実力は一度この目で見る必要があるが、この際だ。ネフェルタリ、ローザから自由になれ」

「ジェイ！　だがな」

「黙れヴィンス。そもそもネフェルタリがここに来たのも、面倒くさい王都から逃げてきたからなのを忘れたか」

「なら、なおさらだろう！」

ギルド長とヴィンスのやり取りに、ネリーが気まずげに腕を組んで顔を背けた。

「その、だからこそ私は、ブラッドリーの気持ちはなんとなくわかるんだ」

もともとネリーが優しい人だということはわかっていたが、こうしてはっきりと他者への共感を口に出すのは珍しいのでサラは少し驚いた。

「サラだけではなく、どうやら招かれ人は私の魔力を気にしないようだ。狭いとはいえ、魔の山の管理小屋に共に滞在することもできるだろう。だが、サラ」

「え？　私？」

サラは自分に話がくるとは思わなかったので、思わず聞き返した。

「サラは最初に言っていただろう。せっかく動けるようになったから、もっといろいろなところに行きたいんだって」

「そういえばそうかも」

確かにそう言ったような気がする。疲れない体を手に入れて、今までやれなかったことを思いっきりやってみたいと思った。

「ローザには行けるようになった。なら次は、別のところに行ってみてもいいのではないか」

「別のところ……」

サラはいきなりの提案に戸惑ったが、ネリーはゴホンと咳払《せきばら》いした。

「例えば、西の町カメリアとか」

「ネフ！」

がたりと立ち上がったのはクリスだ。だが、ネリーはそれを制して淡々と話を続けた。

「例えば、例えばだぞ。本当はそのうち観光がてら王都に行こうと思っていたが、正直今は時期が悪い。渡り竜の季節ではないから私は拘束されはしないだろうが、招かれ人二人が王都から出た今、サラが王都に行ったら……」

「まあ、確保されるだろうなあ」

ヴィンスの声に同情が混じった。

「なあ、ネフェルタリ。結局サラはお前と一緒にいるんだから、実家は頼れないのか。お前の実家は後見するに足る貴族だろうよ」

「うむ。こうなればいちおう事情を話してみようと思うが、なにぶんにも今、うちの実家は王都ではなく南の町にあるのでな。手紙を出してから返事をもらい、さらに王都に働きかけてもらうとなると時間がかかる」

「ああ、親子揃って面倒ごとが嫌で王都から逃げた口だもんな」

何やらサラの知らない事情がありそうだ。ネリーはサラと目を合わせた。

「なあサラ。王都から迎えが来る前に、ひとまず、観光がてら西のカメリアに移動してみないか」

「だってネリー。ハンターの仕事は？　あと私はカメリアでどうやって生きていこう」

魔の山ではなくてもローザにはダンジョンがあり、町にいても仕事には困らない。しかし、カメリアとやらに行って、ネリーもサラもなにをして暮らしていけばいいのか。ずっと魔の山にいてやっとローザに行けるようになったサラは、いきなりの展開に少し混乱していた。

「あー、そこか。サラの気になるのは。私の面倒を見てくれているだけで十分だと言っているのに」

「違いない。ネフェルタリの面倒を見られるのなんてサラくらいだろう」

ヴィンスが同意してネリーにじろりと睨《にら》まれている。

「それに、カメリアにもダンジョンはあるし、なによりツノウサギのいる東の草原と同じように、魔物のいる湖沼が点在しているんだ。私ができる仕事はいくらでもある。もっとも、する必要もないんだが」

そういえばネリーの稼ぎはとてもいいはずだ。

「サラにしても、薬草やスライムで稼いでいるんだから、ちょっとくらい無職でいても十分だろう。そもそも薬草を売るすべがなくてもローザで生き抜いたんだし」

「そういえばそうだった」

「あの時は本当にすまなかったな」

二人の冷たい目に、クリスが頭を下げた。もっともあの頃のことは、クリスがいなかった時期より、クリスがいたのにサラに無関心だった時期のほうが印象に残っている。

「とりあえず、決めるのは招かれ人の実力を見てからだな」

ヴィンスが締めくくった。

「そうしてくれるか」

「ついに魔の山に行けるんだな」

ブラッドリーとハルトが表情を緩めた。クリスの話を聞くだけのはずだったのに、魔の山を出るかもしれないということまで決まってしまったサラは、理解が追いつかずふわふわとした気持ちだった。だが、話が終わろうとしている今、一番気にかかるのは別のことであった。

「アレン」

「うん」

サラにはネリーがいる。ハルトにはブラッドリーがいる。でも、アレンは一人だ。とはいえ、ギルド長が自分の家で面倒を見てくれて、ローザの町でしっかりハンターをし、町の人にもなじみ始めているアレンのことを心配することはないのかもしれない。だが、自分だったらこの状況は寂しく、つらいと感じてしまうとサラは思うのだ。

しかし、サラの言葉に頷いたアレンの目には、寂しさなど感じられなかった。落ち着いた揺るぎない光だけがあった。

「俺も思うところはあって、少し考えたいんだ」

「そっか」

サラだってもう少しよく考えたい。確かにいろいろなところに行ってみたいとは言った。だが、自由に動ける体で魔の山でネリーと暮らす生活には何の不満もなかったのだ。バリアの魔法のおかげで、魔物を怖がる必要はなくなったのだから。

魔の山を出て西の町に行かないかと言われても、心を弾ませるよりは戸惑いが先に立った。その戸惑いの中には、アレンと離れてしまうという思いもある。

「とりあえず話は終わったんだな？」

アレンが皆に確認し、皆が頷いた。詳しいことは明日決めればいい。まるでアレンが仕切っているみたいで、サラは楽しい気持ちになった。

「じゃあ、サラ。服を買いに行くんだろ」

「それだ！」

誰より気遣いのできる人なのだ、アレンは。

こうしてサラは、やっと服を買いに行けることになった。

「じゃじゃじゃん！　さて、それでは服を買いに来ました！」

「おう」

ネリーの返事はこれから服を買うレディとしていかがなものかと思うが、ネリーらしいといえばネリーらしい。アレンはというと、服を買うことを気づかせてくれただけで、自分はさっさと撤退していった。女性の服の買い物に付き合いたい男性などそうはいないだろうと思うので、それは仕方がない。すなわち服が並んでいる店の前にはサラとネリーの二人きりである。

「入るよ」

「わかった」

二人で恐る恐る、女性ものの服が並んでいる店に入った。

「いらっしゃいませ。あら」

お店の人が明るい声で迎えてくれたが、見慣れぬ二人組だからだろうか、戸惑いも感じられた。

「わあ」

サラは初めて中に入った異世界の衣料品店に目をキラキラとさせたが、正直に言ってどれを選んでいいものやらわからず頭がくらくらした。

ネリーなど、どこも見ずにただぼんやりと立っている始末で、何の役にも立たない。お嬢様育ちだからに違いない。こんなときこそ、店員さんに聞くに限る。

「すみません」

「はいー。うえっ」

にこやかな声の後、こちらもレディらしからぬ声がした。

「ネリー、魔力を抑えよう」

「わ、わかった」

店員さんが近づいてくるものだから、焦って魔力を放出してしまったらしい。

「ふう、もう大丈夫ですわ。服を選ぶお手伝いでしょうか。そちらはハンターのネフェルタリ様ですのね」

「顔見知りではないはずだが」

「ローザでは有名ですもの。本来ならお仕立てが一番なんですが……」

そんなに何度も来たくないというネリーの気配を察して、店員さんは一人頷いた。

「普段着でしたら、実用的なものがいくつかありますので」

「ああ。私のはそれでいい。だがサラには」

ネリーはサラのほうに視線をやると、やっと店員としっかり目を合わせた。

「店で一番いいものから順に、サラの好きなだけお願いする」

「まあ」

店員さんには戸惑いと喜びが感じられたが、サラは苦笑いして首を振った。

「そんなにはいりません。そもそも普段もズボンばかりなので、女の子用の、普段着に使える動きやすい服を二着と、少しおしゃれしたいときに着る服を一着見繕ってもらえますか」

「承知いたしましたわ！」

店員さんが嬉しそうにサラを服のところに連れていく。サラは、日本でだってスカートばかりはいていたわけではなかったので、そもそもズボンに抵抗はない。ただ、そうであっても女性向け、子ども向けのちょうどいいサイズがいいに決まっているのだ。

「お嬢様くらいの年頃ですと、活発ですから丈はふくらはぎくらいでようございます。一五歳に近くなってくると、だんだんと大人と同じくらいにする方が多いんですよ」

長く着られるように、丈の長い服を買おうかと思ったが、せっかく異世界に来たんだもの、今着られるものを買おうとサラは決意した。

「急にイメージが変わるのもなんですから、赤系統のスカートに白いブラウスを合わせてみましょうか。お手伝いのとき用にエプロンと。他にはこの優しい黄色のワンピースなど……」

サラの服はすぐに決まった。肌着や小物なども全部一通り揃えてしまうと、うろうろしているネリーの番だ。

「私は、あー、できれば剣は身につけておきたいというか」

「まあ、ドレスにですか？」

「やはり駄目だろうか」

「それはちょっと……」

サラはドレスに剣もそれはそれでかっこいいと思うのだが、舞踏会に行くわけでもあるまいし、要は二人で食事に行くときに、ちょっとおしゃれな店にも行けるくらいの服でいいのである。

「だったら、ネリーもドレスじゃなくて、少しフリルのついたシャツに、きれいなジャケットくらいでいいんじゃないかな」

ネリーはハンターだ。町中で魔物に襲われることはなくても、常に警戒しておかないと不安なのだと思う。

「基本、こぶしがあればいいんだが、やはり剣もないと不安でな」

サラの思ったとおりである。サラが年頃の普通の女の子の格好をしたいように、ネリーもネリーの気持ちのいい格好をすればいい。

「それならね」

思い切ってきれいでかっこいいスタイルでまとめたい。店員とサラのギラギラした目にたじろいだネリーは、すぐに諦めて着せ替え人形と化したのだった。

そうしてお店の中で、サラは淡い黄色のワンピース、ネリーは紺のジャケットという姿に着替えて、いったん荷物を置きにギルドに向かった。長すぎないスカートは暖かい季節によくなじみ、サラの足取りも軽やかだ。二人の楽しそうな様子に町の人も笑顔を向けてくる。

ギルドの両開きのドアを開けると、ざわざわとしていたギルドから少しずつ話し声が消えていった。まっすぐに宿の二階に向かっていたサラは、

「サラ、か？　それにネフェルタリ？」

という戸惑ったようなヴィンスの声に立ち止まり、受付のほうを見た。ミーナの似合うわよというような温かい笑顔に同じく笑みを返したが、ヴィンスをはじめとして驚いている男性陣にはなんだかイラッとした。いつもと違う気配を察したのか、ギルドの裏に続くドアがバンと開いた。出てきたのはギルド長とアレンだ。

「なんだなんだ？　おお」

ギルド長はサラを見て目を優しく細めたが、アレンは相変わらず素直だった。

「サラ！　似合ってるな」

「ありがとう」

単にこれだけのことなのにと思うサラである。もっとも、ギルド長も申し分なかった。

「普段もいいが、こっちも似合ってるぜ、サラ。それにしてもさ」

ギルド長は腕を組んでネリーをじろりと見た。

「お前。なんなの？　俺たちよりかっこいいとか、許せないんだが」

「それだよ、俺が言いたかったのは。ネフェルタリがドレスとかチャラチャラ着てたら笑ってやろうと思ってたのに」

サラの中でヴィンスの株がぐっと下がった瞬間である。同時にギルド内の女性からの冷たい視線を浴びていたのは言うまでもない。

姿勢がよくてきりっとしたネリーはおそらく、舞踏会などで着るドレスなどもとても似合うのだと思う。でも、普段はかっこいいネリーでいい。

そのあと、ネリーと一緒に、ギルド長が時々奥さんと一緒に行くという、第二層にある少しおしゃれなレストランに食事に行った。ネリーも初めてのところだったが、最近魔力の圧をだいぶ抑えられるようになったので、店の人にも警戒されずにスムーズに食事をすることができた。

「普段食べているコカトリスも、こうしてクリーム煮にすると高級感が漂うね」

平たいお皿にきれいに盛り付けられた柔らかいコカトリスにそっとナイフをいれながら、サラは感想を述べた。バターやチーズも収納袋に入れれば新鮮なままなので、魔の山にも買ってきてもらっているが、ローザ産ではないので高級品なのだ。

「バターやクリームより、コカトリスそのものが高級なんだがな」

新鮮なお肉といえばコカトリスという魔の山は、ちょっと食料事情が違うのである。

「それにしても、魔の山をこんなに早く出ることになるとは思わなかったよ」

「私もだ。だが、どうやって魔の山の管理人を代わってもらおうかと思っていたところだったから、今しかないと思ったんだ」

確かに、ネリーがそう言い出したときのヴィンスの態度を見れば、魔の山の管理人を確保するのがどんなに大変なのかは想像がついた。

「サラのことを混乱させて悪いとは思っているが」

「ううん、大丈夫。だんだん落ち着いてきたから、カメリアはどんなところかなとか、どうやって行くのかなとか考えてる」

「そうだな」

ネリーが視線をさまよわせているのは、何から話そうかと考えているからなのだろう。

「とにかく、町は広い」

「ローザは壁に囲まれていて狭いもんね」

「うむ。近くに山はなくて、平地、というか湿地帯のそばに町がある」

「湿地帯のそばの町って想像しにくいなあ」

サラは首をひねった。

「確か招かれ人が好むという、なんとかという穀物が栽培されていたような気がする」

「それってもしかして……お米？」

「そうかもしれない。ほら、パラパラしてフォークで掬《すく》いにくいあれだ」

「フォークが駄目ならスプーンでいいんだよ」

しかしそういう問題ではない。ショックだったのはこれである。

「トリルガイアに降りたって二年と半年、お米が存在しているという事実に気づかなかった」

「肉の添え物みたいな扱いであまり食べないぞ」

ハルトのようにたいていの招かれ人が一〇歳くらいでこちらに来るなら、農業の知識のある大人が転生してくるなどまずないだろう。だからきっと、野生に近いお米なのだと思うサラである。それでも食べてみたかった。

「すごく楽しみになってきた」

「それはよかった。移動は馬車か歩きだが、途中時々町に寄るにしても、二週間くらいかけてゆっくりと歩くのもいいかと思っているんだ」

「賛成！」

馬車が悪いわけではないが、町を走っているのを見ると、乗り心地はよくなさそうなのだ。

「街道は整備されているし、護衛は最強だぞ」

むんと力こぶを作ってみせるネリーは自分で最強だと言った後、照れて耳を赤くしていた。

「頼りにしてます！」

「任せろ」

この時には、カメリアに行くことになった理由であるクリスのことは、観光で頭がいっぱいの二人からはすっかり抜け落ちていたのだった。

せっかくおしゃれな服を買った二人だが、魔の山に戻るのにひらひらとした格好ではいられない。

翌朝いつもどおりの普段着でギルドの入り口に立つと、見送りなのか、ブラッドリーやハルト、それにヴィンスまでが勢揃いしている。なんとなく楽しそうなその中にアレンもいて、一人真面目な顔で立ち尽くしていた。

「みんな揃って、見送りか」

珍しくネリーが軽い口調で声をかけると、アレンがずいっと前に出てきた。どうしたのか。

「ネリー。俺、お願いがあります」

「言ってみろ」

ネリーは戸惑いもせずそう返した。まるで予想していたかのようだ。

「前、魔の山に一緒に来ないかと言われたとき、俺は断りました。ローザのダンジョンでちゃんと鍛えたほうがいいと思ったから」

「そうだな」

「ローザの町に残ってギルド長からもいろいろ教わって、ハルトと一緒にダンジョンにも行った。けど、昨日《きのう》、一昨日《おととい》と草原に一緒に行ってみて、俺の戦い方に一番勉強になるのは、ネリーの魔力の使い方だと思ったんだ」

サラも常々、魔力の使い方が似ていると思っていたので、アレンの言うことには納得だ。

「いまさらだけど、俺、ネリーに弟子入りしたい。サラのこともちゃんと守るから！」

サラは嬉しくなって胸の前でぎゅっと手を握り合わせた。聞いた？　サラのことも守るからって言った！　そう心の中で繰り返しながら。

「ほう。私に弟子入りしようとする程度の力でサラを守るとは、大口を叩くものだ」

ネリーがにやりと口をゆがめたが、サラは隣で笑い出しそうになるのを必死でこらえた。

現実には、サラは誰かに守ってもらう必要などまったくない。それはネリーもサラも、あえて言うならアレンもわかっている。だから「サラを守る」というのは、「サラと仲良くする」あるいは「意外とうっかりなサラの面倒を見る」程度だというのは共通の理解である。

「ネリー！　アレンの気持ちもわかってやれよ！」

空気を読めているのかいないのか、ハルトが必死な様子でとりなしてきた。

「一緒にダンジョンに潜っても、突っ走りがちな俺を冷静に抑えていつもフォローしてくれたんだ。年上なのに情けないと思いつつも、でも頼りになるし、俺が変なこと言っても普通に突っ込んでくれるし」

「そこなの？」

思わず突っ込んでしまったサラを誰が責められるだろうか。

「ほんとは俺だってアレンには魔の山で一緒に暮らしてほしいくらいなんだけど、断られてしまったんだ。そんな貴重なアレンが連れてってくれって言うなんてそうはないんだぞ！　なあ、連れてってやってくれよ！」

「ハルト、お前……。俺のこと、便利道具か何かだと思ってないか？」

アレンの冷静な返答が冴《さ》えわたる。ネリーは一瞬下を向いたかと思うと、顔を上げて大声で笑い始めた。

「ハハハ！　面白いなあ、お前たち」

そんなネリーを見たことがなかったのだろう。皆ポカンと口を開けている。

「弟子か。私もついに弟子を取る時が来たか」

師匠としては、教え方はへたくそだけどねというつぶやきは心にしまい、サラは黙っている。

「じゃあ、俺」

「ああ。一緒に行くか。カメリアへ」

「はい！　サラ！」

「うん。また一緒だね」

どうやらこれからも一緒にいられるらしい。その時、ヴィンスから声がかかった。

「あー。じゃあ、話がまとまったところで、行くか」

行くか？　どこに？　サラは首を傾《かし》げた。

「皆で魔の山に。善は急げっていうだろ」

「いや、急ぎすぎでしょ」

ローザにおいては、普通の突っ込みをする人材は貴重であるとサラが悟った瞬間である。

ヴィンスが当然のように歩き出したので、一行はなし崩しにそれに付いていくことになった。ブラッドリーなど、ローザに着いた次の日なわけで、休む間もなく出かけたのは、それだけ王都からの迎えにつかまりたくないという気持ちが強いのだろう。

「ブラッドリーとハルトはわかるとして、アレンとヴィンスはなんで？」

残りの二人がなぜ一緒なのかがサラは気になった。

「俺は行ってみたいから。前も言ったけど、ハルトの実力で行けるなら、俺だって行ってもいいはずだ」

アレンの理由は、行きたいからというシンプルなものだった。

一方でヴィンスの理由はこうだ。

「俺はほら、いちおう招かれ人が魔の山でやっていけるかどうか確認するためだよ。ついでに管理小屋に不足がないかどうかのチェック、そして久しぶりにローザのハンターギルドとしてダンジョンの確認ってとこだな」

「今まで放置していたのにか」

「それはちょっと申し訳ないが、だってネフェルタリも何も言わなかっただろう。今度はいちおう貴族待遇の二人だからな」

「私もいちおう貴族だが」

ぼそりとつぶやくネリーからヴィンスはそっと視線を外した。確かに、管理小屋では設備的には困っていなかったのは事実だ。ただネリーが掃除をしなかっただけで。サラは一人頷いて、それからはっと顔を上げた。

「二人とも貴族扱いで甘やかされてるんなら大丈夫じゃないと思う。食べ物はちゃんと自分で用意しなければいけないし、掃除だって洗濯だって、魔法や魔道具があっても日本にいたときと同じくらいはしなくちゃいけないんだよ？」

「あー、食べ物は料理したものをたくさんポーチに入れてあるし、掃除は各自。洗濯はいざとなったら町まで持ってくる。ハルト、それでいいか」

「いーよー」

ハルトはともかく、大の大人のブラッドリーがそう言っているのだから大丈夫だろう。潔いほど家事はしないということなのがちょっとおかしい。

町中を通り、東門から草原に抜け、一番遅いハルトに合わせて進む。それでも一日の終わりには、草原をほとんど横切ることができた。このペースなら、魔の山の管理小屋にはあと一泊すればたどり着ける。

最初、ローザの町まで五日かかっていたことが嘘《うそ》のようだ。それにもまして、たった一ヶ月弱でしっかり体力をつけてきたハルトにも、そもそもまったく疲れた様子のないアレンにも驚いた。

一番疲れた様子なのはヴィンスかもしれない。ツノウサギでさえ誰も苦にもしていなかった。

「俺は現役のハンターじゃないの。事務仕事と人事が主な担当なんだよ。あー。疲れた」

今日の休憩場所に定めた広場に来たら、ヴィンスはすぐにひっくり返ってしまった。そして誰も聞いていないのに言い訳をしている。

「さて、今日の晩ご飯は……」

サラがどうしようか考えていると、ブラッドリーが何やらポーチから出そうとしている。

「ああ、君たちに迷惑をかけるつもりはないよ。というか、今日は私に任せてくれないか。王都から食事を仕入れてきているんでね」

ご飯の心配をしないで済むのは大歓迎だ。なにやら小さいテーブルを出してきたブラッドリーだが、隣でハルトも荷物をごそごそしていると思ったら、携帯用のコンロを出している。少し得意そうな顔をしながらお湯を沸かしているところを見ると、お茶をいれるつもりなのだろう。

「人数が多いときは、お湯の沸いた鍋に直接茶葉を入れる。これはサラから教わった」

「私のほうは、これだ」

ブラッドリーが出したのはギルドの弁当箱と同じような弁当だったが、何やら取っ手付きの籐《とう》の籠《かご》に入っていて高級感がある。ヴィンスが思わず指をさした。

「こ、こりゃあお前、王都の高級レストランの……」

「オオツノジカ亭の特製弁当だよ。ダンジョン用だと言ってたくさん作ってもらってあるんだ」

「招かれ人め」

招かれ人だからとひとくくりにしないでほしいと思うサラである。

しかし、食べ物は食べ物。オオツノジカ亭の弁当に入っていたのは特別なものではなくツノウサギの肉だったが、焼き具合といい味といい、屋台の串焼きとは段違いにおいしかった。

「なんでこんなにおいしいんだろう。いつもと風味が違うのは香草か、お肉の熟成具合か、それとも一度炭火であぶっている？」

「これももちろんうまいが、普段のサラの料理もうまいぞ」

サラの独り言にネリーが褒め言葉を返せば、アレンもヴィンスも同意してくれる。

「うん、うまいな」

「あれだ。コカトリスのテールの煮込みは絶品だったな」

とても嬉しいが、新しい料理は覚えたいものなのだ。

皆から弁当箱を回収し、お茶のお代わりを出しているハルトとブラッドリーを見たら、魔の山での生活がよほど楽しみなのだろうなと感じられる。サラはその生活が二人のためによいものとなりますようにと祈らずにはいられなかった。

一晩ぐっすりと休むと、次の日の早いうちに魔の山の入り口に着いた。群れているツノウサギはうっとうしいので、ハルトに暴走されないよう、サラが結界で遠くに押しやっている。

「これが魔の山か。ダンジョンなのに普通の山みたいに見える」

口をぽかんと開けるハルトと、口は開けていないがやはり驚いているアレンに、ヴィンスが顎《あご》をしゃくってみせた。

「あれが魔の山だという証拠さ。あれ、森オオカミにしては大きいし色が違くないか」

「ガウッ！」

「ガウッ！」

すぐ間近に高山オオカミの群れがいた。

「なんで高山オオカミが」

ヴィンスは驚いていたが、いるものは仕方がない。ゴホンと咳払いをすると、改めて解説を始めた。

「あんなふうに、ダンジョンの魔物はダンジョンの境界から外には出てこない」

確かにうなっている割には、草原には下りてこない。

「え？　なんであんたたちここまで下りてきてるの？」

しかも、サラにはなんとなく見覚えのある群れのような気がする。

「ガウー」

「ガウー」

まるで迎えに来たような雰囲気だが、サラは騙《だま》されるつもりはなかった。結局は魔物だから、サラたちをおいしくいただくつもりなのだ。

「か、かわいくなんてないんだからね」

しかし騙される者もいる。

「でっかいオオカミだな。ほーら」

「ハルト！　だめ！」

「ガウウッ！」

「グワッ！」

近くまで来たハルトに今にも飛びかかりそうだ。歯をむき出しにした口元からはよだれが垂れている。

「こわっ。なんだよー」

「もう。だから言ったでしょ」

「ガウッ」

ねえさん、こいつらやっつけますかい、とチンピラの声のように聞こえたのは錯覚だろう。そこにネリーの笑い声が響いた。

「ハハハ！　こいつらサラを守りに来たのか。ついにそこまで懐いたんだな」

「懐いてないし。偶然だもの。たぶん」

結局、仲間だから大丈夫だとオオカミに説明する羽目になったのが納得いかないサラであった。

「さて、このように」

無口なはずのネリーがなんとなく嬉しそうに皆に両手を広げて話し始めた。

「魔の山は危険がいっぱいだ。だからハルトには警告もしたのだが、それでも魔の山で暮らすという。そしてアレン」

「は、はい！」

アレンは急に呼びかけられ、緊張して返事をしている。

「アレンも私に弟子入りしたいなら、わかるな？」

「はい！　草原を一人で歩き切るだけじゃ足りない。サラのバリアを頼りにせず、自分の力で魔の山の管理小屋までたどり着く」

「正解だ」

満足げに頷くネリーと、なぜか直立不動のアレンに、サラはぽかんと口を開けた。だいたいなぜアレンはネリーの言いたいことがわかったのだろう。ずっと一緒に暮らしているサラでさえネリーが何を言いたいのかさっぱりわからなかったのに。

「幸い、管理小屋まで一本道だ。ハルトとアレン、交代で行けるな」

「おいおい、さすがにそれはどうよ」

意気込んで頷く少年二人とネリーにヴィンスがあきれた目を向けた。

「渡り竜を落とす魔法を持つハルトとアレンを同列にするのはどうかと思うぜ」

「ヴィンスもギルド長も甘すぎる」

ネリーはヴィンスの言葉をぴしゃりと切り捨てた。

「甘すぎるってお前」

そう言いながらサラを見るヴィンスの目は、『サラは甘やかし放題じゃねえか』と言っているようだったが、サラに言わせればそんなことはまったくない。

「ではオオカミにかじらせてみよう」

「は？」

「ネリーが、私が身体強化を初めて成功させた瞬間に言った言葉だよ」

「そりゃあスパルタだよなあ」

確かにサラはアレンのことは心配だが、ネリーが大丈夫だと思っているのなら大丈夫のような気がするのだ。たぶんだが。

「サラは初日から高山オオカミに対抗できた。アレン、お前ならできるはずだ」

「はい！」

いえ、当初一歩も管理小屋の結界の外には出られませんでしたよねという言葉をサラは呑み込んだ。最初から強かったような言い方をされては困る。サラはなんとなくそわそわしている高山オオカミたちをせつない目で見た。

「せっかくオオカミたちに皆を攻撃しないよう言い聞かせたのに」

「ガウッ」

「目つきが悪いよ。なんで君たちそんなにやる気満々なの？」

「魔物だからな。結局は強いか強くないかだ」

ネリーがぐっとこぶしを見せるとオオカミたちはわずかに後ずさった。確かに実力である。

「ハルト、アレン。自分たちにはかなわないのだと、自らのこぶしで言い聞かせろ！」

「はい！」

「はい！」

サラはすぐに助けに入れるように後ろに控える。とはいえ、高山オオカミたちのことも傷つけたくないサラは、バリアを展開するのは最低限でいくと決めた。

「じゃあ、俺たちは後ろから付いていくか」

「ああ」

こうしていきなり魔の山の管理小屋まで到達できるかという試練が始まった。

「まず俺から」

前に出たのはアレンである。緊張して構えているサラの肩をネリーが静かに押さえた。

「アレンの身体強化は私の剣をはじいた。高山オオカミの歯など通るまい。多少吹っ飛ばされても、手を出すなよ」

でも、と言いたかったがサラはぐっと我慢する。

アレンは魔の山の坂道に一歩踏み出した。途端に襲いかかったオオカミの群れでアレンの姿はあっという間に見えなくなってしまった。

「アレン……」

「俺のことも同じくらい心配してくれよな」

「……」

ハルトのことは今はどうでもいいサラである。ボスッ、ガスッという打撃音が響くと、高山オオカミは一頭、また一頭、オオカミのかたまりからはじき飛ばされていく。やがてこぶしを振るうアレンの姿が見えたかと思うと、高山オオカミはうなりながらもアレンの周りをぐるぐると回るだけになった。アレンは息も切らさず、こぶしを構えて平然と立っている。

「アレンの強さを認めたようだな」

ネリーは満足そうに頷いた。

「ということは、私はかなり長い間、オオカミに認められていなかったんだね」

「う、うむ。まあ、そういうことになるだろうな」

ネリーは気まずそうに咳払いすると、アレンをいったん下がらせた。

「次、ハルト」

「はい！」

ハルトはなんとかするだろう。サラは今度は力を抜いたが、逆にネリーに肩をつかまれた。

「身体強化ができて魔法が得意でも、体ができていないとどうなるかの実例を見るといい。必要ならすぐにバリアを張ってやれ」

「ええ？」

アレンの時とは言うことが違う。サラは緊張してハルトが一歩踏み出すのを見た。

ハルトはオオカミの群れに埋まることなく、襲ってきた何頭かのオオカミをこぶしで跳ね飛ばしていたが、やがてオオカミに潜り込まれハルト自身が空中に跳ね飛ばされてしまった。

「うわっ！」

落下地点にはオオカミが待ち構えているが、ハルトは焦って気づいていない。サラはバリアの一部をぐいんと伸ばしてハルトを覆った。ハルトはバリアごと数回弾むと、慎重に立ち上がった。

「腰が高いんだ。重心を低くして重い攻撃を下から上に。体重の軽いハルトは、体当たりされてそれで終わりだぞ！」

ネリーの声が飛ぶ。

「アレンに対抗しようとするな。バリアでも魔法でも何でも使え！」

「は、はい！」

ハルトはオオカミたちをきっと睨みつけると、ふうっと息を整えた。そしてサラのバリアの中で、自分のバリアを小さく張った。

「サラ、ありがとう」

「うん。バリアを外すね」

サラはハルトを覆っていたバリアを外した。途端にオオカミがハルトに襲いかかるが、そのたびに跳ね返されている。

「現時点ではもともとアレンより強い。油断とひ弱さを克服すれば、ハルトでも問題ない」

「はい！」

それからオオカミが降参するまではあっという間だった。

「はあ、強いね、アレンもハルトも」

「まあまあイケてただろ、俺」

「ハルトは後半だけね」

まだまだ魔の山の入り口なのに大丈夫かな、と若干不安なサラであったが、ネリーの手厳しい洗礼で覚悟を決めた少年たちは、疲れは見せたもののなんなく行程を乗り切った。ちなみに目立たなかったヴィンスについては、魔法師のはずなのでサラはちょっと心配していたのだが、

「身体強化は基本だしな」

とひょうひょうと歩き、時折襲ってくる魔物は手で払いのけていた。

「ヴィンス、殴ってないのに魔物が逃げていくけど、何の魔法なの？」

「ああ、ほら、冬に乾燥したとき、バチってなるアレだ。あれを手にまとわせているんだ」

「静電気！　なるほど」

サラがゴールデントラウトを獲《と》る雷撃ほど大掛かりではないが、雷の魔法ということになるのだろう。そんなことは魔法の教本には書いていなかったので、おそらくヴィンスが自分で開発した魔法ということになる。サラは感心してヴィンスを眺めたが、ヴィンスは謙遜などしなかった。

「な、俺だってただの受付じゃねえんだよ」

「う、うん」

サラが理解したのは、実力があっても残念な人もいるということである。

「小屋の外観は問題なし、と。俺、ちょっと裏を見てくるわ」

管理小屋に着いた途端、ヴィンスはギルド職員の顔をしてすたすたと小屋の裏に向かった。

「ここがサラとネリーの小屋か。なんかお話の中に出てくるような家だな」

「私もずっとそう思ってた。ほら、後ろを振り返ってみて」

「ガウ」

「オオカミはいらなーい」

景色の中に高山オオカミの群れがいるのもお約束であるが、振り返ると、小屋から坂の下にかけて青々とした草原が広がり、まるで一幅の絵のようであった。

「登ってくるときは振り返る余裕なんてなかったけど、ほんとにきれいだな」

ハルトの声には感動があふれていた。一方でアレンは黙ったまま景色を見つめている。しつこく感想を聞くほど野暮《やぼ》ではないサラは、アレンが満足したように一つ大きく息を吐くまで静かにそばに立っていただけだ。

「世界には、見たことのない景色がいっぱいあって、俺はこれからそんな景色をいっぱい見ていくんだな」

「うん。これが始まりだよ、きっと」

そしてその始まりの前に、まず管理小屋の案内である。

「入ってすぐが居間と台所。右手がネリーの部屋で、左手二つが客間だよ。一つは今私が使ってるから、すぐに空けるね。二人部屋だから、部屋割りを考えてね」

「へえ、案外狭いな」

「まあね。ちょっと広い普通の家くらいかなあ」

「使ってる結界がめちゃくちゃ高価だから、このくらいの小屋しか建てられなかったんだよ」

部屋の説明をしているとヴィンスが小屋の裏から戻ってきた。

「魔の山は魔物が強すぎて、さすがに普通の結界じゃあもたないからなあ。そうだ、サラ、迷いスライムの魔石、旅に出る前に少し売っていけよ。いつでも大丈夫と思っていたから、少しずつ買い取ろうとしてたんだけどさ。もう招かれ人だってバレちゃったしな」

「少しでも荷物が軽くなると嬉しいから、助かります」

迷いスライムの魔石も買ってもらえることになれば、サラの懐はさらに豊かになる。ヴィンスは部屋と台所、水回りを一通り確認して居間に戻ってくると、顎に手を当てて何か考えている。

「ネフェルタリは一人で、いやサラと二人でやっていたが、招かれ人が二人もいるとなると、おそらくここに来る客人も増えるだろうな。ハルトとブラッドリーが一部屋ずつ使うとして、客室が一つしかないのはやはりこころもとねえな」

「外のデッキで寝かせたらどうだ」

「そりゃさすがに鬼の所業だろうよ」

ネリーの雑な提案はあきれたように却下された。

「屋根裏がありますけど。こないだ確認したら寝具もありましたよ。確か四人分」

「それだ！」

ヴィンスは屋根裏と寝具も検分して、

「あちこちでごろ寝させれば二〇人くらいは泊まれるだろ。十分だ」

とサラと同じ結論になったのは少しおかしかった。

「ギルド長にも聞いてはいたが、整った部屋に食料が三ヶ月分か……。ネフェルタリ」

「なんだ」

「サラは得難いな」

「女神には心の底から感謝している」

ヴィンスとネリーのやり取りがサラにはくすぐったい。しかし、食料はネリーと相談して半分は置いていくつもりでいた。招かれ人たちもきちんと準備はしているようだが、魔の山にいる魔物の料理見本があったほうがいいと思うからだ。

それから数日はネリーが案内して、魔の山の魔物ポイントを巡った。ネリーとサラでガーゴイル狩りに行った岩山にも訪れた。

「本当にこのひび割れているところからガーゴイルが発生するのか」

「本当だよ」

「オ……オ……」

「この不気味な声が、そろそろ剥《は》がれ落ちそうなやつ。おいしいよ」

サラがアレンとハルトとヴィンスに解説している傍らで、ブラッドリーはネリーと狩りの相談をしている。

「しょっちゅうあちこち行って魔物を狩らないと駄目だろうか」

「ここ数年、とりあえず一日数頭ずつ魔物を減らしていれば十分だった」

「そうか」

ブラッドリーはほっとしたようだった。静かに本を読みたいと言っていたのだから、狩りし放題だと浮かれるハルトとは考えかたが違うのだろう。

「だがガーゴイルはうまい。それにコカトリスもうまい。元気なハルトがいるのだから、あちこち行ってみるのも悪くはないだろう」

「ああ。貴族との会食やら付き合いが一番時間をとっていたからな。人付き合いはストレスでもあったし。この程度の狩りならむしろ息抜きになる」

ゴールデントラウトの獲り方も見せた。ヴィンスの静電気の魔法の大型版だと言ったら、なるほどと納得していたが、

「招かれ人でもなけりゃこんなに大掛かりにはやれねえよ」

とあきれてもいた。ハルトはしゃがみこんで、獲れたゴールデントラウトを検分している。

「これは俺が料理を学ぶべきだな。魚が食べたくなったらここに来るよ」

「ゴールデントラウトはめったに獲れなくて高級食材だってことを覚えておけよ」

あまりに非常識すぎて、ヴィンスはもうどこに突っ込んだらいいかわからない様子だった。

その一〇日余りの間、サラは小屋ではハルトに料理を教え、小屋の周りではブラッドリーに乞われて薬草採取を教え、オオカミにはみんなで骨を投げたりして慌ただしく過ごした。ブラッドリーはどちらかというと薬草を採って暮らしたいのだそうだ。

「招かれ人の意味がねえ」

などとヴィンスに嘆かれていたが、サラにはブラッドリーの気持ちはとてもよくわかる。二人で狩りをすれば仕事としては十分らしいから、ここで薬草を採りつつ、少しのんびり過ごしてくれたらいいと思うのである。クリスが薬師ギルドからいなくなって落ち込むであろうテッドの役にも立つだろう、とサラは思い、いやいや、テッドのことなど考えてやる必要はないと思い直した。

その間に持っていくものとそうでないものを分ける。といっても、ネリーを捜すためにローザの町に行ったときに、自分のものはすべてまとめてポーチに入れてあるから、魔の山ならではの食材を少し足すだけで済んだ。

「私はサラが来るまでは一〇日ごとに行き来していたが、ハルトのことを考えると、収納袋がもっと限りいたほうがいいかもしれない」

それがネリーの最後のアドバイスだ。

「今ローザに行って、王都から何か言ってきたりしたら嫌だから、一ヶ月くらいはこもるつもりだ」

「それがいい」

魔の山の最後の日、小屋に残るのはハルトとブラッドリーだけだ。そしてサラとネリーはアレンと共に旅立つことになる。

「ギルドに迎えが来たらなるべくのらりくらりと話をごまかしておくが、使者がここまで来たら自分で対応してくれよ」

「わかった。これからも世話になる」

ブラッドリーはヴィンスとそう挨拶を交わした。

「ハルト、元気でね」

「ああ。サラ、アレン、また会おうな」

「もちろんだ」

ハルトとはサラとアレンが別れの挨拶をする。二年と半年お世話になった管理小屋ともこれでさようならだ。サラは管理小屋を目に焼き付けた。そんなサラの肩にネリーの手がぽんと置かれた。

「じゃあ、サラ。そしてアレン。行くか」

「はい！」

「はい！」

「俺もいるけどね」

あの時、ローザへ向かうのはサラ一人だった。今度は皆が一緒だ。

「楽しみだなあ」

「ガウッ」

「オオカミは、いらなーい」

いつだって旅の始まりはまず一歩からなのだ。

第二章　初めての旅

ローザまでの道は、基本アレンが前、ヴィンスとサラが真ん中、最後にネリーの順で歩いた。管理小屋に来るまで、そしてこの一〇日の間のアレンの成長は目をみはるものがあった。

アレンの叔父さんは魔法師だったから、身体強化の得意なアレンには多少自己流なところがある。叔父さんが亡くなった後も、アレンは身体強化の得意な人と仲間になることも教わることもなく、たった一人で自分の腕を磨いてきたのだ。体力も魔力も膨大で素質があっても、それをどう生かすかをちゃんと教わったことはなかったらしい。

また、一人だからこそ慎重に、身の丈に合った敵としか戦ってこなかった。

ネリーはサラにとっては師匠としては大雑把《おおざっぱ》すぎたが、アレンにとってはよき師であり、魔の山という場を得て花開いたのだなあとサラは嬉《うれ》しく思う。一方でサラは自分を振り返ってみると、人に振り回されてあまり成長していないような気もするのだが、特に成長しなくてもとりあえず生きていけるので焦りはない。

つまり、道中サラは自分以外にバリアを張る必要もなく、頼もしい三人の真ん中で、魔物をはじくだけの簡単なお仕事しかしなくてすんだ。魔の山の入り口で高山オオカミに別れを告げてからは、ツノウサギもなんのその、あっという間に東の門に着いた。

「おや？　門がいつもより早く開いたぞ？」

ネリーの一言に伸びあがって門のほうを見ると、確かに門が開き始めているところだった。

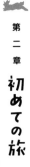

「あれ、すぐに閉じちゃった」

「おかしいな。なにかあったのかもしれん。急ごう」

少し足を急がせると、門の前には既視感のある二人が立っていた。

「クリス！」

大きな声で呼びかけるネリーをよそに、サラはアレンと思わず顔を見合わせた。別におかしい組み合わせではない。ないのだが。

「テッド？」

何でここにいるのだろうか。

「クリス。どうした？」

「今、町に王都からの客人が来ていてな」

少し小さいクリスの声に、サラはドキッとした。こないだローザに来てから一五日ほどである。後見が決まって王都から迎えが来たとしても特におかしくはない時期ではあるからだ。

「まさかサラが」

ネリーの言葉にクリスは首を横に振った。

「サラの迎えはまだ来ていない。今回の客人は、王都から逃げ出した、いやローザに旅に出た招かれ人の様子見と、あわよくば迎えに来たそうだ」

逃げ出したというのが正しいのだが、言い訳としてはローザに旅に出たということになっているのだろう。

「招かれ人が魔の山にこもったと聞いてショックを受けているところだ。ギルド長が『魔の山の管理人の依頼をしてしまった。事情を知らず申し訳ないが、戻るかどうかの説得は客人に任せる。直接説得に行ってくれ』とのらりくらりとかわしているところだ」

「そりゃあジェイにはちょいと荷が重いな。俺はすぐにギルドに戻るが、そもそもなんでクリスはここにいる？」

ヴィンスの問いはまさに皆が聞きたかったことである。クリスは眉根を寄せて苦い顔をした。

「今回はサラに関しては特に何もなかったが、おそらくすぐにサラの迎えも来るだろう。そうなるとネフがローザから動けなくなってしまう。すでにカメリアには、ギルド長の仕事を引き受ける旨の連絡をしてしまったのでな」

ネリーが動かないなら当然自分も動かないという意志がすごいとサラは感心した。王都から迎えに来られるサラへの心配が、かけらも感じられないのがまたクリスらしい。

「それなら、ローザの町でサラと王都の客人が接する前にカメリアに行ってしまおうと思ってな。東門の門番にネフを見つけたらすぐに教えてくれるように頼んでおいたのだ」

「つまりクリス、お前は私たちにこのままカメリアへ行けと？」

意外な展開だが、ネリーは冷静に尋ねている。

「強制はできないが、そうすることも考えてみてほしい」

強制はできないとは言っているが、よく見るとすでに旅支度という感じだし、なかなかの圧を感じてサラはハラハラした。ネリーは少し困った顔をしてサラの目をのぞき込んだ。

「サラ」

「私は大丈夫。少し食料の買い出しとかしたかったけど、備えがないわけではないから」

「そうか。アレンはどうだ。ギルド長のところに挨拶に行きたいのではないか」

「大丈夫だ。魔の山に行く前に済ませてきた」

ネリーはふと天を仰ぐしぐさをすると、もう一度サラとアレンの顔を確認し、よしと頷《うなず》いた。

「わかった。面倒ごとからはなるべく遠ざかっていたいのは確かだからな。王都からの客人がブラッドリーとハルトのことで手いっぱいなうちに、さっさとカメリアへ向かうか」

「そうしてくれるか」

「いや。サラのことまで気遣ってくれて感謝する」

「い、いや」

クリスはネリーの感謝の言葉に若干気まずそうだが、それはそうだろう。このことは単なるきっかけであり、サラのことなど何も気遣っていないことくらいはわかっているサラである。

「それはいいとしてさ、なんでテッドもいるんだよ。見送りか？」

「チッ」

あいかわらず態度の悪い男である。だがアレンでなくても気になるのは、テッドも旅支度であることだ。

テッドは言わなければいけないことがあるのだが、なかなか口に出せないという雰囲気を醸し出し、若干うっとうしい。

「テッド。アレンとサラ次第だと言った。時間をかけるようなら置いていく」

「「置いていく？」」

クリスの言葉に、サラとアレンの声が揃《そろ》った。そして二人は目を見合わせた。置いていくということは、連れていくかもしれないということではないか。

「あの、俺は、あの時、その」

テッドは心を決めたように話し始めたが、しどろもどろである。茶々をいれることもできたが、何やら真剣な様子なのでサラは静かに見守った。

「お前たちが町に来たとき、だまして、苦しめたこと、すまない、と思っている」

そこまでなんとか言い終えたテッドに、サラとアレンはぽかんと口を開けた。まさかテッドが謝罪するとは、これっぽっちも思っていなかったのだ。

だがその苦い薬を飲んだような、何かを我慢しているような顔を見ると、本当に反省しているのかちょっと疑わしかった。おそらく、謝罪しないと一緒に連れていかないとクリスに叱《しか》られたのだろう。そこまで推測して、子どもかと心の中で突っ込むサラである。

もっとも、サラはそのことはもう苦い思い出であって、あまり気にしてはいない。だがアレンはサラ以上にいろいろ嫌がらせをされていたし、その中には命にかかわるものもあった。許すだけならともかく、旅に同行するとなるとどうだろうか。

長く続く沈黙に耐えられなくなったのか、それとも初めからそのつもりだったのか、テッドはごそごそと荷物から何かを取り出した。

「これ、サラに。こっちがアレンに」

サラに差し出したのは、薬草を採るときの薬草かごである。サラは一つだけ持っているが、確かにかごごと薬師ギルドに預けることも多かったので、もう一つあると助かる。

しかしアレンに差し出したものは、薬草かごとは桁が違うものだった。

「レッグポーチ。ワイバーン一頭分のものだ」

それは相当お高い品である。しかもハルトが身につけていて、実はサラも密《ひそ》かにかっこいいと思っていたものだ。

「命に……アレンに頼んだお使いが命にかかわるようなことになるとは思わなかったんだ。だからといってやっていいことではなかった。ずっとどう謝罪するか悩んでいたが、金持ちの俺には、この方法しかないと思った」

これまでの行いを見ても、テッドがどう謝罪するか悩んでいたようにはかけらも感じ取れなかったが、金持ちだけに物で解決すると言い切るあたり、サラにはけっこう好感触である。だがアレンにはどうか。金で買われるようなやり方は、プライドに障るのではないかと、サラはハラハラしながら二人を見守った。

「謝られても、物を寄こされても、あの時のことを許す、とは言えないよ。なかったことには、できないから」

アレンは考え考え、言葉をつないだ。

「けど、謝罪は受けた。ポーチもありがたくもらう。そして、ここからスタートにする。テッドとは、ここからゼロからの付き合いだ」

アレンは本当に潔い。それならサラも、かごはありがたくもらっておこうと思う。

「新しいかご、ありがとう」

「お前には、その、薬草買い取りでいつも迷惑をかけているから。高いものより、かごを喜ぶかと思った」

言えることはここで言ってしまおうと思ったようだ。サラのことを考えて買ってくれたのなら、おそらく、アレンにもアレンが喜ぶものを選んだのだろう。サラはテッドのことをちょっと見直した。しかし、そもそもなんでテッドがここにいるのかという疑問は残る。

「クリスがカメリアに行くっていうのはそれはそうなんだけど、でもなんでテッドもいるの？　確かお父さんが町長だったよね。家族は大丈夫なの？」

同行するかもしれないのなら、遠慮は無用だ。無関心すぎるのもよくない。テッドは救いを求めるようにクリスを見たがクリスはわずかに首を横に振った。自分で言えと、そういうことであろう。

「俺は薬師としてまだ学びたいことがあるんだ。なんとか王都には行かせてもらって薬師の勉強はできたし、クリス様が来て、その手伝いをできたことは幸運だった。でも、まだ学ぶことがあるのに、ローザから出ることを家族は快くは思わなくて」

なんとなく怠け者のような気がしていたから、まだ学びたいことがあるというテッドの言葉は意外であった。

「クリス様の助手をするという名目でなんとか許可をもぎ取ってきたが、クリス様は、同行するサラとアレン次第だと言った。あれだけのことをしたのに、まだ謝ってもいないだろうと」

クリスはまったく関心のない様子だったが、いちおうそのことには気づいていたのだ。

「仲良くしようとか、そういうことまでは思わない。けど、俺はクリス様に付いてローザを出たい。具体的には、カメリアでチャイロヌマドクガエルの毒腺から毒を抽出して薬を作ってみたいんだ！」

結局はすがすがしいまでに自分勝手である。しかし、殊勝なテッドなどテッドではない。

「こういう奴だが、薬師として学びたい者を拒むことはしたくない。カメリアに付いてくると言うなら連れていこうと思うが、どうだろうか」

クリスのテッドへの評価がひどいが、ネリーさえいればテッドのことはどうでもいいのだろう。

「私はサラがよければいい」

こちらもアレンのことが抜けてしまっているが、お似合いといえばお似合いな大人組である。サラはあまり根に持たないタイプなので、いいよと頷いてみせた。

「ではこのまま町を通らずにカメリアに向かおうと思う」

「じゃあ、俺は目立たないようにギルドに戻って、うまくやっとくわ。いや、直接家に帰って二、三日出勤しないって手もあるな」

何か悪いことを考えているようだが、とにかくヴィンスには最初っからお世話になりっぱなしだった。いつでも公平に、できることは惜しまず援助してくれたのがこの人なのだ。

「ヴィンス、本当にお世話になりました」

「俺も。叔父さんを亡くしてからずっと、本当にありがとうございました」

サラとアレンで頭を下げる。

「よせよおい。今生の別れじゃねえんだから。いつかまたローザに来るんだろうが。その時はまた、ハンターギルドで待ってるぜ」

ヴィンスは少し涙声になりながら、じゃあなと手を振ってさっさと東門の中に入ってしまった。

「初日は野宿になるとは思うが、大丈夫だろうか」

「問題ない」

ネリーとのそっけない会話だが、クリスは嬉しそうである。大丈夫かどうかを気にすべきは年少組と体力のないテッドに対してだと思うのだが、クリスの頭の中はおそらくネリーとの二人旅なのだろうなとサラはおかしくて笑い出しそうな気持ちになった。

「ここからはカメリアまでは普通に馬車の通れる街道を通る。まだ追っ手がかかっているわけでもなし、歩きながら行こうと思う」

「そうだな」

その歩きながらがとてつもなく速いので、初日の終わりにはテッドがヘロヘロだったのはお察しである。しかし、そんなテッドだが、その日は最後まで好感度を上げてきた。上げたとしてもやっと普通レベルだったのは言うまでもないことだが。

その日の宿泊場所は、ツノウサギのいた草原にもあった、結界の張られた広場である。カメリアまで行くのだと思われる商人がポツンポツンとテントを張る中、サラたちもそれぞれでテントを張り、自分たちの場所を確保した。

「サラ、すまないが」

テッドに声をかけられたときは、驚いて飛び上がるかと思った。すまないという言葉がテッドから出てくるとは思わなかったからだ。

「今日は俺が夕食を用意するから、お茶だけいれてくれないか。正直に言って、今日は疲れた」

サラは素直に携帯コンロを出してお湯を沸かし始めたが、テッドの夕食の支度はブラッドリーを思い出させるものだった。つまり、腰のポーチから次々と出てくるおしゃれな弁当箱である。

「お貴族様だね」

「うるせー」

思わずサラの口から出た感想への返事がこれである。サラはむしろ安心した。

「ほう、これは第一層の」

「はい。春華亭《しゅんかてい》の煮込みを弁当にしてもらいました」

サラは第二層は薬草ギルドにしか行ったことがないが、さらに第一層は町の有力者しか住めないのだと聞いたことがある。

「第一層は住居が主で、たいていの家はお抱えの料理人がいるから店はほとんどないのだが、そうはいっても身近なところで外食したいこともあるからな。第一層の春華亭は一級のレストランだ」

クリスが説明してくれた。ローザのレストランにも王都にも縁のなかったサラだが、ブラッドリーとテッドのおかげで高級レストランの食事にありつけたのは嬉しいことだった。

「そもそも弁当にすることはほとんどないと言っていたんだが、俺は町長の……」

町長の息子という立場を存分に使ったのだろう。途中で言うのをやめてしまったが、サラはそれで迷惑をかけたりしなければかまわないと思うのだ。

「ちゃんとお金は支払ったんでしょ」

「もちろんだ」

テッドは少しむっとしたように答えたが、サラは気にせずお弁当を広げて顔をほころばせると、おいしそうな煮込みをほんのりと魔法で温めた。

「お弁当温めたい人いますか」

「俺は自分でやるから」

得意そうに言うアレンを除いて、テッドまで温めてほしいと弁当を差し出した。アレンは魔の山にいる間になんとか弁当の温めを覚えたのだ。

「俺もできるけど」

「猫舌なのでな」

アレンの提案はクリスにやんわりと断られている。アレンは調節がまだ上手ではなく、少々温めすぎる傾向があるのだ。

「こんなこともできるんだな」

「そもそも温かいままポーチに入れたらいいのにって、私いつも思うんだけどね。さっそく旅に来たかいがあったね」

新しいことを知れてよかったねと笑うサラに、

「うるせー」

と答えたテッドの声はいつもより小さかった。ちなみにツノウサギの煮込みは、スパイスが利いていてとてもおいしかった。

カメリアまではのんびり歩いて一〇日間ほどかかる。果てしなく続く草原をまっすぐに通る街道を歩くのは気持ちがよいものである。とはいえ、一日中歩いているだけではただの苦行だ。

町と町の間では、時には定期馬車にも乗った。

馬車を引く大きな馬はサラを見るとブフンと鼻息を吐き、髪の毛をかじろうとする。

「なんで？　ネリーの髪の毛のほうがよっぽどおいしそうなのに」

「ブ、ブッフン」

「どうやら赤毛はお気に召さないようだぞ」

ネリーは笑っているが、サラは髪の毛がよだれまみれになるのもかじり取られるのもごめんである。馬を遠巻きにしながら、最大で一二人乗れるという大きな馬車に急いで乗り込んだ。四人掛けの席が三列と荷物置き場のある馬車は暑い季節のせいか両面の幌《ほろ》がくるくると巻き上げられており、遠くまでよく見えた。草原の風がさわやかに頬《ほお》をなで髪を揺らす。

身体強化も使わず、ただ椅子に寄りかかってのんびりと眺める草原は緑が目に優しく、跳ねるツノウサギでさえかわいらしく見えた。

一時間ほど馬車を走らせると、次の馬車に乗り換える。乗ってきた馬車はまた元の町や村に帰る。この仕組みを利用して旅を進めるらしい。

「何回も乗り換えるのはちょっと面倒だけど、長く乗ってると体が硬くなっちゃうからかえっていいのかもね」

「そうだな。正直歩いたほうが楽だな」

何回かの乗り換えの後で出た結論がこれである。

「さ、今日はここに泊まろう。ジーニアという町だ」

クリスが宣言した町は、なだらかな丘のふもとにあった。にぎやかな町はあちこちから馬車が集まっているようで、馬車から降りた後、馬から逃げ出すのがとても大変だったほどだ。

「あっちでもこっちでも生き物に好かれてるな」

あきれたようにアレンが言うけれど、好いてくる生き物が大きいものばかりなのでサラにとっては怖いというのが正直なところである。

なんの相談もしていないのに一番高そうな宿をとる大人三人に遠い目をしつつ、宿に泊まれるのは素直に嬉しいと思う。受付が終わった大人たちはそれぞれが鍵を持っていた。

「アレンは私とだ」

「サラはもちろん私とだ」

クリスとアレン、サラとネリー、そしてテッドという部屋分けである。

「いいか、サラ」

さっきからそわそわして落ち着きのないテッドがいきなりサラに話しかけてきた。

「何？」

「この町はお茶の産地なんだ。北側に見えた丘で良質な茶葉が採れる」

「ここの薬草も品質がいい。なかなかローザにまでは回ってはこないのだが」

テッドの言葉にかぶせるようにクリスも説明してくれるのだが、サラは受付で話すことだろうかとちょっと戸惑った。

「そういうわけで俺はここでしか買えない高級茶葉を買いに行ってくる。手ごろな値段の茶葉もたくさんあるから、サラもここで買っていくといい」

「う、うん。ありがと？」

どういうわけなのかわからないし、別にサラにも高級茶葉を買う余裕はあるのだが、とりあえずお礼を言うと、テッドはそのまま風のように去っていった。

「私もちょっと薬草を見てくる。また食事の前に集合しよう」

クリスもアレンの手に鍵をポンと落とすと、そのまま買い物に行ってしまった。残されたサラたち三人は呆気《あっけ》にとられて立ちつくしたが、受付に立っていても邪魔なだけである。サラはふうっとため息をついた。

「そういうとこだぞ。いまいちネリーに響かないのは」

ブフッとアレンが噴き出していたが、見知らぬ町に一緒に来たのに、自分のしたいことを優先させる男子を素敵だと思う女子はいないだろう。

「俺も部屋を見てきたら、勝手にぶらぶらしてくるよ」

「気をつけてね」

もっとも友だちなら別に気にならない。町に入った途端に解散となってしまった一行だったが、ネリーと二人きりもよいものだ。いったん部屋に落ち着いた二人はどうするか相談した。ネリーは少し言いにくそうに頬を赤くしている。

「その、サラ。せっかく二人で出かけるのだから、ローザで買ったあれを、その、かわいい服を着ないか」

「すっかり忘れてた！　そうだね。お茶の町だっていうし、おしゃれしてお茶を飲みに行こうよ」

サラはうきうきして夏用の黄色いワンピースに着替えた。

ネリーはネリーで浴室で着替えるようだ。いつもより時間をかけて着替えをしていたネリーが、浴室から顔だけ出した。ぴょこりと出したその顔がかわいいが、どうしたのだろうか。

「その、笑うなよ？」

「笑わないけど。わあ！」

浴室から出てきたネリーは、なんとワンピースを着ていた。足首まである長いワンピースは夏向けの涼しい生地で仕立ててあり、紺色の落ち着いた色合いだが、袖や襟ぐりにさりげなくついているレースが女性らしさを醸し出している。

「ふわあー、大人の女性って感じ！　すごく素敵！」

「うむ。サラのかわいらしさに合わせようと思って、だいぶ前の服を出してきたが」

ネリーは二の腕のあたりの匂いを嗅いでみている。ちょっと笑ってしまったサラは、ネリーにギュッと抱き着いた。匂い袋と一緒に畳んであったのだろう、ふんわりと優しい花の香りがした。

「いい匂いだよ。お出かけが楽しみ」

「さすがに剣はやめておこうか」

ワンピースを着てこぶしをぐっと握るネリーも素敵だとサラは一人頷いた。

二階の部屋から下りてきた二人を見てにっこりと笑みを浮かべる受付に鍵を預け、二人は町をぶらぶらすることにした。背の高さはだいぶ違うから、サラが少しぶら下がるような感じに見えるけれど、仲のいい友だち同士のように腕を組んで歩く。

確かにお茶の町だけあって、宿の前の大通りでは、茶葉を売る店が並んでいる。

「お嬢さん方、試飲してみるかい」

いかにも観光に来たという感じのサラとネリーには、店からどんどん声がかかる。ちょっと気恥しい気がするものの、食後にはよくお茶を飲むサラは誘われるがままに小さなカップに入れてもらったお茶を飲んでみる。

「いつも飲んでるのより、なんていうか、熟成されてない感じの新鮮な味がする。おいしい」

口の中をさわやかな風味が抜けていく。

「ああ、お嬢ちゃん、普段飲んでいるのは王都のお茶かい」

なんでわかるのだろう。店主はサラの反応を見て、したり顔で頷いた。

「王都では新鮮な茶葉じゃなくて熟成された茶葉が好まれるのさ。この町はあの丘で採れた茶葉を使うから、新鮮なもののほうが好まれるんだよ。ま、いずれにせよ収納ポーチに入れとけば風味は変わらないんだけどな」

ガハハと笑った店主は、この町のお茶の成り立ちを説明してくれたうえ、他の種類のお茶も試飲させてくれた。

「買います」

即断である。

「隣にちゃんとした茶を飲ませるところもあるからさ。寄っていってくれよ」

「はい!」

おいしいお茶を買って、意気揚々と隣に向かうと、そこはカフェのように道路側にいくつもテーブルが並んでいて、買い物帰りと思われる人々が思い思いにお茶を飲んでいる。

「ネリー」

「そうだな。せっかくだからお茶を飲んでいくか。サラはこのテーブルに座って待っていてくれ」

サラは言われたとおり四人掛けの丸いテーブルに座ってお茶を買いに行くネリーの背中を見送った。ハンターをしているネリーは姿勢がよく、テーブルを避けて歩く足さばきがかっこいい。ワンピースだろうとハンターの服だろうと、常にネリーはかっこいいと思うのだ。やがて小さなお盆にお茶のカップをのせたネリーが戻ってくるのを見ていると、誰かがネリーの行く手をさえぎった。

「危なかった。これが魔の山ならこぶしが入ってると思うな」

サラは勝手にドキドキしてしまった。偶然だと思っていたら、さえぎった人は謝罪しながらネリーの持つお盆をさっと奪い取り、話しながらサラのほうに歩いてきた。一瞬呆気にとられたネリーは珍しく慌てた様子で付いてくる。

迷うことなくサラのテーブルまでやってくると、その人はお盆を置いてさっと会計に戻っていった。年の頃はブラッドリーくらいだろうか、ネリーがちょっと見上げるくらいの身長で薄い茶色の髪と同じ色の目の色をしていたような気がした。

「なんだあいつは」

ネリーは怒っていいのかどうかわからない顔をしていた。

「親切にしたかったのかもだけど、危なかったね」

「まったくだ」

だがカップのお茶の香りはよい。しかもお菓子がついている。サラはさっそくそのお菓子に手を伸ばした。

「このお菓子は」

「それはこの町の名物なんだよ。お茶と合うように、果物の砂糖漬けが入ってる焼き菓子なんだ。ほら、手で持って食べやすいように細長いだろ」

「えと、はい」

思わず素直に返事をしてしまったが、気がついたら目の前にはさっきの青年がお茶のカップを持って座っていた。

「お前」

「おーい、こっちこっち」

その青年はネリーがとがめる前に後ろのほうに声をかけた。

「やれやれ兄さん、きれいな人がいるとすぐこれなんだから」

青年よりだいぶ若い男の人がやはりお茶のカップを持ってサラたちのテーブルにさっと座った。似ているから兄弟なのだろう。

サラもネリーもこんな状況は初めてで、とっさにどうしていいかわからず固まってしまっている。

「きれいな赤毛のお嬢さんがお茶に来てるなと思ったら、君もかわいいね」

サラにまで声をかけるので、サラの目は驚きで丸くなった。しかし、ネリーの返事はもっと驚きだった。

「そうだろう。うちのサラの愛らしいことといったら」

「サラっていうんだね。黒髪もあまり見ないけど、大きな茶色の瞳が特にかわいいと思うよ。あなたはなんて呼ばれてるの？」

「私はネリー」

「僕はベルン。兄さんはラウルっていうんだ。よろしくね」

サラをだしにあっという間に名前まで聞き出されているし、なんなら楽しそうに会話まで始めてしまった。

彼らはお茶の栽培の仕事をしているそうで、涼しいうちに仕事を済ませて暑い日中はこうしてのんびりしているのだと話してくれた。悪い人たちではなさそうだし、なによりネリーが楽しそうだからいいかと、サラは緊張していた体をゆったりと椅子にもたせかけた。

　サラがお茶をいれるのが上手だというくすぐったい話をネリーがしているとき、サラに影がかかった。サラが見上げるとアレンが夕日をさえぎるように隣に立っている。そして手に持っていたお茶のカップをとんとテーブルに置いた。

「なあ、あんたたち」

　少しとがったアレンの声は珍しい。

「この人たち、俺のつれなんだけど。場所、空けてくれないかな」

　目の前の青年二人はアレンに目をやると、なんだというような顔をした。一二歳の少年一人である。

「君、弟か何かかい。見てわかると思うけど、今僕たち、すごく楽しく話してるところなんだ。君が別の席を探しなよ」

　そう言われてもサラはあまり知らない人よりはアレンのほうがずっといい。それならと思い、カップを持って席を移ろうとしたとき、ネリーのほうにも影が差した。クリスだ。とても無表情なので、機嫌が悪いことが伝わってくる。

　クリスはネリーの肩にぽんと手を置くと、ネリーのほうにかがみこむようにして話しかけた。

「ネフ。待たせたね」

「別に待っては、うっ」

　待ってはいないぞと言いたかったのだ思うが、皆まで言わせないようサラがテーブルの下でネリーの足を蹴とばしたのだ。もちろん、痛くないようにである。

「君たち、私のつれを楽しませてくれてありがとう」

ネリーの肩を引き寄せながらそう言ったクリスの口元は笑みの形を作っていたが、目はまったく笑ってはいなかった。

「なんだよおっさん」

ベルンのほうがクリスにそう言ったので、サラは冷や汗が出そうになった。

「ネフは私と同い年だが？」

そのクリスの返答も問題だらけである。しかし、ベルンとラウルは驚いたようにネリーを見るとそそくさと立ち上がった。

「そ、そういうことなら別に。ネリー、サラ。楽しかったよ」

「またね」

ベルンとラウルの兄弟はカップを持って急いで退場していった。

「せっかく楽しく話していたのに」

正確に言うと、ネリーは楽しくサラの話をしていただけだ。文句を言うネリーの前に、アレンとクリスがため息をつきながら座った。これからお説教タイムが始まるのかと思うとサラはちょっと憂鬱《ゆううつ》な気持ちになる。

「ネフ」

「なんだ」

「なんで私の前でその服を着てくれなかった。その美しい姿を最初に見たのがあの男たちだと思うと、いてもたってもいられない気持ちだ」

「最初に見たのはサラだが」

相変わらずズレているクリスとネリーに、サラのほうこそため息が出そうになる。

「違うだろ、クリス」

アレンが冷静に指摘してくれる。

「知らない場所で、知らない奴らに油断しちゃだめだってことだぞ、ネリー」

「お、おう」

「ネリーはよくても、サラに何か危険なことがあったらどうするんだ」

「わかった」

ネリーもアレンの話なら理解できたようでなによりである。

ネリーに声をかけてきた兄弟の目的が何だったのかはわからない。単なる親切だったのかもしれないし、もしかしたらネリーがきれいな女性だからだったのかもしれない。だが、ローザの町で避けられていたネリーも、普通にしていたらやっぱり声をかけられるほどきれいなんだなと思うと、サラがちょっとドキドキしたのも確かだ。

でも結局はこういうことである。

「そんなにネリーが心配だったら、自分だけ先にどこかに行ったりしなかったらよかったのに」

「う。それは反省している」

クリスがちょっとしおれたので、それ以上叱られずに済んでほっとしたサラである。

こんなふうに町に寄ったりしながらも、たいていの時間は草原の移動だ。

歩くときには長めの昼休憩を取り、クリスに薬草採取を丁寧に教わりもした。テッドと並んで教わるのはなんとなく癪に障る気もしたが、ネリーは休憩となるとアレンと草原に狩りに出てしまうので、一人で薬草を採るか、クリスとテッドと薬草を採るかの二択しかない。

ここで一人のんびり草原に寝転がるとか考えないのがサラのまじめなところでもある。

とはいえ、ネリーと一緒にいるアレンがうらやましいわけでもない。そもそもサラが狩りや訓練に参加すると言ったらネリーの機嫌がうなぎのぼりなのはわかってはいるのだ。それでも、サラの目指す道はハンターではないので、どうしようもない。

クリスに教わっているのは、薬草一覧にはない薬草だ。薬草一覧は、どんな人でも採りやすい薬草類を簡易にまとめたもので、実はポーションの原料となる薬草は他にもたくさんあるのだという。

「さすがに良質の薬草を採取してきただけのことはある。サラは薬草の見分けがうまいな」

「慣れると目当ての薬草が他の草の中から浮き上がって見える感じがするんですよ」

人がたくさんいる場所でも、学生の頃は制服を着ている人に目が向くし、就活の時はスーツ姿の男女に目が向くように、薬草を探しているときは薬草に目が向く。そういう感じである。

「薬師ギルドの中でポーションを作るときにこれらを手にとってはいましたが、自分で探して見つけるのは初めてです。やはり鮮度がまったく違いますね。今この場でポーションを作ったら性能が変わるだろうか」

この真面目なことを言っているのがテッドなので、サラは思わずうつむいてしまう。笑いをこらえるのに必死なのである。肩を小刻みに揺らすサラにテッドが舌打ちをするのもいつものことだ。

「なんだよ」

「べつに？」

こんな学生の頃のような会話も、青々とした草原の中ではなんだか楽しい。

「鮮度はポーションの性能にはかかわりがない。ただし出来上がりの量が違う。薬草が新鮮であればあるほど出来上がりのポーションの量が多くなるのは、習ってきたはずだが」

「はい。でもやってみないとわからないこともあると思うんです」

クリスは思いがけないことを聞いたかのように少し黙り込んだ。

「食休みにこうして薬草の採取をしているが、その時間をどう使うかは自由だぞ」

「はい！　今度やってみます」

意気揚々と薬草の採取場所を変えるテッドの後ろ姿を眺めながら、

「あんなに積極的な奴だったか」

とつぶやいていたから、やはり普段のテッドとは違うのだろう。そのクリスはふと大きな息を吐くと、くるりとサラのほうに振り返ったと思ったら、いきなりこんなことを言い出した。

「カメリアに着いたら、サラにも一式、ポーションを作る道具を揃えねばなるまいな」

「え？　いいえ、その」

なんでサラのポーションを作る道具を揃えるのだろう。しかもネリーではなくクリスが。

「遠慮などするな。ネフの娘なら、私の娘も同然。最高級品を揃えるか。いやいや、腕が伴っていないのに道具だけ良いものではむしろ疎まれるかもしれない。それなら最初はやはり一般的なものを揃えるか」

「あのー、私、特に薬師になりたいとは……」

「あと三日ほどでカメリアに着くから、そうしたらいろいろ教えることもできるだろう」

クリスにしては柔らかい表情でサラを見るものだから、けっこうですと言いにくい雰囲気になってしまった。こんなときこそ邪魔しに来たらいいのに、役に立たないテッドである。

正直に言うと、薬草採取を楽しくやっているくらいなので、薬師にはとても興味がある。ただ、ローザの町では、薬師ギルドはサラにとっては鬼門だったから、あまり近づきたくはなかったのだ。ではカメリアなら大丈夫かというと、だいぶ印象はよくなったとはいえ、やっぱりクリスとテッドがいるということになる。それはどうなのかと思うのだ。

ただし、自分が今一二歳で薬草採取をするのは問題なくても、例えば二〇歳になったときも草原に出て薬草採取で生計を立てているかというと、それはちょっと違うような気がする。

「私も自分の将来について考えないとだめなのかなあ」

夜になって二人になったとき、唐突にそんなことを言い出したサラにネリーはちょっと驚いたようだった。

「薬草採取だけでも十分やっていけるとは思うぞ」

「でもさ、私が成人しても草原で一人薬草を摘《っ》んでいるってどう思う？」

「サラなら成人しても愛らしいとは思うが」

問題はそこではない。サラの訴えるような目にネリーはしばし考えこんだ。

「そこまで徹底してやると、指名依頼の来る薬草ハンターということになるかな」

「薬草ハンター」

「ただし、そうなってくると今度は危険な場所にも行かなければならないし、時には魔物も狩ることになるな。まあ、サラなら心配はないだろうが」

危険なことをして魔物も倒すのなら、それは普通のハンターと変わらないのではないか。

「カメリアの町に行く道筋から少し外れたところがチャイロヌマドクガエルの発生地帯だから、町に着く前にちょっと寄ってみるか」

サラは特にカエルは苦手ではない。得意でもないが、足の多い虫ほどは苦手ではない。特に小さいアマガエルなどかわいいとすら思うくらいだ。

「うん、そうしてくれると助かる」

その思惑はクリスとも一致したので、町に着こうかという日、広い街道から少し外れた湖沼地帯へと続く細い街道を行くことになった。

馬車一台がやっとのその街道はすれ違えるようにとの配慮なのかあちこちに広場が作られており、湖沼地帯とを行き来しているらしいハンターが休む姿が見られた。

「そういえばローザでは、ハンターギルドにいたハンターしか見たことがなかったから、こんなにたくさんのハンターを見るのって不思議な感じがする」

「ローザにハンターはけっこうたくさんいたんだが、皆ダンジョンに潜っていたからな」

きょろきょろしていたら、ほどなく道が終わり大きな広場になっているところにたどり着いた。

その広場はハンターたちの拠点になっているようで、テントがあちこちに張られたままだ。

そしてその向こう側では狩りをしているハンターたちの姿とたくさんの茶色の何かが見えた。

「ん？　茶色？」

「チャイロヌマドクガエルというくらいだからな。茶色だぞ」

アマガエルの緑色を想像していたサラはまず色に戸惑った。それから思わず目をこすった。見間違いかもしれないのだし。

「ちょっと疲れてるのかなあ。カエルなのに、ツノウサギくらいの大きさがあるように見えたの」

「逆に聞くが、そうでないカエルがいるか？」

日本にはいたんだよ。むしろ手のひらにのるくらいだったよとサラは言いたかった。が、口から出た言葉はこれだった。

「む、むり」

異世界の常識は、サラの常識ではなかった。

そんなサラの戸惑いをよそに、他の面々は面白そうに目を輝かせている。

「こんなにたくさんのチャイロヌマドクガエルを見たのは初めてだ！」

「そんなに嬉しいものかなあ」

ワクワクを隠せないアレンにサラはちょっと引き気味だ。

「何言ってんだサラ。俺たちはハンターなんだぜ。あれをたくさん狩れば、生活が潤う。おいしいものがたくさん食べられるんだぞ。つまり、あれはカエルの形をしている金だ」

「なるほど」

サラは自分が現実的な性格だと思っている。カエルをお金と思ってもう一度見直そうと沼のほうを見た途端、ハンターの一人がひゅんと空を飛んだ。

「ええ？　今、飛んだ？」

「ああ、舌でからめとられたんだな。でも大丈夫。あのカエルの大きさではハンターは飲み込めないから」

しかし空を飛んだハンターは、頭がすっぽりカエルの口の中だ。ツノウサギほどの大きさのカエルもいるが、中には人の半分くらいもある大きい個体もいるようだ。

「人間が体に入る大きさかどうかわからないなんて、カエルも間抜けだよな。ハハハ」

「そういう問題じゃないからね。一瞬でもカエルの口の中なんて入りたくないよ、普通の人は」

さらに向こうでは、叫び声をあげながら顔を押さえて倒れこむハンターもいる。

「あれはなに？」

「毒を吐かれたな。なに、そんなときはこの」

サラは見なくてもネリーの行動の予測がついた。今、腰のポーチから解毒薬を出したに違いない。

「解毒薬があっても、解毒するまでは苦しむんだからね」

「う、うむ。そうか」

ネリーもアレンもハンターだから、どうも普通の人の感覚に欠けている。

「あーあ、毒を浴びてしまってはあのカエルの毒腺がやせてしまうではないか。毒を吐く前にさっさと倒してもらわねば困る」

「ここに臨時出張所を作ってもらってすぐに解毒薬を作ったら、新鮮でいいのができるのではないですか」

「それには新鮮な魔力草と薬草も必要だ。それらをすべて採れたてで賄うことができればな」

クリスとテッドはさっきからアレン以上に浮かれていて、こちらはこちらで始末におえない。サラはちらっと後ろを振り返ってみたが、自分以外に普通の人がいるはずもなかった。

さっそく狩りに行きたくてうずうずしているアレンとその他をなだめながら、サラは皆を街道まで引っ張ってきた。しかし途中で、沼に行くまでは気づかなかった景色にいやおうなく気づいてしまった。

「狩りをしている人の周りに護衛みたいに立っている人たちがいるね」

カエルを狩ろうとしている人を守るというのは不思議である。

「もしかしてここらへんにもツノウサギがいるの？　あまり見かけなかったように思うんだけど」

「ああ、ここらへんにいるのはツノウサギではなく、草原オオカミだな。途中ではあまり見かけなかったが」

「オオカミ……」

「魔の山ほど強いオオカミではないから、サラはまったく心配しなくてもいい。カエルが集まってくるこの時期は、オオカミにとってもいい時期なんだ」

草原にオオカミがいてもおかしくはないのだが、サラは魔の山にしかオオカミはいないと思い込んでいたから驚いた。

「まあ、魔の山のオオカミもかわいくないこともなかったし、とにかくめったに見かけないものだから大丈夫か」

サラは一人頷くと皆を急がせた。早くしないとカメリアの町に着く前に夕方になってしまう。

そうして沼から町のほうに向かって足を急がせると、途中には畑があり、農作業をしている人がちらほら見えた。つまり、ツノウサギのような危険な魔物は町の近くにはあまりいないということなのだろう。これなら町の外に出て薬草を採取するのも楽に違いない。

そうして町が近づいてくると、サラは思わず足を止めた。

「壁がない」

当たり前なのだが、ローザの町を見慣れているととても無防備に感じてしまう。

「オオカミが周りにいるのに、こんなに無防備で大丈夫なのかな」

「むしろこんなに建物があって人のいるところには来ないと思うぞ」

「確かに」

街道から町の中心に向かって道がまっすぐに続いていて、特に門番もいない。町に出入りするのは商人と思われる人たちだが、まったくの自由である。そんな中ハンターと思われるネリーやいかにも薬師といういでたちのクリスに注目する人などおらず、その一員であるサラは何の警戒もせず町を見ることができた。

「あ、子どももいる！」

ローザでは子どもはおそらく第二層か第一層の居住区にしかいなかったので、サラはほとんど見かけたことがなかった。だがカメリアの町には、母親に連れられた小さい子からサラと同年代の子どもまであちこちにいた。

サラが気にしたのは少女たちの格好である。大人より丈の短いスカートにブラウス、それにワンピースなど、ローザの町で買った服がそのまま通用しそうでサラはほっとした。

「私は薬師ギルドで住むところを確保してくれているはずだが、ネフも私と一緒に」

「いや、ハンターギルドで宿を探す」

クリスの視界にはあいかわらずサラもアレンも、それどころかテッドすら入っていないが、ネリーにはあっさり断られていてちょっといい気味である。しかしサラ自身も旅の間に採取した薬草を売りたいので、ハンターギルドよりは薬師ギルドのほうに興味がある。

「私も薬師ギルドをまず見てみたいんだけど、ネリーとアレンとは後で合流する？」

サラの質問にネリーは少しだけ考えるそぶりを見せたが、結論が出たらしくかすかに頷いた。

「確かにサラには薬師ギルドのほうが重要か。そうだな、初めての町だから、まず皆で薬師ギルドに行って、それから私たちはハンターギルドに向かうことにしようか」

「どこに泊まるか、この先の予定などは薬師ギルドに伝言してくれれば助かる」

クリスもほっとしたようだ。

「薬師ギルドは確か中央通りの、町の沼側寄り、ハンターギルドは反対寄りにあったはずだが、おお、ここだ。おや」

ローザの町と同じ、薬草の看板がぶら下がっているのがギルドだろう。しかしクリスが思わず声をあげたように、店の前には人だかりがしていた。ローザの町の静かな薬師ギルドと大違いである。

「何か問題でも発生したか」

クリスと共に様子をうかがうと、どうやら解毒薬を売れと言っているらしい。

「あれだけ材料が獲《と》れているのにいったいどうしたことだ」

クリスはそうつぶやくと、すたすたと人ごみの中に分け入った。

「すまん。奥に用事がある。入らせてくれ」

「割り込むなよ！」

怒鳴った男はクリスの顔を見て眉を上げたが、そのまま視線を下げてクリスの薬師のローブと襟元の薬師のブローチに目を留めた。

「あんた、薬師か。なら早く解毒薬を出すように言ってくれ」

クリスはその男に軽く頷くと、ネリーのほうをまっすぐに見た。

「面倒ごとがあるかもしれないから、先にハンターギルドに行ってくれ」

「いや、私も行こう」

ネリーの言葉は簡潔だったが、何の迷いもなかった。当たり前だ。サラの大好きなネリーは困っている人を見捨てるような人ではない。それがたとえクリスであってもだ。

「この人たちは薬師だ。通してやってくれ！」

先ほど怒鳴った男が大きい声を出して薬師ギルドまでの道を開けてくれた。お互い知り合いなのだろう。仲間の言うことだからか人々は素直によけてくれた。中には薬師のくせになぜ外から来るのかとか、なぜ子どもを連れているのかといぶかしがる視線もあったけれども。

「すまんな」

クリスを先頭にぞろぞろと店舗に入っていくと、中でも面倒なことが起きているようだ。

「だから、そうやって押しかけられても今日はもう解毒薬はないんですよう」

半泣きになっているのはこのギルドの薬師なのだろう、カウンターの内側で小さくなっている。

淡い茶色の髪に同色の瞳はいかにも気弱そうな印象だ。

棚を見るとポーション類は残っているようだが、確かに解毒薬らしきものは見当たらなかった。

「君、なぜ解毒薬がないんだ」

「それはさっきから説明しているように、え」

その薬師の若者は苛立《いらだ》ちながらもクリスの質問に丁寧に答えようとし、こちらを向いて固まった。

クリスとテッドのいでたちを見てハンターではなく薬師だとわかったのだろう。

「私はクリス。招かれてローザからやってきたのだが」

「あああ、ありがとうございます！　話はうかがってます。でも今、ここに僕以外薬師がいなくて、こんなにてんやわんやで」

「ふむ」

クリスがすっとギルドを見渡すと、その静かな目にハンターたちは思わず後ろに下がった。薬師がないと言っているのに詰め寄っている自分たちが、意味のないことをしているのに気づいたのだろう。しかし、詰め寄っていたハンターたちの中には明らかに具合の悪そうな者もいて、解毒薬が必要なのも嘘《うそ》ではなかった。

「君たち、ハンターギルドのほうには今解毒薬は売っていないのか」

ハンターたちは首を横に振った。ハンターは普通魔物を売りに来ると同時に売店でポーション類を買う。わざわざ薬師ギルドに来るのは珍しいのだ。

「なんとか昨日まではハンターギルドに卸せたんですが、さすがに限界が来て、今日はもう」

「材料のあては」

「毒腺はそれはもう山ほど。でも、魔力草や薬草はほとんどありません」

「ほとんどないということは、少しはあるということだな。了解した」

なぜその若者以外薬師がいないのか、なぜ材料がないのか聞きたいことは山ほどあっただろうが、クリスはひとまずそれは棚上げして、今ここにある問題を解決するほうに回ろうとしたようだ。

「テッド。手持ちはあるか」

「こちらで作ることを考えていたので、それほどはありませんが、いくつかは」

クリスがこちらを見たので、サラもネリーもかすかに頷いてみせた。

「聞いていたと思うが、今日カメリアにやってきた私たちがいくらか解毒薬を持っている。今薬が必要な者はどれくらいいる」

数人が押されて前に出てきた。表にも何人かいるだろうから、合わせても一〇人かそこらだ。見たところ、目をやられて仲間に連れられてきている者が多いようだ。動きも鈍い。

「テッド、いけるか」

「大丈夫です」

テッドがしっかりと頷く。どうやら大変な事態のようだから、サラも何か手助けできないだろうかと思い、声をかけた。

「えっと、何か手伝うことは」

「ない。というか、お前はここから出ていけ」

久しぶりに聞いたきつい言葉にサラは思わず一歩下がった。

「なんて言い方をするんだい、君は！」

サラの代わりに怒ったのは気弱そうな薬師の若者だった。

「ヌマガエルの毒を受けた人のそばにいると、毒が残っていたときに危険だと丁寧に説明しないとわからないだろう。かわいそうに、お嬢さんがショックを受けているじゃないか」

「チッ」

安定のテッドだが、若い薬師に説明してもらって傷ついた気持ちが少し癒《いや》されたサラである。確かに専門外のことに口を出しても仕方がない。

「というわけで、新しい薬師が来てくれたので、毒を受けた人にはなんとか解毒薬を渡せそうですが、それ以外の人には無理です。申し訳ないけど、今日は帰ってください」

気弱そうに見えたが言うことはきちんと言う人のようだ。仕方なさそうに出ていくハンターを急《せ》かすと、若い薬師はドアを閉めて閉店の札を下げ、戻ってきた。そうしてクリスたちのほうに向き直ると頭を下げた。

「ふう、なんとか落ち着きました。ありがとうございました」

クリスは軽く頷いたが、テッドは答えもせず、店の隅でハンターたちに直接触れないようにしながら解毒薬を目に垂らしたり飲ませたりして治療を始めている。微妙な雰囲気にサラは焦り、とりあえず自己紹介をすることにした。

「あ、私はサラっていいます。こっちはネリー、それからアレンで、二人はハンターです。それからあっちの失礼な人はテッドっていいます」

「ああ、僕はロニーっていいます。バタバタしていてごめんね。解毒薬がなくなったって貼り紙してくるから、少し待っててもらえますか」

「わかった」

ロニーの後の言葉を受けてクリスが頷いた。本当はすぐに材料の確認を始めたいのだろうが、そのままテッドの隣に移り、すぐさま患者の治療に入っている。カウンターで書き物をしているロニーの横で、サラとネリーはそれぞれ自分の持っている解毒薬をポーチから出して並べ始めた。

申し合わせたわけではないが、サラが一〇本、ネリーが一〇本だ。二人とも魔の山に住んでいて、そうそう補給ができない状況だから多めに持っていたし、正直なところポーチにはまだ在庫は入っているが全部出すほどには親切ではない。

アレンは一本も出さないがそれも当然だ。そもそも強いとはいえ駆け出しのハンターだからたいして持っていないし、これから毒を受けるような事態になったときに補給できるかどうかわからない状況だと理解したのだろう。一人のハンターとして賢い判断だとサラは思う。

ネリーも解毒薬の小さな瓶を並べ終えた。サラにとっては、ネリーもアレンも魔力の圧を抑えてこうして狭い室内で気にせずにいられるのも嬉しいことである。

「とりあえず、今日はこれでしのげるだろう」

「来たばかりなのに、親切にしていただいて何と言っていいか。本当にありがとうございます。余分に持っている人もこの町にはいるはずなんだけどな」

ロニーは書く手を止めて丁寧に礼を言い、少し悲しそうな顔をした。

「たいていのハンターは、自分で解毒薬を持っているはずだ。だが、解毒薬が足りない状況だとわかればむしろ自分の分を提供したりはしないだろうな」

「ええ、ハンターなら特に自分の体のメンテナンスが大切ですからね。仕方がないと思っています」

ロニーが書き終えて店の表に貼り出す頃には、毒を受けたハンターたちはすべて治療を受け終わって、感謝しながら去っていった。

「お前！　サラ！」

「えっ？　急に何？」

　さて、それでは話をしようとなったら、テッドがいきなりサラに詰め寄ってきた。いや、詰め寄ろうとして、むしろ下がっていっている。患者に触れなかったとはいえ、自分にも毒の成分が付いているかもしれないことを警戒したのだろうと思う。

「出ていけって言っただろう。あんたもなんでサラを店から出さなかったんだ」

　サラにだけでなく、ネリーにも突っかかっている。

「知らない町で、気の荒れたハンターたちのいる外に出したくなかったからだが」

「ぐっ。それはそうだけど……」

　どうやら心配してくれていたようだとわかって、サラはちょっとだけほっこりした。

「俺にはなにもなしかよ」

　アレンがちょっとむくれている。もっとも、出ていけと言われたら子ども扱いするなと腹を立てただろうけれども。

「ハンターは自分で対処できるだろう。サラはいちおう、その、いちおう？」

　いちおうなんだというのだ。だが確かにサラは、ハンターギルドに所属しているがハンターではなく、ただの薬草採取人ではある。

「サラは俺より強いけどな」

「チッ。もういい」

　テッドはプイと顔を背けたが、サラはその態度はもうあまり気にならなくなっていた。サラとしては、いくらバリアによる防御が強くても、カエルを怖がっているようでは話にならないと思っているので、自分が強いなどとはかけらも思っていない。

その間にクリスは奥の工房にさっさと入り込み、話が終わる頃には少し困惑した顔をしたまま戻ってきていた。

「カメリアはローザより大きい町で、薬師も一〇人以上いたはずだが、君以外どこでなにをしている。ギルド長は確かクライブだったと思うが」

「皆、王都に行ってしまいました」

「王都に。この、カエルが増える時期にか」

「はい」

ロニーは悲しそうにうつむくと、事情を語り始めた。

「そもそも、クリスさんを招こうとしたのはこの町の町長で、それは薬師ギルドに相談なく独断で決められたことなんです」

「確かに町長からの招聘《しょうへい》だったが、まさか薬師ギルドの総意ではなかったということか」

「はい。町長としては、うちのギルド長にはそのまま薬師ギルド長でいてもらって、新たにクリスさんを呼んで薬師の育成部門を別に作る予定だったらしいです。でも、クリスさんは過去に王都のギルド長をやっているじゃないですが。それって薬師の最高位ですよね」

クリスの話とすり合わせると、薬師の最高位にいたのに、ネリーを追いかけてローザに来たということになる。それなのに薬師の仕事が忙しくて、ネリーにはほとんど会えていなかったのだ。

「クリスは薬師としての役割をとても大切にしているんだね」

話に割り込むつもりはなかったのだが、サラの口から思わず言葉がこぼれ出ていた。

「だって、薬師の役割を大切にしているからローザでも忙しく働いていたし、薬師の育成が大切だと思うからわざわざカメリアまできたんでしょ。それってすごいことだと思う」

「皆が、お嬢さんのように考えるわけじゃないんです。クライブは、王都のギルド長をやったような人が来ると聞いてすごく警戒していました。そんなとき、王都でも薬師不足だと聞いて、さっさとギルド長の職を辞して王都に行ってしまって。一緒に働いていた薬師たちも、今年のヌマガエルの多さに『解毒薬ばかり作らされるのにはうんざりだ』と言って付いていってしまいました」

「残っているのは」

「僕一人です。僕は王都が嫌でカメリアに来たから、王都には戻りたくないんだ」

ここにも王都が嫌いな人が一人いた。

「ギルド長に就任して薬師を育成するということ以外何の確認もせず来てしまったのは甘かったか」

クリスの言葉には後悔がにじんでいたが、ネットも通信網もない世界で、そんな事情を推察できるわけがない。カメリアの町長の根回しの悪さと、薬師の程度の低さが問題なのだ。

「だとしても、薬師希望の者がいるからこその薬師育成の要請だと思っていたが」

「ここにはそんなにいませんよ、薬師志望なんて。なんといっても王都に行かないと箔《はく》が付かないじゃないですか。面倒だし、いっぱしの薬師になるのには時間がかかりますもん」

「まったく予想とは違っていたな」

さすがのクリスも呆然《ぼうぜん》としていた。しかし、ネリーはあまり気にならなかったようだ。

「まあ、クリスは大変だろうが、私たちはハンターだし、何の手伝いもできなくてすまないな。さて、ハンターギルドの様子を見て、宿を決めてこようか」

「ちょっと待て、ネフ」

クリスは焦ったようにネリーを止めた。

「状況が変わった。百歩譲ってネフとアレンはいい」

ネリーとアレンはよいとはどういうことだ。

「だが、サラは置いていってほしい」

「え？」

サラは思わず聞き返した。今、置いていってほしいと言われなかったか。

「サラの薬草採取の腕と薬草に対する勘は秀でている。今はその腕が欲しい。いずれ調薬も頼むとして、しばらくは昼間は薬師ギルド預かりにさせてくれないか」

「さて、どうしたものか」

ネリーが少し困ったように顎《あご》に手を当ててサラを見ている。もしサラがハンターで、アレンのようにカエル狩りに意気込んでいたらネリーもすぐにこの申し出を断っただろう。しかし、サラはカメリアに来たら何をするかはあまり考えていなかった。

せいぜいが町の様子を見て、ぼちぼちと薬草採取をしようと思っていたくらいである。ネリーやアレンに同行しようとも思っていなかったから、もともと一人で活動する予定ではあったのだ。

ただ、町に来てすぐに、しかも他の人に自分のやることを決められるのはちょっと嫌だった。それにローザのハンターギルドで働いていたサラは、カメリアのハンターギルドを見てみたい気持ちも大きかった。

「えっと、つまり私に、魔力草と薬草の採取をしてほしいということですよね」

「最初はな。余裕が出てきたら調薬もやろう。やってみて合わないと感じたら別の道を考えたらいいのではないか」

サラはちょっとだけ考えると、カウンターの前に行き、腰の収納ポーチから薬草のかごを二つ出した。二つとも薬草でいっぱいだ。テッドとサラは、来る途中で薬草や魔力草などを見つけたらこまめに採取していたのだ。

「おお！　良質な薬草類がこんなにたくさん！　本当に助かります」

ロニーが目を輝かせ、薬草にそっと手を伸ばした。

「来る途中に採った薬草類です。代金とかごは後で取りに来ますね」

「サラ」

そう呼ばれただけだが、サラはクリスの、そのままここにいてほしいという圧力を感じた。上に立つ人だから自然にそうなるのだろう。サラはまっすぐにクリスの目を見た。

「クリス。私もともと、カメリアでもたぶん薬草を採って暮らすことになるんだろうなとは思っていたんです。それに、今大変な状況であることもわかっています。でも、薬師の手伝いをするならするで、そしてどういう形で手伝うかも、ちゃんと自分で決めたいんです」

そうはっきりと言い切った。

「だから今日はまず、ネリーとアレンと一緒にハンターギルドに行って、この町でどうするかを考えてきます」

「そうか」

クリスは大きく息を吐くと、もう一度繰り返した。

「そうか」

そしてふっと微笑《ほほえ》むと、両手を広げた。諦めたよというように。

「では、明日以降待っているぞ」

まったく諦めていないクリスに、サラは思わず笑ってしまった。

「はい」

「ではロニー」

サラに軽く頷くと、クリスはさっそく動き始めた。

「町長に、ローザからクリスが到着したと連絡を入れておいてくれ。それからハンターギルドに行って、次のことを伝言してほしい。今日の午後の時点で解毒薬が切れたこと、今作っているが魔力草と薬草がなくてはたくさんは作れないこと、魔力草と薬草を優先して納めるよう掲示してほしいということ」

「はい」

「それと、王都へ薬草、魔力草の発注は出しているか？」

「出してはいますが定期便で、去年と同じ量なんです」

「ヌマドクガエルの発生はまだひと月は続くだろう。今からでも追加発注をしておこう」

「はい！」

一人でどうしていいかわからなかったのだろう。ロニーは涙を浮かべんばかりに喜んだ。

「テッド、私と一緒にすぐに解毒薬づくりに入るぞ」

「わかりました！」

こちらも嬉しそうだ。

「では、私たちはハンターギルドに向かう。今日どこに泊まるかは報告に来る」

「ああ。ネフ。くれぐれも魔力はほどほどに」

「心配するな。この青年だって平気だっただろう」

ネリーもアレンも魔力の圧はだいぶ調節できるようになった。もう最初から遠巻きにされることはないだろう。

サラはアレンとネリーと共に薬師ギルドの外に出た。外はさっきのような人だかりはなかったが、貼り紙を見て肩を落としたり舌打ちしたりして去っていく人たちが何人もいた。

「クリスは若くして王都の薬師ギルド長になり活躍したが、あっさりと辞めてしまってずいぶんと惜しまれたと聞く。クリスさえ呼べば、その名前の効果でなんとかなると思ったのだろうか」

「クリスってそんなにすごい人だったんだね」

サラにとってはちょっと変な人に過ぎないのだが、確かにテッドにもすごく慕われている。

「ローザでさえ薬師は五、六人はいたように思うが。カメリアは一つしかダンジョンがないとはいえ大きな町だから、一〇人以上はいたのではないか。それが一度にいなくなるとは、よほど待遇に不満があったのか……」

「クリスのことが心配だね」

「なに、大人だからな。自分でなんとかするだろう」

声音に心配をにじませているのにこの言い草、ネリーもちょっと意地っ張りである。

「薬師ギルドだけを見ても全体は見えないからな。ヌマガエルが大発生していると聞いたが、それも込みでまずはハンターギルドの様子を見てこないと」

初めて訪れる地ではまずは情報を手に入れることが大事である。でもやっぱり、それはクリスのためでもあるのだった。

夕方でにぎやかな大通りをまっすぐに歩いていくと、薬師ギルドから一〇分ほどのところにハンターギルドがあった。

「ワイバーンの看板は共通なんだね」

「あれ、かっこいいよな」

「う、うん」

バリアで防いだとはいえ、何度かワイバーンに襲われたことのあるサラは微妙な気持ちでアレンに返事をした。大通りを同じ方向に歩いていた人の中にはハンターもいたようで、周りの人たちが次々にハンターギルドに流れ込んでいく。

「よし、入るか」

「よそのギルドは初めてだ！」

ハンターでもないのに意気込むサラであるがアレンは冷静だ。アレンはここに叔父さんと来たことがあるのだ。

「まだ二つ目のギルドってことだろ」

「ローザのギルドは、単なる一つ目じゃなくてホームって感じがするんだもの」

「ホームか。確かにローザはいいところだったな」

話しながら、他の人に紛れてギルドのドアを押すと、まず水辺の匂いがぷんと鼻についた。ギルドを見渡すとローザよりも一回り大きいが、左手に売店がありその奥に食堂、中央に受付のカウンターがある。だが特徴的なのは右手の低いカウンターだ。

「カ、カエル」

チャイロヌマドクガエルが収納ポーチから次々と出されては素早く鑑定され、カウンターの向こうで収納されていく。

「ギルドも特産物によってこのように工夫されるんだ。面白いものだぞ、サラ。さて、アレン」

「うん。掲示板を見に行こう」

「じゃあ私は売店を」

サラは掲示板を見に行くネリーとアレンとは別行動だ。やはり自分のよく知っているところからと思い売店に向かう。

パッと見た感じ、ローザの売店よりずいぶん大きく、棚にもいろいろな種類のものが売っていた。店員も二人いて、ワイバーンのマークのついた制服らしきものを着ている。

「ポーション類だけじゃなくて、ポーチやリュックも売ってるし、本もある。本は何だろう」

サラが背伸びをしているのは、売店にたくさんハンターがいて商品がよく見えないせいもある。

「暇だったうちの売店とは大違いだなあ」

一人つぶやくも、たくさんいるハンターに交じる勇気はなかったので、おとなしく売店を眺めるだけにして食堂のほうに移動した。夕方なのでけっこう席が埋まっている。さりげなくチェックすると、やはりローザとは違うメニューもあるようだ。

「これは早く宿をとって夕食も食べてみないと」

サラは掲示板を眺め終えて、所在なげに立ち尽くしているネリーとアレンのもとに急いだ。他に掲示板を見ている人はいなかった。

「ヌマガエル大量発生中につき、買い取り額若干の上乗せという紙と、ヌマガエルの他の魔物も常時買い取っているという紙以外にはないようだ」

それしかないのであっという間に見終わったらしい。サラも掲示板を眺めてみた。

「解毒薬が足りないとか、魔力草を納めてほしいという依頼とかはないんだね」

「ああ。薬師一人ではそこまで頭が回らなかったのだろうよ。それに薬草関係は納めるならやはり薬師ギルドまで行くだろうしな」

掲示板がその程度なら、あとはさっさと宿をとるに限る。しかし三人で頷き、受付に向かおうとしたとき、突然後ろから声をかけられた。

「見ない顔だな。それにどこに納めるかも何も、魔力草などこのあたりには生えていないぞ」

「生えていない?」

確かに魔力草は珍しいが、ローザの町でも数は多くないながら見つけられたし、道中でも見つけたら採取していたくらいなので、不思議に思いサラは聞き返した。後ろにいた人はローザのギルド長と同じような格好をしており、ワイバーンのマークを胸につけていた。黒髪を後ろに丁寧になでつけており、一日の終わりだというのにほつれの一つもない。なんとなく吸血鬼みたいな生え際に目が吸い寄せられたサラである。

その人はサラの視線を感じたのか額に手を当てた。

「生えていない。髪のことではないぞ」

サラは思わず目線をさまよわせた。そんなことは思ってもいなかったのだが、どうやら気にしているようなので最終的にはそっと目をそらせた。

「そうか。情報感謝する」

ネリーがさらりと返事をし、そのまま受付に向かおうとした。

「待て待て。私の言うことを聞いていなかったのか。見ない顔だなと言ったんだが」

サラは心の中で小さくため息をついた。もしネリーがコミュニケーション力のある人なら、見ない顔だなという言葉には、『お前は誰だ』という意味を読みとり、『ああ、ローザから来たネリーだ』くらいは返せたと思う。

しかし、ネリーにはコミュニケーション力はない。したがって、『見ない顔だな』に対しては、『そうか。そのとおりだがなにか』と思うだけなのだ。現に今も何も言わずに早く用を済ませようとしているところである。

「そのとおりだが」

無視をせず返事までして、さらに『なにか』まではつけなかったところを進歩というべきか。そして代わりにアレンが返事をした。

「あ、俺たち、さっきカメリアに着いたばかりなんです。ローザからやってきました」

「ローザから。それは珍しいな」

確かにサラの足の速さでも二週間かかったから、ローザからカメリアはけっこう距離がある。

「俺はアレン。そっちがサラ」

サラはぺこりと頭を下げた。

「で、こっちが保護者のネリー。俺たち、ハンターなんだ」

アレンが胸を張った。ネリーは頷いているだけである。それどころか、これでもういいだろうというようんざりした顔を隠せていない。

空気を読む日本人であったサラは、ネリーのうんざりした顔と、そのネリーに苛立っているギルドの人に挟まれて胸がバクバクする思いである。しかしアレンは空気なんて読まない。

「で、そういうあんたは誰なんだ？」

これである。ギルドの人はコホンと咳払《せきばら》いした。見ない顔ということはお互いさまであって、自分だって知られているわけがないということに気づいたのだろう。

「私はデリック。ここのギルド長だ」

なんとなくそんな気はしていたが、やはりその人はギルド長だった。ギルド長なんだから裏で仕事をしていればいいのにという思いと、ちょっとおそれ多い思いとでサラの気持ちは一歩引いていたが、アレンはにかっと笑った。さすがちょっとの間でもローザのギルド長の家に下宿していただけのことはある。

「俺たち、たぶんしばらくカメリアにいることになると思うんだ。よろしくお願いします！」

「あ、ああ。よろしく」

さわやかな挨拶に抵抗できる人はいない。満足そうに笑みを深めたアレンはすぐにネリーのほうに向きなおった。

「じゃあ、今度は宿だね」

「ああ。では失礼する」

「待て待て。ああ、ネリーといったか、君はその、子どもたちのお母さん、いや、お姉さんか」

また待てと言われて、さすがにサラもアレンも若干うんざりした顔になった。さっき保護者だとアレンが紹介していたではないか。サラはネリーが苛立っているに違いないと思い、ハラハラしてネリーを見上げ、驚いた。

「フッ」

ネリーは口の端を上げてにんまりと微笑んでいた。

「そうか、お母さんに見えるか。フフフ。まあ、お姉さんでも悪くない。フフッ」

「ネリー？」

「うむ。ゴホン」

ネリーははっとして咳払いをした。

「あー、残念ながら、非常に残念ながら私は母でも姉でもなく、この子どもたちの保護者だ。正確に言うとサラの保護者で、アレンは弟子ということになる」

「そ、そうか。つまり、この二人の面倒はあなたが見るということでいいんだな」

「もちろんだ。ついでだが、宿を教えてくれ」

ネリーがついに面倒になって、受付に行かずに済まそうとしている。

「それなんだが。ないぞ」

「ない？」

デリックの言葉にサラは驚き、ほんの少しがっかりした。野営が嫌いというわけではないし、途中の町でも宿には泊まったが、やはりちゃんとしたベッドで寝るのは素晴らしいと思うのだ。

「この時期のカメリアはハンターで混み合う。宿などとうにいっぱいだ。それでも時折あんたたちのような計画性のない者がやってきて宿がないと文句を言うのでな」

それこそが受付の仕事だと思うのだが、受付を困らせるハンターが多いのでギルド長自ら直々に出張ってきたということなのだろう。ご苦労なことである。

宿がないなら仕方がない。確か町の入り口近くの街道沿いに野営のできる場所があったはずだ。それなら混み合うギルドにいつまでもいる必要はない。三人の考えることは同じだ。

「そうか」

ネリーの一言と共に、サラたちはすたすたと歩きだした。

「待て待て！　そこは粘るところではないのか？　子連れだからなんとかできないかって」

これで待ては三回目だぞとサラは今度こそうんざりした。話はまとめてすればいいのに。ネリーも無表情で振り返った。

「なんとかなるのか？」

「い、いや、ならないが」

「なら仕方があるまい」

ネリーがかわいそうなものを見るような目でデリックを見たので、デリックは明らかに戸惑っている。

「なぜ私が気の毒そうな目で見られねばならん」

「そこまで言うなら」

ネリーはため息をついた。ちっとも話がかみ合っていない。

「言っていないが」

「おすすめの食堂を教えてくれ」

引き留められたついでに用事をもう一つ済ませようとしたネリーである。

「そ、それなら、このギルドの斜め向かいにある『跳ねガエル亭』のカエル料理がお勧めだ」

「そうか。感謝する」

今度こそ三人は振り返りもせずにすたすたと歩き去ったが、サラが入り口で振り返ると、呆然としたデリックがこちらを見ていたので、にっこりと笑顔を見せておいた。

少ししつこかったし、少しくどかったが、見かけない面子《めんつ》がいたので話しかけてはみたものの、相手からはことごとく想定外の返事が返ってきて調子を狂わされたのだろう。サラはちょっとだけ気の毒に思った。だが、本当に気の毒なのは泊まる宿のない自分たちなのである。

「カエル料理かあ。楽しみだな」

「サラ、カエルは無理って言ってなかったか」

アレンが怪訝《けげん》そうだ。

「そんなこと言ったら、コカトリスもガーゴイルも無理でしょ。どれも見た目が怖いもの。でも、狩るのは無理でも、食べるのは食べられるし、おいしいものはおいしい」

サラは胸の前でぐっと手を握った。

「前の世界では、確か鶏肉に似ていておいしいっていう話だけ聞いたことがあるの。丸焼きとかでなければ大丈夫」

「丸焼きなんて聞いたこともないよ！」

「私もだな」

どうやら丸焼きはないようなので一安心である。

「屋敷が用意されていても、食事までは用意されてはいまい。クリスにも声をかけてみるか」

「ネリー、それは気遣いのできる人の言葉だよ！」

「そうか、フフッ。私も進歩したものだな」

ネリーをほめそやすサラと照れるネリーをアレンが苦笑しながら見ているが、斜め向かいの食堂の場所だけ確認して、三人で薬師ギルドに戻った。

薬師ギルドの前では相変わらず貼ってある紙を読んで困ったように立ち去る人や、読みもしないでドアを開けて忌々《いまいま》しそうに戻ってくる人などが途切れない。その中を客のような顔をしてするっと入っていくアレンが頼もしい。サラとネリーもそれに続いた。

「解毒薬はないんですよう。ああ、君たちは」

さっきとは違って少し余裕のある声音で断っているのはロニーである。

「ちょうどよかった。僕、ハンターギルドに行ってきます。店番をお願いするよ！」

「ええ？　これからご飯……」

ロニーは何やら貼り紙をつかんで一目散に店を走り出てしまった。

「ご飯を食べに行こうと思っていたのにな」

サラの言葉はもはやロニーには聞こえていなかった。そして店の奥の作業場をのぞいてみると、クリスとテッドが熱心に解毒薬を作っているようだ。推測でしかないのは、背中を向けて作業しているので、手元が見えないからである。

「私が店番に立とう」

何やら張り切っているのはネリーである。

「わっ！　ネリー、嬉しいのはわかるけどさ、魔力の圧が強いって！」

サラにはネリーの魔力が出ているのかどうかはよくわからないが、アレンに叱られているから出ているのだろう。魔力の調整にはまだ努力のいる段階のネリーだから、感情が高ぶると自然と出てしまうらしい。

「う、うむ。そうか」

それでもネリーはカウンターの内側に回ると、まるで店員のようなそぶりでポーションを取り上げては同じ場所に戻している。そもそも片付けは苦手なので、いかにもそれらしく振る舞っているのがおかしい。

「かわいい」

思わず小さな声でつぶやいたサラの顔には微笑みが浮かんでいた。

「ん？　なんだ。サラもやりたいのか？」

サラは首を横に振った。それを見たアレンが、作業場のほうに体を向けた。

「俺がネリーの見張りをしているから、奥に行っていいぞ」

「見張りとは何だ、見張りとは」

「だってネリー、ポーションの値段とかよくわかってないだろ。売るほうは金貨一枚出せばいいわけじゃないんだぞ」

「そ、そうか。では手伝いを頼む」

そんな二人の会話を聞きながら、サラはありがたく作業場へと移動した。本当はネリーの店番姿も見ていたかったのだが、クリスとテッドが何をしているかにも興味があったのだ。

学校の理科室のように広い流し台の中の浅い桶《おけ》では、うすピンクの毒腺と思われる細い袋がいくつも水にさらされていた。その横ではテッドが丁寧に毒腺をナイフで開き、すりつぶしてはクリスに渡すという作業をしている。

「わあ」

サラは思わず小さい声をあげ、テッドに睨《にら》まれてしまった。でも仕方がないと思う。テッドがポーションを作るのを見たことがあるが、単に薬草をつぶして鍋で煮ているだけのように見えた。しかし、クリスのやっていることは少し違った。

毒腺の中身と、薬草をつぶしたものがクリスの横に置いてあり、おそらくそれを水に入れて煮立たせたものにクリスは向き合っている。

火を止めたそれにクリスがそっと左手をかざし、右手のスプーンでゆっくりと鍋をかきまぜた。やがて鍋の中の液体の色がスーッと薄紫色に変わり透き通った。

「次の鍋」

「はい」

材料を入れた鍋がテッドからクリスへと手渡される。その横でテッドはいくつか並んだ鍋から一つを選び、ろ紙を敷いた漏斗《ろうと》を使って、大きなガラス瓶に中の液体を流し込んでいく。

「テッドがすりつぶしていたのは、チャイロヌマドクガエルの毒腺だ。青いのは薬草と魔力草。それを決まった分量煮立たせて、火を止めたら魔力を注ぎながらかき混ぜていく。そうしているうちに固形分が沈殿し、上澄みが残る。それを濾《こ》して、小さい瓶に小分けにしていくのだ」

クリスは次の鍋を煮立たせながら、解毒薬の作り方を説明していく。その様子をサラは魔法にかけられたような気持ちで眺めていた。これこそ異世界ではないか。

「サラ。簡単だろう」

サラは急に呼びかけられて夢からさめたみたいにはっとした。クリスのほうを見ると、自然とテッドも目に入ったが、簡単なわけないだろうという顔をしていて一気に現実に戻った。うっかり簡単だと思い込まされるところだった。

「い、いえ。とても難しそうです」

サラの返事を聞いてクリスはわずかに口の端を上げた。サラが簡単だと感じたことを知っているぞという顔だった。

「簡単だぞ。サラにはこの美しい魔力の流れがわかるだろう。一般には薬師の仕事は魔法師に似ていると言われるが、それは正しくない。この魔力の使い方は、むしろ身体強化に近いんだ。体にまとわせる属性のない魔力をこうして静かに薬液になじませていく。魔力をまとった固形物は沈んでいき、一方で液体に残った魔力は薬草の効果を固定していく」

普段口数の多くないクリスの低い声は、まるで音楽のようにサラの心を引き付けた。何度も同じことを聞いているだろうに、テッドまでうっとりと聞きほれている。気持ちがいいのに、何かがおかしい。サラはなんとなく怖いような気がして身を守るように小さなバリアを張った。

「サラ？」

クリスの声はもういつものクリスの声に戻っていた。

「クリス、声に魔力がのってる」

「なんのことだ？」

行程をひと段落終わらせたところで、クリスが振り向いた。その疑問の浮かんだ顔を見ると、意識してやっていることではないようだ。

「クリスの声を聴いていたら、そのとおりにしなくちゃいけないような気がして、なんとなくくらくらしたんです。で、バリアを張ってみたらそれがなくなったから」

「声に魔力？　そんな話は聞いたこともない。ふむ。一度よく考えてみてもよさそうだが、とりあえず今は解毒薬づくりだな。テッド、どのくらいできそうだ」

「はい。鍋一つからおよそ一〇本の解毒薬ができました。濾す作業が全部終われば五〇本かと」

「普段ならそれで十分なのだが、あれだけのハンターが出ているとな」

狩りの場所を少し離れたところから見ると、まるで潮干狩りのような人出だったなとサラは思い出す。あれでは宿も足りないし、解毒薬もたくさん必要だろう。もっとも、サラがハンターだったら狩りのシーズンが始まる前に、必要分に余裕分を足して用意しておくと思う。

だが、ローザでのツノウサギの狩りの時に、その日のポーションでさえ買えないハンターがいることも知った。ポーションで怪我《けが》は治るとはいえ、ポーションがなければ長く苦しむことになる。同じく、解毒薬も手に入らなければ、苦しみは延びるばかりなのだ。

こんな重要な時期に引き継ぎもせず、薬師たちを引き連れて王都に行ってしまうような薬師ギルド長のせいとはいえ、そんな事情は毒で苦しむハンターには関係ない。

「もともと毎年、狩りの季節が終わるまでに足りる分の解毒薬は用意しておくらしいし、今年も同じくらい用意してあったらしい。だが、その在庫はシーズン半ばでなくなってしまった。つまり、今年のヌマガエルの発生は通常の二倍かそれ以上ということになる」

なるほど、そこまで責任感がないわけでもなかったのかと納得しながらサラは話を聞いていたが、用意しておくという話を聞いてふと疑問に思った。

「それこそ、魔力草や薬草こそ保存しておいたらいいんじゃないですか？」

「そうできたらいいのだが」

クリスは悩ましそうだ。

「結局は毎年同じだけしか使わないし、必要以上、余るほど採取されることはほとんどないのだ」

「そうじゃなくて」

クリスの言葉は、サラが魔の山で食料を三ヶ月分ためておきたいと言ったときのネリーの反応と同じだった。日本でも冷蔵庫があったとしても、毎日、あるいは週何回かでも買い物に出てしまうのと同じことである。この世界でも収納袋があっても、必要分はその時に補充するのが一般的なのだ。

それでも、ローザでも結局は薬草が足りなくてサラが駆り出されたではないか。そしてカメリアでも魔力草が足りなくてサラが駆り出されそうな気配もする。

「結局、そのやり方では有事に対応できてないってことなんですよ」

サラは力説した。

「せめて一ヶ月、できれば三ヶ月の薬草類の予備を作るだけなんですよ。こう、お店の棚に並べるときに古いほうを先に売って、新しいのは奥から補充するじゃないですか。あれみたいな感じですよ。それを収納袋を使ってやればいいだけなのに」

クリスが珍しくぽかんと口を開けている。

「いや、新鮮な薬草類を使いたいだろう」

「収穫してすぐに収納袋に入れたものを買ってすぐに薬師ギルドの収納袋に移せば済むことじゃないんですか」

そうしたらいちいちサラが緊急の薬草採取を頼まれずに済むのだ。

「ポーション類だって同じく蓄えておけば問題ないと思います。収納袋に入れておけば新鮮なままなのに、なんでそういうふうに使わないんだろ」

災害用物資のローリングストックの原理である。初期投資をきちんとして、備蓄しつつ普段使いにしていれば非常時にも困らないのだが、収納袋が当たり前だと、逆にそういうことは思いつかないのかもしれない。それとも在庫がありすぎると困るのだろうか。

「クリス！　解毒の客が来たぞ」

受付のネリーから声がかかった。

「あ、ああ」

「私が行きます。解毒薬を無駄にはできないので」

テッドはちらりとサラに目をやると解毒をしに出ていった。その目は、おしゃべりでクリス様の邪魔をするなよと言っていた。

「優秀な薬師なら、解毒薬を適切な量だけ使い、節約することができるんだ。あれでいて優秀だぞ、テッドは」

「別に私に言い訳しなくてもいいですよ」

サラはきっぱりと言った。優秀な薬師だからといって性根が曲がっていてもいいということにはならない。クリスはそれならそれでいいというように肩をすくめた。

「では、私は今日の分を終えてしまおう。瓶に移すのを手伝ってくれるか」

「はい」

サラが漏斗を使って上手に瓶に解毒薬を移すのを見て、クリスは満足げに頷いた。こうして普通に隣で一緒に作業していると、なんとなくお父さんのような雰囲気もある。サラはハンターギルドでのネリーの反応を思い出して思わずクスッと笑った。

「なんだ？」

「さっきネリーがね。ハンターギルドで私とアレンのお母さんか、お姉さんかって聞かれてね」

「ほう」

サラはまたクスクスと笑った。

「なんだかとっても嬉しそうで。で、なんだかクリスもこうしてるとお父さんみたいって思って。あ、すみません、失礼でしたね」

「フフフ。お父さん。私がお父さんでネフがお母さん。フフッ」

隣を見上げるとクリスの口が緩んでいる。どうもネリーとは違うところで喜んでいるようだが、楽しいのならいいだろう。ただしネリーにはこの話はしないでおこうとサラは思った。

「サラ！　お前、まだ薬師でもないのにクリス様の手伝いをするなんて！」

治療が終わったのかテッドが戻ってきた。その後ろには、少し年配の人を連れたロニーもいる。

「ギルド長、テッド、ありがとうございます。ハンターギルドに貼り紙を頼んで、町長を呼んできましたよう」

「まだギルド長ではないし、クリスと呼んでくれ」

クリスがギルド長という言葉に眉をひそめ、町長のほうに体を向けた。年齢は五〇歳ほどだろうか、中肉中背というには少しおなかが出ており、若干額が広めだが、落ち着いた茶色の目をした人だ。

「あ、ハイ。ではクリス。こちらが町長です」

「町長のマイルズ・ボールドウィンだ。このような下っ端のする作業をお願いするつもりではなかったのだが、誠に申し訳ない」

下っ端のする作業という言葉にまた眉をひそめたクリスだが、そのことについては何も言わず両手を広げて挨拶をした。

「私はクリス。こちらの依頼を受けて先ほど来たばかりだ。もともとギルド長にという要請で来たつもりなので、実作業には不満はない。が、状況をまず説明してくれ」

クリスの言うこともっともである。

「どこから話したらいいか。ここカメリアはもともと春から初夏にかけてチャイロヌマドクガエルが大発生するので、解毒薬が必要という意味でも、解毒薬の原材料があるという意味でも薬師が必要な町であることは知っていると思う」

クリスをはじめ皆頷いているから、薬師には当然の知識なのだろう。

「だが、忙しい時期とそうでない時期の差が激しすぎてな。また、チャイロヌマドクガエルはよく獲れるが、そのほかに必要な薬草類があまり採れない土地柄でもあり、他の町に頼っている状況だ。つまりなかなか思うように調薬ができないようで」

ロニーが激しく頷いている。

「給料はきちんと出しているのだが、薬師の数が必要な割にはなかなか居着いてもらえない。それならば忙しい時期は手伝い、暇な時期に研修できるようにして、薬師の卵を最初から育てればいいのではないかと思いましてな」

「その考え自体はよいと思う。だが」

「ええ。王都に行ってしまったクライブはいい薬師ギルド長だったのですが、役職を乗っ取られると誤解したままさっさと辞めて王都に戻ってしまいました」

「私自身もギルド長を交代するつもりで来ましたから、前ギルド長が誤解し腹を立てるのは当たり前だと思う。むしろギルド長がいなくなるので、仕方なく私に話が来たと思っていたが」

こんな単純なことなのに、なぜちゃんと説明できなかったのだろうか。町長は肩をすくめた。

「あなたのご高名が仇《あだ》になったようだ。ああ、責めているわけではありませんよ」

慌てて言い訳しているが、これはクリスでなくても腹が立つだろう。

「そういうことか。では、育てるべき薬師もいないようだし、私がここでできることはないということだな」

クリスはやりかけの作業に戻るそぶりを見せた。テッドが慌てて手伝いに駆け寄る。クリス大好きなテッドが一番町長に反発しそうなものだが、よく我慢したとサラは思う。

「それは困りますよう。今日で在庫がなくなったのに、明日から僕だけではとても間に合いません」

　ロニーが泣きつくが、問題は町長とクリスとの間にあるからどうしようもない。クリスは長期的に薬師を育てる仕事のために来たのだから。しかし、町長はまずロニーの言葉にショックを受けているようだ。

「そんなバカな。いつもシーズン初めには、ヌマガエルの季節には十分間に合うほどの在庫を用意してくれているはずだ」

「ギルド長はちゃんと用意していきましたよ。でもヌマガエルの数が多いせいか、出る量もいつもより多くて。もう在庫がないんですよう……」

　ロニーが町長に言い返している。だが前のギルド長が出ていったのはそれほど前ではないはずだ。つまり足りないのをわかっていて放置したということじゃないのかとサラは思った。そしてそのことを警告もせず出ていった。

　クリスは小さくため息をついた。

「率直に言わせてもらう。頭を下げて、前ギルド長に戻ってきてもらうべきだ」

　サラはクリスがそんなことを言うとは思わなかったので驚いた。なんとかする、それだけ力のある人だと思い込んでいたからである。

「私は薬師であって、その長であることには何の興味もない。だから王都のギルド長の職も辞したのだし、ローザも人に任せられるようになったからこちらに来てみようと思ったに過ぎない。薬師を増やすことにはもともと興味があったのでな。だが増やすべき薬師の卵すらいないのではどうしようもない」

クリスは引き受けない。せっかくカメリアにやってきたのに、このような状況では仕事はできないと言っているのだ。

「王都に使者を出し、最短で戻ってきてもらえばシーズン終わりには間に合うだろう。クリスには引き受けてもらえなかった、カメリアにはあなたが必要だと言えばいい。そこまでは私とテッドが、ロニーを手伝って薬師としてできる限りのことはする」

「そんな、約束が違う」

「約束が違うのはそちらだ。薬師になりたい人を育ててほしいという話だったが、薬師になりたい人などどこにいる」

町長の目がさまよってサラに止まった。サラは顔の前で激しく手を横に振った。サラは今のところ薬師希望ではない。今日カメリアに来たばかりで、この町の住人ですらないのだから。

「とにかく、解毒薬がなくては困るハンターを助けるために、しばらくここで力を尽くすつもりだ。その間に代わりの者を探しておいてほしい」

現状ではクリスが手伝ってくれるだけでもありがたいはずなので、町長はしぶしぶ頷いた。

「ところで家は用意してあるだろうか。あるいは宿でもいいのだが」

「それが……」

町長は目をそらした。ロニーが町長とクリスを交互に見て、おずおずと町長に問いかけた。

「薬師ギルド長の屋敷ってありましたよね。割と大きい」

「ああ。しかしな。急いで整えようとしたのだが、ベッドなどの備品がほぼなくなってしまっていて、とても人が住めるような状態ではなくてだな。それに宿は今どこもいっぱいで」

「嫌がらせですか」

尋ねたのはテッドだ。さすが嫌がらせの本家本元だとサラは感心してテッドを眺め、じろりと見返されたが怖くなんかない。

「い、いや。真実はわからないが。もちろん、準備が整うまで私の屋敷に泊まってもらうつもりだ」

町長の屋敷に泊まるというのは好ましくないらしく、クリスの眉根にしわが寄った。

「ギルド長の屋敷というのは今、水が出て、手洗いは使えるか」

「それは大丈夫だ」

「ならいい。屋根と床があればなんとかなる。後で案内の者を寄こしてくれ。私はもう少し解毒薬をつくる。ロニー、テッド、サラ」

なぜ自分まで呼ばれるのか納得のいかないサラであったが、困っている人を放ってはおけない性格なので、結局は手伝う羽目になった。町長は明日また顔を出すといってそそくさと帰ってしまったが。

解毒薬を求める人は断れても、解毒を求めて来る人は断れないので、その日は用意された屋敷には遅くまで帰れなかった。ハンターが途絶え、やっと皆でほっと息をついた。

「ネフ、聞きそびれていたが、宿はとれたのか」

「駄目だったな」

ネリーは肩をすくめた。

「だがいつものように町の外に泊まればいいかと思っている。町のすぐそばに広場があっただろう」

「屋根がある分だけ、ギルド長の屋敷のほうがましだと思うぞ。今までは私たちがいたから大丈夫だったが、ネフのような美しい女性の野宿は危険だ。少なくとも今日は一緒に来ないか」

女性もだが、子どもこそ危険ではないかとサラは思うのだが、なぜか一言の言及もない。

「そうだな。同じ寝るのでも家の床のほうがまだましか。サラ、アレン、どうする？」

「俺はどっちでもいいけど、薬師ギルド長の屋敷っていうのは一度見てみたい」

「私も！」

サラはよく考えたら、この世界では魔の山の管理小屋とギルドの宿しか見たことがなかった。普通の家が見られるなら、ぜひ見てみたいと思う。

「ではご案内いたします」

ほっとしたような声は、部屋の隅で所在なげに控えていた若い男性だ。町長から屋敷の案内のために派遣されてきていたようだ。

薬師ギルドの戸締まりをし、ロニーも一緒に皆でぞろぞろと移動を始めた。屋敷は薬師ギルドから町の中心に向かってすぐのところにあった。

「わあ、けっこう大きいね」

「そうでもないぞ」

「こんなものだろう」

サラの声に答えたのは薬師二人組である。だが三部屋しかなかった山小屋でも十分広いと思っていたサラにとっては、広い庭付きの三階建ての建物はやっぱり大きいとしか言いようがない。

「これだからお坊ちゃまは」

だから小さい声でそっと言うくらいは許してほしい。案内の人が思わず噴き出していたのはたぶんサラのせいではない。

大きくて重そうな扉から中に入ると広いホールで、左右には応接間と食堂がそれぞれ配置されているらしい。左側のほうから、別の若い男性が急いでやってきて案内を交代したが、サラとネリーとアレンのほうを見てちょっと困惑をにじませた。

「二階が寝室、客室になっております。町長が寝具を運び込んでおくと言っていたので、主寝室にご案内しますね。食事は後で食堂のほうへどうぞ」

主寝室というくらいだから、部外者は行かないほうがいいのかもしれないが、サラは好奇心で付いていった。いずれにしろ自分の泊まる客室もチェックしなければならないのだしと自分に言い訳をする。

二階に上がってすぐが主寝室で、広い部屋は確かにベッドが一つ整えられていたが、そのほかには何もなかった。

「お風呂と手洗いは各部屋についています。でも、備品であったはずの家具もベッドも置いていない状態になっていて、とりあえずクリス様ともうお一方の薬師の分は急いで用意しました」

「では、他の客室は」

「その、からっぽです」

「ではネフとサラが寝室を使うがいい。私たちは適当に寝る」

今度は気遣いの中にサラも入っていてよかった。でも、サラは家具もベッドも備品だと聞いてピンときた。魔の山でも、屋根裏の収納ポーチのなかにベッドや布団がまとめて入れられていたではないか。もしここが代々薬師ギルド長に貸し与えられている屋敷だとすると、そこから備品を持っていったら泥棒になってしまうので、さすがにそんなことはしないと思うのだ。

テッドの言うとおり単なる嫌がらせだとしたら、屋根裏かどこかにある収納袋に家具類をまとめて隠してあるのではないか。問い合わせがあったら、『ほこりがかからないように親切心でしまっておいたのをうっかり伝言し忘れていた』と返せばいいのだから。

それは明日確認するとして、とりあえず今のことである。サラがネリーを見ると、ネリーも同じことを考えていたようだ。

「私たちに気を使ってくれるのはありがたいが、どう考えても明日からクリスのほうが忙しくなる。今日も大変だったはずだ。私たちは屋根があるだけでも十分だから、クリスがちゃんと休め」

「しかし」

「私は誰かに守ってもらわなければ生きていけない女ではない。クリス、お前は私を対等に扱わないつもりか」

クリスはぐっとなってしぶしぶ頷いた。

「ではお食事を先にどうぞ。ですが」

案内の人も寝室の割り振りができてほっとしたようだが、まだ問題があるようだ。

「この分では、食事も二人分というところか」

「すみません」

それについては最初から期待していない。

「まあ、食べ物はあるから大丈夫だ。ロニー、よければ一緒に食事をしないか。ローザのツノウサギ料理があるぞ」

「ほんとですか！　今日は帰って寝るだけのつもりだったから、嬉しいです」

冷たくて周りの人に興味がまったくなさそうだと感じていたクリスも、こうしてしばらく一緒に過ごしてみると、ポンコツなのはネリーが絡んでいるときだけだということがだんだんにわかってきた。このように気遣いもできる人なので慕われているのだろう。

サラの初めての長旅は、予想もつかない終わり方をしたけれど、明日からはいったいどんな日々が始まるだろうか。

ネリーと二人、夜空ではなくお屋敷の天井を見ながら、わくわくした気持ちで眠りについたのだった。

第三章 カエルだって多すぎる

次の朝、サラの目が早く覚めてしまったのは、あまりに静かだったからだと思う。客室にサラとネリーの二人きりで、ネリーの気配はするものの、野宿につきものの草原を渡る風の音や生き物の気配が感じられなかったせいだ。

「コツン」

あるいはドアに小さい何かが当たる音が、繰り返し聞こえたからかもしれなかった。

服のまま寝たサラは、起き上がってポーチを身につけると、まだぐっすり眠っているネリーを起こさないようにそっと部屋を出た。部屋の外にはドアの反対側の壁にアレンが寄りかかって座り、ドアに何かを投げようとしていた。サラはあきれてそれを拾い上げた。

「スライムの魔石だ。なにやってるの」

なんだかおかしくてクスクスと笑いながらアレンを問い詰めると、アレンもにやりとしながら立ち上がって残りの魔石を拾い集めた。

「やっと起きてくれた。早起きして退屈だったんだ。家の探検をしないか？」

「する！」

「ちょっと先に回ってきたんだけど、この家、地下室があるんだぜ」

「地下室。それは行ってみなくちゃ」

寝ている皆を起こさないように静かに階段を下り、アレンの案内で台所の隅にある狭い階段から地下室に下りた。

「うわっ、広いね」

「俺はそうでもないとか、こんなものだとかは言わないぞ。もともと旅暮らしだから、普通の家は何でもすげえって思うしな」

「そうだよね」

大きなお屋敷の地下室はそれにふさわしく大きめで、ギルドの売店の弁当を入れていたのと同じような収納箱がいくつか整然と並んでいた。

「これが普通の家の収納箱かあ。魔の山にはなかったんだよね」

「魔物の攻撃をよけながらこの大きさの箱を持ち運ぶのはちょっとつらいよな」

そのうち、いつかどこかに住むことになったら、地下室のある家にして収納箱を置くのもいいなと夢が膨らむ。台所を眺めて昨日食事をした食堂を通り、玄関ホールから応接室をこっそりのぞく。

「ギルド長室みたい」

「ほんとだな。お休みの日でもここで会合したりするんだな、きっと」

二階へは皆を起こさないように寄らず、三階へと上がる。整然と客室らしきドアが並ぶ中、一番奥まで歩いたところにおそらく屋根裏に上がるであろう階段と二階へと下りる階段があった。客室からは見えにくくなっているのは、おそらく使用人が目立たないように動くためだろう。

「魔の山の屋根裏は、非常時に泊まれるような造りになっていたんだよ。なんにもないと思ったらそこに収納袋があってね」

「なるほどな。ちょっと上がってみようぜ。俺が先に行く」

アレンはそう言うなり数段駆け上ると、最後のほうは一歩一歩慎重に上がっていく。上りきったところにドアはなくそのまま広い屋根裏部屋になっていた。

「いくぜ。せーの」

掛け声をかけたくせにサラを待っていたアレンと一緒に階段を上がると、広いスペースの奥には明かり取りの大きな窓がある。サラとアレンはその低い窓のそばまで行くと、並んで座った。

窓から外を眺めると、まだ上ったばかりの太陽が町の屋根を照らすのが見えた。

「小さい頃に来たかったなあ。ここに布団を敷いて、自分の部屋にしたら楽しかっただろうな」

でもきっと無理だった。階段の上り下りでも疲れてしまっていた日本にいた頃の自分では、せっかく屋根裏部屋があっても楽しめなかっただろう。

「小さい頃じゃなくたっていいだろ」

「うん」

「大人が屋根裏に寝たっていいんだ。ローザの物見の塔の部屋は寒かったけど、特別な感じがしてとても楽しかったじゃないか」

もうずっと前のような気がしていたけれど、そんなことはない。二人で窓もない吹きさらしの寒い物見の塔に住んでいたのは、ほんの数ヶ月前のことなのだ。

「そうだね。子どもじゃなかったら自分一人で決められるから、どんなところに住んでもどんな暮らしをしてもいいんだ」

「そうだぞ。大人じゃなくて、一二歳でだって、できる範囲でしたいことをしていいんだ。俺みたいに働かなきゃならない奴もいる。けど、サラは違うだろ。働いても働かなくてもいい。ひがんでるんじゃないからな」

「わかってる」

サラが自分の生きる分は自分で稼ぎたいのは、日本で大人だったから。甘えて暮らすのは経験済みだから、もう甘えなくていいのだ。

「だから、稼ごうとして大人にいいように使われるなよ、サラ」

アレンは窓の外を見たまま膝を抱えている。

「クリスはいい奴だと思うし、薬師になれるならそれはすごいことなんだ。絶対に必要な仕事だし、稼ぎもいいし尊敬される。けど、普通は裕福な家の奴じゃないとなれない仕事でもある」

「そうなんだ」

「テッドだってそうだし、クリスだってたぶんどっかの貴族の出だ。気弱そうなロニーだって、王都では裕福だったから、息苦しくて逃げてきたんだろ。テッドと同じさ」

アレンの口調には少し苦いものが混じっていた。

「クリスに弟子入りすれば、貴族に引き立ててもらったのと同じでちゃんと薬師になれると思う。でも、サラには本当になりたいと思ってなってほしいっていうか。俺の勝手な思いだけど」

「うん」

アレンは別に薬師を目指すなとは言っていない。目指してもいいから、自分で決めろと言ってくれているだけなのだ。

「誰かに流されて仕事を決めるんだったらさ、クリスに流されるんじゃなくて、俺に流されてハンターになってくれよ」

「せっかくいい話だったのに」

「ハハッ。冗談だけどな」

「うん」

本当は冗談じゃないのはわかっているけれど、サラはやっぱり大きな虫はいやなのだった。

「そろそろ戻るか」

「うん。あ！」

サラはやっと屋根裏に来た目的を思い出して、部屋のあちこちに目をやった。何もない部屋だからすぐに収納袋が見つかった。

「あれだ！　袋が三つもあるよ」

「中身を確認してみようぜ」

急いでそばに寄り、それぞれ別の袋に手を入れてみた二人は、思わず目を合わせた。

「ベッドとお布団」

「こっちは机とか椅子とか」

「これで今晩はお布団で眠れるよ」

それに、嫌がらせが大事《おおごと》にならなくて本当によかったと思う。ほっとするサラとアレンの後ろから、笑いを含んだ声が聞こえてきた。

「さて、今晩は宿に泊まろうかと思っていたのだが」

「ネフ、そう言わずに一緒にいてくれ。宿はいつでも泊まれるが、ここの屋敷は元のギルド長が戻ってくるまでの期間限定だぞ。なあサラ、自分で見つけた布団で寝たら面白いと思わないか？」

振り向くとクリスとネリーが階段から並んで顔だけのぞかせて笑っていた。

「懐かしいな、実家の屋根裏を思い出す。もう少し広かったような気がしたが」

「私もだ」

アレンはほら見ろという顔をしている。クリスもネリーも大きな屋敷で暮らしていたのは確かなようだ。和やかな雰囲気も今だけで、今日もこれから忙しくなるだろう。それなら今のうちにサラには聞いてみたいことがあった。

「クリスは今回の件、悔しくないの？　わざわざローザのギルド長を辞めてまでここに来たのに」

「そうだな」

クリスは階段を上がりきってそのまま一番上の段に腰かけた。

「悔しくはないな。薬師の仕事は面白いが、長と名のつくものは正直なところ面倒くさい。かといって無能の下につくのも腹が立つ。ローザも副ギルド長がいい感じに育ってくれたので、早く交代したいと思っていたところだったんだ。カメリアで薬師を育てるのも面白そうだと思ったんだが、肝心の教え子がいないのではここにいる意味がない」

「だけど。元のギルド長がやってきて、ほら、やっぱり自分がいなければだめだっただろうって言われたらいやじゃない？」

なぜかクリスではなくネリーがニコニコとサラを見ている。

「サラは本当に思いやりのある子だ。クリスのことなど、自分でどうにかするから心配などしなくてもいいのに」

「いや、ネリーはむしろもっと私のことを心配してくれていいんだが」

クリスのほうは苦笑になっている。

「クライブは数年間、過不足なくギルド長を務めてきたのだから、自分がプライドのために仕事を投げ出して後任を困らせたことは理解しているはずだ。なにしろわざとなのだからな。そんな者に見下されたからといって私の薬師としての価値は変わらぬよ」

すごい自信である。

「私自身としては、ローザから解き放たれ、そして思いもかけずカメリアからも解き放たれた。今私はどこにも属していない薬師で、一時的にカメリアで手伝いをしているに過ぎないと思うことが、不思議と自由でな。むしろクライブが早く戻ってきて交代してくれないかと思うほどだ」

今回のことで一番の害を被《こうむ》ったクリスが落ち着いているのだから、なんとかなるだろう。

「俺は今日はせっかくだから、薬師ギルドの受付ではなくてヌマガエルの狩りに行きたいんだ」

アレンも自分のハンターとしての目的を忘れていない。

「では私も弟子と共に狩りに行くか。だがサラはどうする」

ネリーもアレンも、一緒に狩りに行こうよというキラキラした目でサラを見てくるので、サラはちょっと笑ってしまった。

「私が一番役に立ちそうなのは、薬草採取かな。魔力草はここらへんには生えていないってハンターギルドの人が言ってたけど、魔の山では岩場にあったし、ちょっと小高くて乾燥したところを探して町の外に出てみようと思うの。バリアを使ったら一人でも大丈夫だし」

サラは自分の食い扶持《ぶち》は薬草採取で稼いでいるので、何がしたいかと言われれば結局は薬草採取なのだった。

「では食事をして一日を始めようか」

朝食のために、昨日来てくれていた人がまた来ているらしい。サラとアレンはその人に家具の収納袋を預けて、ちょっと肩の荷を下ろした気持ちで屋敷を出ることができた。ギルドのある大通りまで出たら、クリスとテッドは薬師ギルドへ、サラたちは町の外へと別れることになる。

町の入り口で一度立ち止まると、サラはまずヌマガエルのいる沼のほうを向いた。そこからぐるりと一回転してみる。一面の草原が広がる中、沼とちょうど反対方向に、低い丘が連なっているところが見えた。

「よし、目的地、あの丘にする」

「じゃあ、俺たちはカエル方面だ」

カエル方面という言葉がなんとなくおかしくて、サラは笑顔でアレンと別れた。ネリーは町のほうに目を向け、一瞬強い目で何かを睨んだように見えたが結局は何も言わず、サラには優しい顔を見せてアレンの後をゆったりと歩いていった。

薬草類があまり生えていないというのならば探す時間を無駄にはできない。サラは身体強化をかけて大急ぎで丘に向かった。普通に歩いたら三時間くらいかかったかもしれない。しかしサラは三〇分ほどで丘に着いた。

「修行の成果ですよ」

自分を褒めながら丘を眺める。なだらかな丘で大きな木は生えておらず、ところどころ岩が顔をのぞかせている。町の入り口からは遠いけれど、ピクニックに来るにはよさそうなところである。

「なるべく乾燥しているところ、乾燥しているところ。あ、あった」

あったのは魔力草ではなく薬草だが、今日の食い扶持を稼ぐためには薬草を採取することも大切だ。普通の薬草が生えていることに安心しながら、サラは丘の下から丁寧に採取を始めた。

薬草をせっせと集めながら少し大きな岩の周りで魔力草を探す。一周したところで、サラは特徴的な葉っぱを見つけた。

「あった！　ここ最初に見たところじゃない。私ったら何をやってるんだか。え？」

自分に文句を言いながら魔力草に手を伸ばしたサラの手に影がかかった。サラは岩のそばで採取をするためにバリアを小さめに張っていたので、すぐそばまで誰か、あるいは何かが来ることはありえる。しかし、ここは町のすぐそばでもないし、ツノウサギが群れるローザの草原でもない。一瞬でそこまで考えたサラは、気持ちバリアを強化しながら恐る恐る顔を上げた。

「そのままそこを動くなよ」

小さくて低い声は昨日聞いたばかりだ。

「ギルド長……」

名前がとっさに出てこない。だがサラに背を向けているその人も、名前を改めて教え直す余裕はなさそうだ。

「ウウー」

「ウウー」

気がつくとたくさんのオオカミに囲まれていた。懐かしい黄褐色の高山オオカミではない。灰色の草原オオカミだ。大きさは森オオカミより少し小さいくらいだが、それでもサラの体よりずっと大きい。

　ヌマガエルの狩り場で対オオカミ用のハンターを昨日見たことを思い出しながら、サラは自分のうかつさをほんの少し悔やんだ。とりあえず目の前の魔力草はかがんだまま採取してかごに入れ、ポーチにそっとしまった。それからそろそろと立ち上がり、周りをそっと見渡す。サラの前には昨日見たギルド長がサラをかばうように立っている。そしてその周りを、十数頭のオオカミが取り囲んでいた。

「ちっ。数が多いな。一頭一頭はそんなに強くないんだが」

　つぶやくギルド長にオオカミが次々と飛びかかった。何かあったらバリアを広げようとサラも構えて待つが、さすがギルド長をやっているだけあって、こぶしで次々と殴り飛ばしていく。それでも抜けてきた一頭は、サラのバリアにはじかれて襲ってきた勢いのまま跳ね返ったところをギルド長に叩《たた》かれていた。

　やがてオオカミたちはかなわないと思ったのか、しっぽを足の間に挟んでこそこそと走り去っていった。ギルド長はため息をつくと、はらりと落ちた前髪に気がついて丁寧に後ろになでつけてからサラのほうに向き直った。

「君はいったい何をやっているんだ。やけに足が速かったが、子どもがたった一人で来るところではないぞ、ここは。あの姉さんだったか母さんだったかは別方向に行ってしまうし、いったい何なんだ」

　お姉さんでもお母さんでもないとネリーは言ったはずだが、この言葉でサラはギルド長の名前を思い出した。

「デリックさん」

「デリックでいい」

ギルド長というと、ついローザのギルド長を思い出すので、サラにとってはありがたい話だ。

「えっと、魔力草を探しに」

「ないといったただろう。聞いてなかったのか」

あきれたような声に、サラはポーチから薬草かごを取り出し、さっき採取したばかりの魔力草を見せた。

「一本だけありました」

「まさか。あれはどちらかというと乾いた土地にしか生えないはず。そういえばここは」

デリックが周りを見渡した。

「他のところに比べたら多少は乾いているが、多少だぞ。基本的にここは湿気の多い土地柄だから、まさか魔力草が生えているとはな……」

「あ、あっちにも」

デリックと一緒に周りを見渡していたサラは先ほど見逃していた魔力草をもう一本見つけた。

「ほら。ありました」

「ううむ」

デリックはうなり声をあげて腕を組んだ。

「クリスとテッドが解毒薬を作るのに、少しでもたくさん魔力草が必要なんです。解毒薬の在庫がもうないんですって」

「昨日から薬師ギルドで何をやっているのかと思えば、やはり新しい薬師ギルド長の知り合いだったか。薬師のクリスといえばベテランのハンター界隈《かいわい》でも知らない奴はいない。クリス一行とはっきり言ってくれれば監視などつけなかったのに」

サラはあきれてデリックを見上げた。

「監視なんてつけてたんですか。こっちだって直接聞いてくれたらなんでも話したのに」

「聞きにくい雰囲気だっただろうが！」

サラは肩をすくめるしかなかった。ネリーがとっつきにくいのは確かだが、大人なんだから頑張ってコミュニケーションをとってもらいたいものだ。

「今は忙しくて、一人でもハンターが多いほうがいいから歓迎されるのかと思っていました」

「それはもちろん、ハンターは多いほうがいい。しかし、ヌマガエル狙いならもっと早くに来ているはずだし、中途半端な時期に、滅多にいない子連れの美しい女性ハンターときたら、不審に思うのが当然だろう」

「そうなんですねー」

それをぶつぶつサラに言われても困る。サラは話を聞きながら次の岩に移動し、また魔力草を見つけていた。これで三本目だ。

「じゃあ、ネリーのほうに行けばよかったのに」

「どう見ても子ども一人のほうが危険度が高いだろうが。案の定オオカミに襲われてるし」

監視と言っていたが、結局危ないから心配で付いてきてくれたらしい。

「赤毛の美しいハンター、しかもローザといったらネフェルタリかと思うが、名前が違うし、子連れだし、魔の山の管理人をしているはずだし」

サラは薬草を探しながら親切に教えてあげた。

「あ、ネリーって呼ばれてますが、彼女がネフェルタリですよ」

「は？」

「ネフェルタリ。友人のクリスがカメリアに行くっていうから付いてきたんです。で、私の保護者。アレンの師匠となります」

これで疑問は解決しただろう。サラは親切な自分に満足そうに頷《うなず》いた。

「ま、魔の山はどうするんだ」

「あ、それも。招かれ人が魔の山の管理人をやりたいって来てくれたから、交代してきました」

ローザを出てから二週間経《た》っているし、もう王都には情報がいっているだろうから、ここでばらしても問題ないだろう。

「情報ありすぎだろう」

デリックはかがんで薬草を探しているサラの隣に力なくしゃがみこんだ。

「ネリーが来て何か困ることでも？　強いハンターが来たら助かるんじゃないですか？」

「助かるさ。だけど、赤の死神とも女神とも言われているハンターだぞ。有名すぎて、腰が引けてしまうだろうが」

サラはあきれてしまう。仮にもギルド長ともあろうものが、強いハンターに対して腰が引けるとか言うなんてと思う。しかも、サラはネリーの身内だというのに。

「ネリーは普通によい人で、強いハンターですよ。行動を制限したりせずに好きなように狩りをさせておけば何の問題もないと思います。アレンも魔の山を往復できるだけの力はありますから。あんまり心配すると」

髪が後退しますよと思わず言いそうになったサラだが、なんとか口を閉じた。

「魔の山の往復ができる少年に、ないはずのところから魔力草を探し出す少女を連れた赤の女神」

その言い方はなんだかかっこいいなあと思うサラであるが、また魔力草を見つけた。これで四本目である。

「で、その少女はネフェルタリにどこで保護されていたのかな」

「魔の山ですよ」

「だよな」

「魔の山は薬草が豊富なんです。私は薬草を売って暮らしているので」

薬草を採取するためにかがみながらも、サラは胸を張った。そして五本目を摘《つ》んだ。ついでに近くに生えていた薬草も摘み取る。一つの岩の周りに魔力草が二本ずつ生えているとすれば、この丘全体でそこそこの数があるということになる。

「もしここで魔力草を採取する人がいるなら、その人と交代してもいいですよ」

サラはカメリアには長居しないような気がしていた。ヌマガエルのシーズンが過ぎたら、アレンのためになるダンジョンのある町へ移動するのではないか。そしてサラはどこに行ってもこうして薬草を探しているような気がする。

それならばこの採取場は秘密にしておく意味がない。

「いや、そもそも薬草の生えにくい湿気の多い土地だから、薬草採取を仕事にしている者はいないんだ」

「じゃあ、いつか必要なときのために、デリックが覚えていてくださいね。この丘は比較的乾燥しているから、少ないながらも魔力草があり、ところどころに薬草もあるってことを」

「ああ、ありがとう。だがこうして君一人でも魔力草を取りに来ているということは、ロニーの言っていたとおり、本当に魔力草が足りないんだな？」

「はい」

サラは深く頷いた。

「わかった。ハンターギルドも魔力草の注文を急がせることにする。さて、そろそろ戻るぞ」

「え？　戻りませんよ」

「だが、先ほどのオオカミはまだ近くにいるはずだ」

「ああ。大丈夫です」

サラはにっこり笑った。

「草原オオカミは高山オオカミより弱いんですよね。私のバリア、つまり結界は、魔の山の高山オオカミも防ぐんです」

「まさか。それが女神の眷属《けんぞく》の力というわけか」

サラはまるで自分が神社の狛犬《こまいぬ》になったような気持ちがした。ネリーの左右にアレンとサラ。また笑い出しそうになったが、我慢する。

「魔の山で暮らしていたら、自然にそうなったんです。あの、心配して来てくれてありがとうございました」

「なあに、たいしたことではない。では、私は戻るか」

デリックは憂いが晴れたのか軽い足取りで帰っていった。サラはといえば、魔力草を一〇本見つけてから、次の日の採取のあたりまでつけてこちらも軽い足取りで町に戻ったのだった。

町に戻る前にネリーとアレンの様子を見ていこうかと思ったが、やはりカエルには心が動かなかったので、寄り道せずに薬師ギルドを目指す。

ちょうどお昼前で、ハンターたちがほとんどカエル狩りに行っている時間のせいか、薬師ギルドの前に人はいなかった。

「こんにちは！」

誰もいないギルド内で大きな声で挨拶すると、作業場からロニーが顔をのぞかせた。

「解毒薬は売りませんよう、って、サラじゃないですか。おかえりなさい」

「ただいま。少しだけど魔力草を見つけてきました」

「ええっ！　ここらへんには生えていないはずなのに。いったいどこで？　いえ、これは聞いてはいけないことでした」

サラは首を横に振った。

「いいの。この町にとって大切なことだから。町の南東の丘の、岩がぼこぼこしているところに生えていたよ」

「あんな遠いところにですか！　よくこの時間に戻れましたね……」

「足は速いんだよ。乾燥してそうなところっていったら、そこらへんしか思いつかなかったの」

魔力草と薬草を出してロニーに託す。ロニーは大切そうに受け取るとすぐに作業場に持っていった。サラはひと仕事終えた自分に満足し、薬師ギルドを出ようとした。これから夕方までは自由行動ということでいいだろう。一人でお店に入るのは少し怖いから、屋台か何かを探してお昼にする。

そして町をぶらぶらしようと胸を弾ませた。しかしその予定はテッドの声で崩されてしまった。

「サラ！　なんですぐに作業場に来ないんだ」

「ええ？　私これから観光に」

「そんな暇はない」

カウンターの向こうからすたすたと出てきたテッドに背中を押され、サラは作業場に入ってしまった。

「クリス様、サラを連れてきました」

サラはまさに連行された心境である。

「うむ。ではサラ、昨日のように解毒薬を濾《こ》して小分けにする作業だ」

「ええ、私、観光に……」

当然のように仕事を分け与えられたサラは、忙しそうな三人を前に遊びに行きますとは言えない雰囲気に呑《の》まれ、つい手伝いを始めてしまった。真面目でかつ流されやすい性格なのは自覚しているし、一人で観光していたらそれはそれで罪悪感にさいなまれていたような気もするから、これでよかったと自分を慰めるしかない。

「いいかサラ、質のいい解毒薬の色はその薄紫色なので覚えておくように。味の確認も許可するから、漏斗《ろうと》を洗う前に、ひとしずく舌にのせてみるといい。一滴くらいでは体調は崩れないから」

数滴だったら体調は崩れるんですかと聞きたい気持ちを抑えて、解毒薬の味を見てみる。

「うえ、まずい」

「まずいかどうかではない。その苦みと渋み、そして独特の香りのバランスを記憶に残しておくように」

「ベリー味とかがよかった」

ぶつぶつ文句を言うサラに、テッドがあきれた目を向けた。

「味をつけることもできなくはないが、そもそも色と味でポーション類は区別がつくようになっているんだ。まずかったら解毒薬を飲んだ後、口直しに何かを飲めばいい」

サラがさっそくベリーの砂糖漬けを出そうとすると、それは止められた。

「今のは実際に解毒薬を飲む人の話だ。サラは勉強中だから、余計なものを口にして味覚を鈍らせては駄目だ」

理不尽なと思うサラに、ロニーがうらやましそうな目を向ける。

「サラはいいですね。薬師なんて普通は薬草のすりつぶしから始めて、解毒薬の作り方を教えてもらえるのはだいぶ後なんですよ。しかも優秀なお二人に手取り足取り」

頼んだわけではないし、優秀な二人にという言葉にも引っかかったが、反感を買いたくなかったのでやめておく。

ロニーはテッドの横で丁寧に魔力草をすりつぶしながら、薬師の話をしてくれた。

「薬師志望は裕福な家庭の者が多いですからね、薬草のすりつぶしと受付の仕事や雑用で最初はいやになってしまうんですよ。そういう地道な作業をできることが薬師としての素質でもあるんです」

サラは思わずテッドのほうを見た。受付としては最低だったが、確かに黙々と作業はしている。

テッドはサラのほうに目をやるとにやりと口元を緩ませた。サラは思わず目を見開いた。そういえばテッドが笑ったのを初めて見たような気がする。そしてちっともさわやかではなかった。

「解毒薬が落ち着いたら、サラも薬草のすりつぶしからだな」

薬草のすりつぶしはいやではないが、テッドの下につくのはいやだと身震いする。

その日は誰かが店番に立つほどの余裕もなく、誰かに呼ばれればロニーかテッドが出て解毒薬を処方することにして、夕方まで黙々と作業した。

「サラ！　帰ってきたよ！」

アレンの声がしたときは心の底からほっとした。

「カエルなんて身体強化で一発だったぜ」

「やっぱり直接殴るんだよね」

「剣よりこぶし。俺は身体強化特化だからな」

サラは心持ちアレンから遠ざかった。

「なんだよ。洗ったからカエルの匂いはしないと思うけどな」

アレンは手の匂いを嗅いでみている。

「毒は大丈夫だった？」

「あんなの、観察してればすぐわかる。向こうが毒を出したり舌で攻撃したりする前に踏み込んで叩けばいいのさ」

自慢そうなアレンを、ロニーもほめそやす。

「サラもこの年の割にてきぱきと仕事をこなすから驚いたけど、アレンもすごいんですね。確かに一二歳がハンターギルドの登録の下限ですが、実際その年で活躍しているハンターを見たことはない気がします。もっとも、ポーションを買いに来たことがあるかどうかだけなんですけどね、僕の判断基準は」

そういえば、ローザでもアレンはハンターとしては最年少だった気がする。アレンは得意そうに胸を張ったが、何かを思い出して首を傾《かし》げている。

「そういえばギルドで俺、ヌマガエルをたくさん納めたら、赤の女神の眷属がもう一人とか言われたけど、何のことだったんだろう」

「私も言われたよ、それ。ギルド長のデリックに。女神ってネリーのことだと思うんだけど」

「私か？」

ネリーがきょとんとしている。かわいいなとサラはほっこりした。

「死神だろ。いてっ」

「テッド。お前は何度言ったらわかるんだ。人を貶《おとし》めるようなことは言ってはならないし、ましてや私の女神のネフにそのような言葉を投げるとは。弟子をやめたいようだな」

「申し訳ありませんでした！」

クリスに肘打ちされたテッドはネリーに謝り、かえってネリーを戸惑わせている。

「ああ、赤の女神とか赤の死神といえば、竜殺しの赤毛のネフェルタリのことではないですか。僕も知ってます。伝説のハンターですよ」

ロニーが自分の知っている知識を披露してくれたが、サラはなんとなく察していたので、そっとネリーから目をそらした。

「赤毛のネフェルタリ。同じ名前のハンターがいたとはな」

感心するネリーに、クリスが気まずそうに説明を始めた。

「ネフ、その。なんだ。ネフは魔の山にいて下界には下りてこなかったから」

「なんだ。はっきり言え」

「竜殺しの赤毛のネフェルタリ。魔の山の孤高の赤の女神とは、ネフのことを指すんだ」

「は？　私か？」

アレンがポンと手を叩いた。

「それで俺とサラが女神の眷属か。眷属ってあれだろ。手下のことだろ」

「手下って……。うん。まあ、その認識でいいと思うよ」

サラはうんうんと頷いた。しかしネリーは真っ赤になって天を仰いだ。

「そんな恥ずかしい二つ名がついていたとは、一生の不覚。今からでも揉《も》み消せないものか」

「無理だろうな。だが、いいではないか。もともと女神のような美しさだ」

クリスはネリーの手を握ろうとして叩き落されている。

「これさえなければ本当に尊敬できる人なんだがな……」

テッドの嘆きは聞かなかったことにする。大切なのは、女神の眷属だろうがどうだろうが、アレンがカメリアのハンターギルドでも実力を認められたということなのだから。

「なああ、身体強化をどんなふうに使ってヌマガエルを倒すか聞きたくないか？」

「あんまり……」

「まずはさ、足と腰の強化からなんだ」

「結局は聞かせたいんだね」

　サラは諦めて身体強化とヌマガエルの話を聞くことにした。サラにとっても何か役に立つこともあるだろう、たぶん。

「ヌマガエルも初夏のこの時しか集まらないんですよ。繁殖期が終わっても夏の間は攻撃的ですが、冬はほとんど動かないので近くに寄っても全然平気だとか」

「そもそも放っておくわけにはいかないんですか？」

　サラはずっと疑問に思っていたことをロニーに聞いてみた。繁殖期だけ集まって他に害を及ぼさない生き物は日本にもたくさんいた。カエルだってそうだ。

「集まりすぎると、産卵場所を求めて町までやってくるんですよ。ほら、すぐ近くでしょう」

　あの大きいカエルがやってくるのは確かに怖い気がする。

「大量の、しかも攻撃的なカエルはハンター以外にはどうしようもなくて、町は大混乱だそうです。過去に何度もあったとか。それがきちんと沼で対処すれば、利益に変わるのですからね。どちらがいいかははっきりしているわけです」

　結局この世界は、ダンジョンやダンジョン外の魔物をコントロールしないと成り立たないから、ハンターという職業があるのだとサラは改めて思う。

「今年はいつも以上にヌマガエルの数が多いから優秀なハンターの新規参入は助かると、アレンは言われてはいなかったか？」

「うん。昨日のギルド長の態度からしたら、むしろ敬遠されると思ってたから驚いたよ」

　サラは見張られていた自分との違いに切ない気持ちになったが、よく考えたらネリーとアレンの認識が良い方向へ変わったのはサラのおかげだ。

「そうだ。私、今日の午前中ギルド長に会って、ネリーのこと話したんだった」

「それで有名なネリーとその弟子なら大丈夫ってことになったんだな。なんだ、俺、期待の新人扱いかと思ってたのに」

サラの話を聞いてアレンがちょっと残念そうである。

「朝見かけたあれはやはりギルドの者だったか。アレン、気の毒だが、サラにも私たちにも監視はついていたぞ」

「監視？　なんのために」

アレンが気がついていなかったと知ってサラは自分だけではなかったとほっとした。

「わからん。私たちはこんなに善良なのにな」

「だよなあ」

ネリーとアレンは心底疑問のようだが、サラにはデリックの気持ちはよくわかる。二人の子連れで不愛想、しかもシーズン半ばに知識もなくやってくるハンターなんて不審には違いないのである。

ネリーは本当に言葉が足りない。それでも、魔の山を出てもこうして大きな問題もなく過ごすことができているのだから、問題はない。サラの気持ちはこれに尽きる。

「ネリーが有名なおかげでここで安心して暮らせるなら、面倒がなくて嬉《うれ》しいな」

「そうか？　サラがいいならそれでいいか」

ニコニコと笑うネリーを前にすると、サラは今日一日の作業場での疲れも吹き飛ぶ思いだった。

「クリスとテッドだけではなく、サラのおかげで薬師ギルドのほうは本当にぎりぎりですが回りそうです。今がちょうどシーズンの半ばで、これから少しずつヌマガエルも減っていくはずですから」

ロニーの言葉を励みに、それからサラは頑張りぬいた。丘までの往復の時間ももったいないから、採取する魔力草の数を増やして一日おきにした。

解毒薬が足りそうだとはいえ、ぎりぎりの状態では何かあったときにこころもとない。ほんの少しでも予備になる解毒薬を作ろうと、クリスもテッドもロニーも必死で作業したし、治療に来るハンターへの解毒もぎりぎりを見極めて節約していた。それでも解毒薬のストックはなかなかたまらなかったが。

そうして一週間も経つと、サラは不本意ながら解毒薬の微妙な味の違いも少しずつ分かるようになり、余った時間にポーション用の薬草のすりつぶしの実践の訓練まで始まってしまった。サラに手伝えることは限られているので、ついでに薬師修行をさせようということなのだ。

この一週間ですっかりロニーともクリスとも仲良くなってしまったので、断るにも断りにくい。しかも教えてくれるのがテッドなのが微妙である。

「何かを新しく学ぶのは好きなんだけど、先生がテッドだからね」

こっそりアレンに愚痴るくらいは許してほしいとサラは思う。結局クリスの借りている屋敷に泊まらせてもらっているサラたちだが、夕食の後こうして屋根裏に二人で来て窓の外の夜の町を眺めながらおしゃべりするのが習慣になっている。

「俺なら嫌だね。サラは断れない人だからなあ」

「そんなことはないんだけど。それしかないって場合、断るのが難しいよね」

相手や周りの状況など無視すればいいという考えもある。だが、解毒薬がなければ苦しむハンターがいるかもしれないのに、テッドが嫌だからロニーにしてくれとは言いにくい。それに認めるのは癪《しゃく》に障るのだが、ロニーよりテッドのほうが教えるのがうまいのも確かだ。

「アレンのほうはどうなの」

「うん。俺自身はいい感じ。ヌマガエルは弾力があるから、いかにこぶしに力をのせるかっていうのをずっとやってて、成果も出てる。けどな」

「けど？」

何か問題があるのだろうか。

「このあいだ、少しずつヌマガエルが減る時期だってロニーが言ってただろ。でも、むしろどんどん増えてきてる気がするんだよ。毒にやられて撤退していくハンターもよく見かける」

「それで解毒薬のストックができないのかな」

サラは手伝ってはいても、売買には関わっていないので正確な数はわからないが、相変わらず厳しそうな状況だ。

「そういえばネリーはどうしてるの？」

「時々自分でも何かを試すように狩りをしているけど、たいていは俺の狩りを見たり、全体の様子を見たりしてる。俺にはたまにボソッとアドバイスをくれるけど、正直よくわかんないんだ。グワッと集めてシュッとするとか言われてもな。でもなんだか楽しそうだよ」

ネリーは魔の山では毎日淡々と狩りをしていた。魔物を減らすというノルマをこなしていたからだが、今は狩りのノルマなどない。アレンに教えるといっても、結局は本人が鍛錬するしかないわけなので、のんびりした生活を楽しんでいるといったところだろうか。

その時、かすかに誰かがギシギシと階段を上ってくる音がした。

「よう」

ネリーかクリスかと思ったら、意外なことにテッドだった。

「こんなところがあったんだな。うちの屋根裏と比べるとずいぶん狭くて物がない」

「これだから金持ちは」

思わずアレンが突っ込んでいるが、テッドは気にも留めずにゆっくりと近づいてくると、アレンの隣にすとんと座り込んだ。そのまま黙ってポーチから湯気の立つカップを三つ出してきた。

「お茶。砂糖入り。ん」

飲めということなのだろう。まるでお茶会の時に飲むような上品な陶器のカップを、サラもアレンも恐る恐る受け取った。

旅の初めに謝罪されたとはいえ、特に仲が良くなったわけでもない。サラは薬師ギルドで毎日一緒なので慣れているが、今のところアレンとは顔見知り程度の距離感である。仲が良かろうが悪かろうが、気にも留めずにずかずか踏み込んでくるのはある意味テッドのよいところなのかもしれない。

サラは熱そうなお茶にふーっと息を吹きかけると、素直に口にした。

「ん、おいしい」

サラは普段は砂糖の入っていないお茶を好むが、疲れているときは甘いものもいい。誰も何もしゃべらず、屋根裏にお茶をすする音だけが響いた。不思議と心地よい空気だった。

「今日王都から薬草類が届いたのを見たよな。サラは明日は朝から薬師ギルドに出てくれ」

「いいけど。業務連絡なら明日の朝でもいいのに」

魔力草を採取する必要がなくなったから、朝からポーションづくりの手伝いをお願いするということなのだろうだが、別に明日でもよかったはずだ。

「前より解毒薬の消費量が増えてるんだ」

「確かに作っても作ってもストックができないって言ってたけど」

魔力草も届いたのなら、明日からたくさん作ればいいのではないか。テッドはかすかに首を横に振った。

「今までもサラの採取してくる魔力草に見合う解毒薬を作るので精一杯だった。いくら魔力草があっても、薬師三人ではできることはたかが知れてる。通常一〇人で半年以上かけてストックを作るものだからな」

「テッドが私について薬草をすりつぶしていたのは？」

「あれは休憩みたいなものだ」

余裕があったから教えていたのとは少し違うようだ。

「明日から今まで以上に量産体制に入る」

「でもさ、もうシーズン半ばを過ぎたって、ロニーが言ってただろ。解毒薬が必要なハンターは減ってるんじゃないのか」

さっきはヌマガエルがどんどん増えてる気がすると言っていたのに。とにかく反論したかっただけということはテッドにも伝わったようで、アレンをじろりと睨んだ。

「アレン。ヌマガエルは減っているか？」

そう聞かれたら正直に答えるしかない。アレンはふうっと息を吐いた。

「いいや。むしろ増えてる気がするって、さっきサラにも話してたとこなんだ。見ている限り、毒にやられて途中退場していくハンターも少なくない」

「やはりな。嫌な予感がするんだ。いや、予感じゃなくて、毒にやられたハンターの様子と解毒薬の動きから見た推測だが」

サラもアレンも静かにテッドの言葉を待った。

「おそらく、ヌマガエルがあふれて町になだれ込む。なだれ込んだって家に閉じこもっていればなんとかなるが、ハンターはともかく、一般の町人が対処できるかどうか。大騒ぎになるぞ」

「それが言いたかったのか？」

「ああ。クリス様もネフェルタリも、言葉が足りなすぎる。きっとお前たちにははっきり言わないだろうと思ってな。覚悟しているのとしていないのとでは、できる対応が全然違う」

それを言うためにわざわざ捜しに来てくれたようだ。なんとなく感じていた不安をはっきり言葉にしてもらうと、確かに明日からの気持ちの持ち方が変わるような気がした。

「ありがとう」

「別に」

テッドはふいっと顔を背けると、カップを持ったまま戻っていった。

「変な奴」

アレンの言うとおりなのだが、不器用ながらも親切にしてくれたのがサラはなんだか嬉しく、お茶の温かさが心にまで伝わってきたような気がした。

次の日は朝から薬師ギルドに出たのでクリスとロニーに驚かれたが、同時にほっとした様子もうかがわれた。気がきいて、てきぱき動けるサラは貴重な人材なのである。密《ひそ》かに自画自賛するサラにテッドが苛立《いらだ》った目を向けてきたが、気になんてしない。

「まだ時間があるから、薬草でもすりつぶしていろ」

「はーい」

こんな不愛想な指示にもさわやかな対応である。サラの手伝えることは基本的に解毒薬を瓶に移すことなので、それまではせっせと薬草をすりつぶすのだった。

その日は、いつもよりたくさんのハンターが薬師ギルドを訪れた。カメリアのハンターは解毒薬の在庫がないことを知っていて、直接治療してもらう人しか訪れなくなっていたが、どうやら王都から新しいハンターが来ているらしい。

「解毒薬がないってどういうことだよ！」

「申し訳ありませんが、在庫がないんですよう」

怒鳴るハンターたちにロニーが謝罪しているが、事情を説明しないのは、ヌマガエルの発生数が多いのにもかかわらず薬師がいないという現状を示したところでハンターが納得するわけでもないからだろう。

昼過ぎにハンターギルド長のデリックが疲れた顔でやってきた。

「王都のハンターギルドに出していた求人に応じてくれたハンターがやっと来始めたんだが、解毒薬がないと大騒ぎでな。なんとかならないか」

「ふむ。申し訳ないが」

クリスが鍋から目を離さずに答えている。

「うちにも昨日やっと薬草類が届いたので、今までより作る量を増やしていくつもりだ。それでもそれは少しでも予備に回したい。カメリアのハンターたちは一週間、解毒薬の販売なしでやってきたのだから、王都のハンターにもそうしてもらうしかない」

「だよな」

諦めてとぼとぼ帰っていく羽目になったのは気の毒だったが、薬師ギルドとしてもそれどころではなくなった。その日の午後から解毒を求めるハンターが増え始め、せっかく増産した解毒薬もすぐに使われてしまう状況で、ストックなどできようはずもない。

「ついに私もヌマガエルを狩ることになってしまった」

屋敷に帰って夕食を済ませると、ネリーが少し気落ちしている。

「やっと？　っていうか、今まで狩ってなかったの？」

「あまりな。他のハンターが狩るのを見るだけで面白かったし、アレンの成長も楽しくてな。それにヌマガエルは手ごたえがない。いや、弾力という意味では手ごたえはあるが、なにしろ弱すぎる」

「そうなんだ」

「違うからな」

ヌマガエルは弱いのかと納得しそうになったサラにアレンがすかさず突っ込みを入れた。

「表面に弾力があって打撃を吸収するし、混戦になるから大きな魔法も使いにくい。初心者じゃ絶対倒せないけど、ベテランだとたいしてうまみもないっていうツノウサギみたいな奴なんだよ。まあ、俺は倒せるけどな」

最後はほんのり自慢になっていてサラは笑ってしまった。

「なあ、サラならどう倒す」

「私？」

アレンが珍しくそんなことを聞いてきたので、サラはヌマガエルを思い浮かべてみた。

「まず触らない。これ大事」

「それじゃ倒せないだろ」

誰もがアレンみたいに殴るわけではないと思うのだ。となると、魔法しかないが、サラはスライムとゴールデントラウト以外を魔法で積極的に狩ったことはないので、想像力を働かせてみる。

「一匹ずつならスライムを倒すみたいに高温の炎かなあ。いっぺんにやっつけようと思えば、ゴールデントラウトを狩るときみたいに雷を落とすけど、そうすると周りのハンターも皆やられちゃうし」

「怖くないやり方にしてくれよ」

なぜだかネリーは笑っているし、テッドは冷たい目をしているしで納得がいかないサラではあったが、それならばとぽんと手を打った。

「じゃあ、ハルトのやったやつはどう？　えっと、流れ星《スターダスト》だっけ。天から光の雨を降らせるやつ」

「ハンターに当たっちゃうから駄目だろ。っていうかサラもできるのかよ」

「たぶん」

あきれたような目で見ないでほしい。狩りについての話題だからか、珍しくネリーも積極的に参加してきた。

「魔法師一人で戦うとなるとどうしても大規模魔法になりがちだ。私が作戦を考えるならサラには補助に回ってほしいと思う。例えばゴールデントラウトはサラが気絶させたものを私が剣で倒しているだろう。あんなふうにヌマガエルの動きを鈍くできれば、初心者でも倒しやすいだろうな」

「ネリー、作戦とかかっこいいよ！」

「そうか？」

照れるネフも美しいとか、傍らで聞こえてくる声もあるがそれは無視する。まるで指揮官のような語り方にサラは目をきらめかせた。

「そういえばロニーが冬はカエルはあまり動かないって言ってたね。なら冷やしたらいいのかな」

寒いと動かなくなる生物はたくさんいる。

「サラのように飲み物を冷やしたり、簡単に氷を作れる者などめったにいないのだぞ。ヌマガエルを冷やすとしても、せいぜい一匹というところでは意味がなかろう」

クリスが冷静に指摘してくる。

「カエル本体でなく周りを冷やそうとすると冷気が流れてしまうからね。でも」

サラは冬に野宿したときは、バリアで体を覆ってその中を熱で温めている。であれば、バリアで包んで冷気を流してもいいわけである。

「バリアを張ってそこに冷気を流し続ければそこそこ広範囲いけるかもしれない」

「ふむ。ではやってみよう」

サラはネリーに冷たい目を向けた。久しぶりに聞いた『やってみよう』である。でも、確かに面白そうだ。

「じゃあ、この食堂全体に、バリア」

バリアの形は自由自在だが、食堂全体というよりは皆が席についているテーブルを丸く覆うようにバリアを張る。

「冷気」

冷蔵庫のひんやりした空気を思い出し、その空気でバリアの中を満たしていくイメージだ。

「ハハハ。さすがサラ。涼しいな。いや、寒いぞ」

ネリーが楽しそうだったのは一瞬で、バリアの中はあっという間に冷えてしまい、テッドなどがタガタ震えているではないか。

「バリア解除！　拡散！」

慌ててバリアを解除し、冷気を拡散した後、バリアなしにほんのりと食堂の空気を温めた。

「サラお前！　俺の大事な体を何だと思ってる！」

「ごめん、テッドのことはあまり考えてなかったよ。クリスとネリーは大丈夫？」

「俺の心配は？」

アレンもテッドも若いから大丈夫だろう。クリスは冷気を振り払うかのように頭を振り、そして仕方がないなというような笑みを浮かべた。

「私のことは年寄り扱いしなくてもよい。サラ、煽るようなことを言って悪かったな。魔力が枯渇してつらいことはないか」

「大丈夫です」

「さすが招かれ人だな」

「もちろんだ。うちのサラだからな」

返事をしたのはサラではなくなぜか自慢そうなネリーだ。

「体が冷えたから、温かいお茶をいれてくる。待ってろ」

席を立って台所に向かったのはテッドだった。体が冷えたというのは言い訳で、なんだかお茶をいれる口実のような気がした。

「え、私の分もあるかな」

「あるだろうな。最近お茶をいれるのにはまっているようだから。今は自分の手でいろいろなことをするのが面白い時期なんだろう。隙《すき》あらばお茶を持ってくる感じだぞ」

今度のクリスの微笑《ほほえ》みはなんだか優しかった。それでこのあいだ、屋根裏部屋まで飲み物を持ってきてくれたのかと、サラとアレンは顔を見合わせて納得したのだった。

しかし、それからの日々も、テッドの夜のお茶くらいでは癒《いや》されないほどに忙しかった。

王都からハンターが来ているのに、ヌマガエルは一向に減らないどころか増えている。アレンはたっぷり稼げると元気いっぱいだが、ネリーは珍しく毎日疲れたような顔をして帰ってきていた。

「ヌマガエルを狩りながら、カメリアの町の観光をするつもりだったのだがなあ。毎日沼とカエルしか見ていない。さすがに飽きた」

「そりゃあ魔の山の魔物は種類が豊富だったたし、何より景色がよかったものね」

まず一歩でも山小屋の外に出ようと努力していた頃を、こんなふうに懐かしく思い出すなんてサラは思いもしなかった。だが悲しいことに、ネリーが観光できていないということはつまり、サラもできていないということなのである。

「食事は私たちの分も届けられるようになったけど、そもそも食堂にも行けてないなあ。ヌマガエルの料理を食べてみたいのに」

いつも夜に食事を運んで給仕をしてくれる人がサラの嘆きを聞いて驚いたように目を見開いた。

「ヌマガエルは私たちにとっては庶民の食べ物なんです。町長にしてもお客様に出すようなものではないという判断だったのでしょう。庶民的でいいからこの町の名物のカエル料理を出してほしいと言っていたと、町長にお伝えしておきますね」

「ああ。お願いできると皆が喜ぶ」

クリスが正式にお願いしてくれたので、明日からは夕食を楽しみに頑張ろうと思うしかなかった。しかし、クリスはカメリアとはとことん相性が悪いらしい。

次の日、サラたちが薬師ギルドで休みなく解毒薬を作っていると、珍しいことに店側ではなく、裏側からガヤガヤと人の気配がした。

クリスもテッドも、薬師の仕事以外のそういう雑事は気にしない性質だということをサラは知っているので、たいして気にも留めない二人の代わりに何事かと振り返ると、同じく振り向いたロニーが驚いたように声をあげた。

「えっ！　ギルド長？」

その声に一瞬自分のことかと動きを止めたクリスは、すぐ違うと気がついたのかかすかに首を横に振ると、作業を止めて振り返った。

そこにはクリスより少し若いと思われる壮年の男性と、五人ほどの人が立っていた。皆、薬師のブローチを身につけているから、薬師に違いない。そしてロニーの呼びかけから推察すると、前のギルド長が戻ってきたことになる。

サラはほっとして肩の力が抜けた。六人も薬師が戻ってきたのなら、やっとこの忙しさから解放されるだろう。

テッドより色の濃い金髪をクリスのように後ろで一つにまとめ、青い目をした前ギルド長は何も言わず、一緒に来たらしい薬師に険しい顔つきで合図した。手に大きな荷物を持っていたその薬師は、少しおろおろとしながらも荷物を床に下ろした。どうやら洗濯物とお茶道具らしい。

「俺のお茶道具だ。なんでそれを」

毒腺を煮立たせていたテッドがようやっと振り向くと、荷物を見て眉を上げた。

「私の屋敷にあった。不愉快だ。持って帰れ」

「あんたの屋敷？　違うだろう。あれは俺たちが町長から借り受けている屋敷だ」

正確には借り受けているのはクリスなのだが、テッドは堂々とした態度で反論した。しかし相手は前ギルド長である。そんな態度をとっていいのかとサラのほうがハラハラする。

前ギルド長は片方の眉を大きく上げた。

「私は、町長からの依頼でわざわざ王都から戻ってきたんだ。あれはギルド長の屋敷だから、返してもらう」

クリスは肩をすくめた。

「クライブだったか。確か初見ではないと思うが、いちおう自己紹介しておく。私はクリスだ」

クライブは口元に冷笑を浮かべた。

「元王都ギルド長のクリス様。存じておりますよ。少しの間、王都で一緒に働いていたからな」

「それで聞き覚えがあったか。さっそくだが」

サラから見てもクリスが引き継ぎをしようとしているのは理解できたが、クライブは気が立っているらしく、クリスの言葉を途中で遮ってしまった。

「私にまたギルド長をやるようにと声がかかったということは、わざわざローザからやってきたのに、このカメリアのヌマガエルに対応しきれなくて結局仕事を投げ出したというわけだな」

サラはその言い方に腹が立って、柄にもなく食ってかかろうとしたが、なぜかテッドに止められた。この薬師ギルドの現状を一目見ればわかるはずだ。クリスは何も投げ出してはいないし、前のギルド長、つまりクライブに戻るよう声をかけさせたのは、そもそもクリスなのだから。

クリスはそれには何も答えず、ただ肩をすくめた。そうしてふうっと大きく息を吐き出すと、解毒薬を作っている作業場を指し示した。

「では引き継ぎは」

「必要ない」

クライブの返事はにべもない。

「では、私物のみ引き上げよう」

「手伝います」

駆け寄ってきたのはロニーだ。テッドはもう一連のことに興味がなさそうに解毒薬づくりを再開している。床に置かれた荷物もそのままである。

クリスは自分の薬師道具をさっさとまとめると、サラに声をかけた。

「サラ。行こう」

「待て」

待てと声をかけたのはクライブである。これ以上何かあるのかとサラはうんざりした。

「その薬師見習いは、残るのなら面倒を見よう」

サラは思わずキョロキョロと周りを見渡した。薬師見習いなどいただろうか。

「お前しかいないだろう」

「え、私ですか」

サラは驚いて思わず素直に返事をしてしまった。そして慌てて首を横に振った。

「私、違います。たまたまここにいただけで、薬師見習いなんかじゃありません」

「だが」

「さあ、クリス。もう行きましょう」

サラはクライブの言葉が聞こえなかったふりをした。面倒ごとはごめんである。クリスが静かに去ろうとしているなら、サラもおとなしく去るまでだ。あとはテッドだけである。

「テッド？」

後ろを見るとテッドは黙々と仕事をしている。付いてくる気はなさそうだ。

「テッド」

「俺は残る」

きっぱりと言ったテッドの目は、わかれよと言っていた。テッドはサラと合わせた目を今度はクライブに向けた。

「ああ、屋敷は今までどおり使わせてもらうからな。お前、荷物は屋敷に戻してこい」

テッドは荷物を持ってきた薬師に横柄に命令した。誰にでも失礼なのは、ある意味テッドらしい。

ちなみにサラもネリーも、私物は常に収納ポーチの中なので、屋敷に置いてある荷物などなかった。

「お前はいったい何者だ！」

薬師ギルドに響く前ギルド長の怒号に、今日初めて面白くなりそうな展開の予感がしたので、サラは見ていきたいような気もしたが、クリスに背を押されて二人で薬師ギルドを出た。

「待ってください！」

走り出てきたのはロニーだ。

「カメリアの恩人に、あんな、あんな失礼な態度で。僕、町長のところに行ってきます！」

「いいんだ。ロニー」

クリスはいつもと変わらない顔をしている。

「それよりロニー、引き継ぎができなかったのでな。ちゃんとわかっているのは君だけだ。町長のところへは行く必要はないから、この後をよろしく頼む。テッドのこともな」

「はい。クリスも、サラも、本当にお世話になりました」

ロニーは頭を下げると、名残惜しそうに振り返りながら薬師ギルドに戻っていく。

サラは外に出てきたものの、途方に暮れていた。前ギルド長が突然やってきて、薬師ギルドも泊まっていた屋敷も追い出されてしまった。それなのに、クリス大好きなテッドは付いてこない。いったいどういうことか、これからどうするのか。

「私たちは用なしになってしまったな」

「はい」

シュンとするサラを、クリスはおかしそうに眺めている。

「いいではないか。これで私たちは自由なんだぞ。観光をしてもいいし、買い食いをしてもいい。そうだ！　ハンターギルドまで行ってみよう。あそこらへんにお勧めの食堂があったのではなかったか」

「ハンターギルドの斜め前の跳ねガエル亭って言ってました。でも」

大事な情報は忘れないサラは、それでも気になってちらりと薬師ギルドのほうに目を向けた。

「テッドのことが気になってるのかな。では歩きながら話そうか」

クリスに誘われて、二人で並んで大通りを歩き始めた。すれ違うハンターには、解毒を通して顔見知りになった人もいて、サラとクリスに手を上げたり、目礼したりしてくれる。ずっと薬師ギルドにこもっていたはずなのに、いつの間にかカメリアの町の人にとって当たり前の存在になっていたことに気づいてサラは面映《おもは》ゆいような気がした。

「この数週間、カメリアを支えたのは私たちだ。誰が何と言おうともな」

「はい」

「テッドだが」

サラは並んで歩くクリスを見上げた。そこが聞きたかったところだ。

「このままカメリアに残ることになった」

「ええっ？　だって、こう言ったらなんだけど、クリス派じゃないですか。あのギルド長の様子を見ていたら、絶対いじめられますよ」

別にテッドの心配をしているわけではない。ないが、知り合いのいないところ一人で頑張るのはとてもつらいことをサラは知っている。それにクリスを慕って付いてきたのではないのか。

「カメリアに来て町長から話を聞いたとき、私がここに長くはいられないことはすぐに理解した。もちろん、テッドも理解した。だが、テッドは父親に許されたのがカメリアまでなんだ」

「町長の息子の立場って、そんなに重いものなんですか？」

町長の息子といっても、テッドを見ているとお金持ちのお坊ちゃまであること以外の価値はないように思える。

「そうだ。町長はつまり、地方の領主ということになる。世襲制であり、下手な貴族より力がある」

「つまり、テッドはローザの次の町長ってこと」

クリスはフッと笑った。

「そうだ」

「うーん。ローザの町の将来が不安です」

クリスは今度はおかしそうにハハハと大きな声で笑った。

「不安だな」

「そこは否定してほしかったです」

尊敬する師匠にまで不安と思われているとは。

「この先も私に付いてきたくても父親との約束で無理。私がカメリアに残れないと決まった時点で、テッドにはローザに帰るしか選択はなかったんだよ。だが、それはいやだったんだろうな。カメリアに残ると言い出した」

親から離れたいという気持ちはサラにもわかる。

「テッドは大丈夫だ。あの神経の太さだぞ」

「クリス……」

「この町の町長もちゃんとテッドの素性は知っている。正直なところ、クライブには同じ薬師として腹は立っているが、テッドが私からの置き土産だと思うと少しは胸がすく思いがするよ」

「いや、クリス、それはひどすぎませんか」

クリスはまた大きな声でハハハと笑った。

「あれが部下でどれだけ私が苦労したことか。思い知るがいいのだ」

クリスもやはりテッドには苦労していたんだなとサラは生ぬるい気持ちになった。

話しているうちにハンターギルドが見えてきた。その反対側には、食堂と思われる店がいくつか並んでおり、広い歩道を挟んで道路側に屋台も出ている。

「おや、あれは」

すっかり食堂のほうに引き付けられていたサラは、クリスの言葉にハンターギルドのほうに目を戻した。

入り口から揃《そろ》いの装備を身につけた人たちがわらわらと出てくるところだった。サラははっと目を見開いた。あの装備には見覚えがある。

「王都の騎士隊だ。クリス、私ちょっと」

サラは不自然にならない程度の急ぎ足で、食堂と屋台の間の人波に紛れ込んだ。

クリスも一足遅れてさりげなく付いてくる。

サラとクリスが屋台の隙間から騎士隊を見ていると、珍しいからか周りの人も皆、騎士隊を眺めて噂話《うわさばなし》に花を咲かせている。

「騎士隊だ。なんでも大規模に魔物に使える麻痺《まひ》薬を開発したとかで、ヌマガエルの討伐に協力してくれるそうだぜ」

「へえ、麻痺薬ってくらいだからカエルが動けなくなるんだろうな」

それを聞いてクリスが眉をひそめた。

「麻痺薬だと」

ネリーを連れ去るときに使ったものを本格的に魔物に使おうとしているのに違いない。

サラは騎士隊の中に、自分の見知った顔がないのを確認してほっとしたが、自分が使われたときのことを思い出して嫌な気持ちになった。そしておそらく沼に向かうであろう騎士隊の背中を見ながら、ふと気がついた。沼にはアレンもネリーもいるではないか。

「クリス」

「ああ」

「騎士隊、魔物だけに麻痺薬を使えると思います?」

「無理だろうな」

クリスはサラを見下ろしてため息をついた。

「つまり、解麻痺薬が多量に必要になるということだ」

「はい」

そして解麻痺薬など、潤沢に用意している薬師ギルドはローザくらいなものだ。それもネリーとサラに麻痺薬が使われるという衝撃的な事件があったからだ。

「沼にはネフもいる」

「アレンもです」

サラはすかさず付け加えた。忘れてもらっては困る。そして二人で肩を落とした。

「ポーションはどこで作ってもまあ、そこそこのものはできるが、麻痺薬や解麻痺薬は、できれば薬師ギルドで作りたい」

「ですよね」

本当はこのまま知らなかったことにしたい。でも、ネリーとアレンが狩りに出ている限り、自分たちも当事者なのだ。

「戻るか」

「はい。でもその前に」

サラは先に行っているよう、クリスに合図すると、そこらへんの屋台を片っ端から回って注文をした。だって悔しいではないか。名物を一つも食べていないなんて。

注文を終えて走って戻ると、クリスがちょうど薬師ギルドに入るところだった。

「ちょっと入りにくいですね」

「ここはテッド方式でいくしかない」

「テッド方式？」

「マイペースに、自分勝手に」

それはクリス式ではないのかと言いたい気持ちを抑え、サラは薬師ギルドに入るクリスの後ろに付いていった。

が、案の定、薬師ギルドの中はてんやわんやだった。

「昨日まではここで解毒してくれたんだ！」

と叫ぶハンターの横には毒を受けてふらふらしているハンターがいる。

「それなのに解毒薬も売れないってどういうことだよ！」

とカウンターを叩くハンターがいる。受付はロニーではなく見知らぬ薬師で、おろおろするばかりで何の役にも立っていない。

「失礼する」

クリスはポーチから手持ちの解毒薬を出すと、苦しんでいるハンターに次々と治療を施した。治療を終えると、感謝を受けても表情を変えず、呆然《ぼうぜん》とするカウンターの薬師にも目もくれず、するりと作業場に入り込んだ。サラは当然引っ付き虫のように付いていく。

作業場を見ると、中にはギルド長もおらず、テッドとロニーが黙々と解毒薬を作っているばかりである。

「テッド」

クリスの声にテッドは驚いたように振り向いた。その動揺した顔を見ると先ほどは強がっていたのがよくわかる。

「再赴任初日だからと、クライブは屋敷に帰ってのんびり休憩といったところか。馬鹿なことを」

クリスの言葉に、ロニーがうつむいた。受付の騒ぎを聞いていたからだろう。

「テッド。騎士隊がヌマガエルの討伐に来たようだ」

「騎士隊が」

短い間にテッドの表情が次々と変わり、最後にサラのほうを何かを確認するように見た。サラが麻痺薬を使われたときと同じかという視線に、サラは頷いた。

「つまり、解麻痺薬が必要ってことですね。だけど、最初の在庫のチェックでは解麻痺薬など数えるほどしかなかったはずです」

うつむいていたロニーが顔を上げた。

「ここはダンジョンのほうにも麻痺毒を使う魔物はいなくて、解麻痺薬なんてお守りみたいな扱いなんです。なぜ騎士隊が来ると解麻痺薬がいるんです？」

「騎士隊はおそらく、一度に大量に麻痺薬を散布する作戦を立てているはずだ。だが魔法師でも大規模魔法をためらうあのカエルとハンターの混在の中、麻痺薬など使われたら、ハンターのほうにも必ず被害が出ると予測した」

「そんな。聞いたこともありません。それに麻痺薬は危険だからよほど大型の魔物でないと使わないはずなのに」

「新開発だそうだ」

クリスは肩をすくめ、一度ポーチにしまった自分の調薬の道具を出し始めた。

「幸い、サラが採取した麻痺草が使わずにとってある。あれを使えば解麻痺薬もできるはずだ。テッド」

「はい！」

二人はローザのギルドでも熱心に解麻痺の薬を作っていた。

「知らないふりをしていたが、町長から直接解任されるまではまだ私が責任者だ。受付には、直接ハンターを解毒する許可を出す。ロニーとサラはこちらで手伝いを」

「「はい！」」

おそらく前ギルド長に解毒薬を売るな、解毒も必要ないと言われていたのだろう。受付もほっとした顔で店のカウンターに戻っていった。

途中で屋台からサラ宛《あて》にいろいろのものが届けられたほかは、夕方まで黙々と解麻痺の薬を作り続けた。幸い、その日は麻痺したハンターが出たという話は聞かなかった。

解毒で薬師ギルドに寄ったハンターによると、騎士団は今日は様子を見ただけで、明日の午前中に作戦を決行するらしい。

「ハンターは沼の手前で待機。麻痺薬を行き渡らせたら、そこから狩りを始めてよいってことで、狩り放題だって喜んでる奴もいるけどどな」

解毒の付き添いで来たハンターは顎《あご》に手を当てて首をひねっている。

「ローザならともかく、カメリアを拠点にしていて麻痺薬を扱ったことのあるハンターがそういるとは思えないんだが。あれは使ったあと確か麻痺薬を洗い流さなければならないはずだが、わかっているんだろうか」

正しく危険を理解している人もいる。だが、数の減らないヌマガエルにはもう皆うんざりしていて、どんな対策でもいいからやってほしいというのが本音だった。

作った解麻痺薬は、大半を薬師ギルドに残したが、いくらかはサラとクリスが買い上げた。

「サラ、戻ってきたよ！」

元気なアレンの声が響く頃には、帰る用意ができていた。ロニーが残るテッドのことを気にして声をかけている。

「僕の家に来てもいいよ。一部屋の狭い下宿だけど」

「いい。俺は当分あの屋敷で勝手に暮らすから」

にべもなく断るテッドだが、あのギルド長のいるところに住むのは絶対嫌なサラは、ある意味感心する。テッドはなぜかサラのほうを横目で見て何か考えていたようだが、ロニーに向き直った。

「気を使ってくれて、感謝する」

「ええ、そんなこと。同僚だから、当然だよ」

テッドは本当は特に何とも思っていないが、ここはお礼を言うべきところだと学習したのだろう。アレンのぽかんとした顔を見てサラは笑い出しそうになったが、我慢した。

クリスと前ギルド長の事情を聞いたネリーは、泊まるところがなくなって申し訳ないと謝るクリスに、屈託のない笑顔を見せた。

「荷物は手元にあるし、まったくかまわない。暖かい季節だし、町の入り口の広場で泊まれば何の問題もないだろう。宿がなくてあそこに泊まっている冒険者はけっこう多いぞ」

サラは薬師ギルドにこもりがちだが、アレンとネリーは毎日ちゃんと狩りに出ているから、町の外の情勢にも詳しいのだ。

テッドとロニーと別れて、四人は町の入り口へと向かう。

「そういえばサラ。あいつ来てたぞ」

「あいつ？」

あいつと言われてもすぐにはピンとこない。

「あいつ。騎士隊の。確か実家が伯爵で宰相の家」

「……リアム？」

「それだ」

現状を認識してげんなりする。

「騎士隊が来たってわかったとき、俺たちは目立たないように移動したからたぶん気づかれてないと思う。ちゃんと騎士隊の仕事で来てるみたいだから心配ないのかもしれないけど、見つからないようにしとこうぜ」

「うん。私のほうも町で騎士隊から身を隠して正解だったよ」

昼に見かけた騎士隊にはリアムはいなかったが、ローザでサラに会ったことのある他の騎士がいたかもしれないのだ。

そんな話をしているうちに、目的の広場に着いた。時間が遅かったせいか、場所を見つけるのに少し苦労するほどハンターがたくさん滞在していたのにサラは驚いた。

「宿がないってわざわざ言われたのはこういうことなんだ」

それでも、野営は慣れている。最初にテントを用意すると、すぐに食事だ。

「あー、町で食べてくればよかったな」

頭をかくネリーに、サラは胸を張った。

「今日は私に任せて」

「サラの料理はいつでもおいしいけど、疲れてないか？」

心配するアレンの前で、サラは指を振った。

「大丈夫、作らないから。お昼に買っておいたの。ほら」

サラは収納ポーチから、昼に屋台で買って薬師ギルドまで届けてもらっていた品を出して次々と並べた。多めに前払いして、配達をお願いしておいたのだ。

「これ、たぶんなにかのフライ。串焼き。サンドイッチ。果物。なにかをもっちり焼いたやつ。それから、いろいろ」

とにかく片っ端から屋台に声をかけて回ったので、中身がさっぱりわからない。

「どれもそんなに高くなかったから、きっと地元の庶民向けのものだよ」

「つまりヌマガエルか」

「……うん」

楽しみなのだが、ドキドキもする、そんな微妙な気持ちのサラである。

「では、さっそくいただくか」

「うむ。サラ、ありがとう」

年上組はなんの遠慮もなく食べ始めた。サラだって負けるつもりはない。

魔物の素材があるせいか、油には事欠かないこの世界では、油をたくさん使った揚げ焼きは珍しくなく、したがってフライも唐揚げも存在する。

だが最初はまず素材を生かした串焼きからだろう。サラは一切れがサラの一口より大きい、見た目には鶏のような肉がいくつも刺してある串に思い切りかぶりつく。

「おいしい！　それに柔らかい。安いのに！」

炙《あぶ》った肉の端が少し焦げてカリッと違う触感なのも楽しい。

「安いのにって」

アレンが笑うが、とても大事なことである。

「だってこれで二〇〇ギルだよ？　ローザでは二〇〇ギルじゃ肉なんて一切れくらいしか食べられなかったよ」

「ローザは物価が高いからな。他のところはこんなもんだぞ」

勢いよく肉を噛《か》みちぎりながらアレンが教えてくれた。

「コカトリスより淡白かな。でも癖がないからいくらでも食べられそう」

「コカトリスと比べるのはサラくらいだって」

野営の場所に明るい笑い声が響く。サラの予想したとおり、ヌマガエルはあっさりした鶏肉のような味だった。しかも骨は外してあるのでとても食べやすかった。

「明日時間があったら、カエルの肉を仕入れていこう。野菜と煮込んだら絶対おいしい」

「私はトマト煮込みがいい。サラのコカトリスのトマト煮込みは絶品だからな」

ネリーからのリクエストも入って、やっとカメリアに来たという実感が湧いた。

食べきれなかった分をしまい直して、寝る準備に入る。明かりを消すと、夜空が見えた。サラはなんだかテントに入るのが惜しいような気がして、ネリーに声をかけた。

「ネリー。今日は魔の山の野営の時みたいに、テントの外で寝ない？」

「ふむ」

ネリーは広場を見渡し、特に危険もないだろうというように頷いた。

「わざわざ寝顔を見に来るような暇な奴もいないだろう。久しぶりに夜空を眺めながら寝るか」

「うん！」

「じゃ俺も」

「私もそうするか」

結局テントで周りを囲うようにしながら、皆で並んで横になった。まだ周りでは起きている人もいるようだが、明日も狩りだからか、騒いでいる人もおらず、静かである。

「星は同じかな。魔の山のほうがくっきり見えた気がする」

「季節もあるぜ。冬のほうが星がきれいなんだ」

両端にはサラとアレンを守るようにネリーとクリスがいる。

明日から自分たちはどうなるのだろうとサラは思った。

クリスはもうカメリアに用はない。サラとネリー、それにアレンはカメリアにいてもよかったが、騎士隊の登場でそれも怪しくなった。騎士隊が帰るまでカメリアでひっそり暮らすか、別の町に逃げてしまうか。

あまりにも目まぐるしくて、そんなことを話し合う時間などなかったのだ。

それでも、もう一人ではない。

なんとかなるよねと、明るい気持ちで目を閉じた。

人の動く気配で目が覚めると、周りのハンターたちが少しずつ朝の支度を始めていた。アレンもサラと同じくらいに目を覚ましていたので二人はそっと起き上がった。が、クリスもネリーも熟睡していて、まったく起きる気配がない。

「寝てても身体強化しているとはいえ、ちょっと危機感なさすぎない？」

「大人って割とそうだよな」

アレンは叔父さんもそうだったと言って笑っている。その笑い声で、やっと大人組がもぞもぞと動き始めた。

昨日の屋台の残り物で朝食にする。

「今日はどうしよう」

サラはいつもはクリスと薬師ギルドに行っていたから、今日は特にやることがない。

「狩りに行こうぜ」

アレンには迷いがない。しかしサラは狩りには魅力を感じない。

「薬草採取にでも行こうかな」

「狩りに行こうぜー。カエル、うまかったじゃん」

サラは思わず動きを止めた。確かに、自分でさばけば、いや、大まかなところはいつものようにネリーにさばいてもらって、肉の塊だけもらえば店に買いに行かなくてもいいかもしれない。

「サラ、確かヌマガエルは専門の者が毒腺を取り除かないと、カエルの体全体に毒が回ってしまうことがあった気がするぞ」

ネリーが親切に教えてくれた。

「ええ……。じゃあ狩りに行く意味がないよ」

「あるって。俺のかっこいい姿を見るだけでもいいからさ」

その日の予定を決定づけたのは、アレンの粘りを面白そうに見ていたクリスだった。

「今日は騎士隊がおそらく麻痺薬を使う日だ。魔物に麻痺薬を使った場合、体表に残った麻痺薬でハンターが痺《しび》れてしまうことがあるのだ。解麻痺薬は本来そのためにある」

魔物の中に、毒や麻痺を持っているものがいるのだとばかり思っていたサラは、解麻痺薬の本来の使い方に驚きを隠せなかった。

「あの騎士隊がまともに麻痺薬を扱えるとは思えない。私はアレンとネリーと共にハンターたちの間で待機し、様子を見ようと思う。そしてサラ」

「はい」

サラは今日も手伝いかと緊張した。

「今日は私たちは離れないほうがいいと思う。何かあったときに連絡が取れないと、お互いに不安になるだろう」

確かにそうだ。ということは、自動的に狩り組ということである。サラはこれも経験だと割り切ることにした。

「よし！　では出発！」

アレンがとても元気である。

「俺たちはいつもど真ん中で狩りをしているんだ」

まるで案内してくれているかのようにサラに説明するアレンに、周りのハンターから声が飛ぶ。

「アレン！　今日は彼女連れか？」

「かっこいいとこ見せないとなあ」

サラは、男女がいるとすぐにそういうこと言い出すんだからと内心プリプリしながら、少なくとも、ローザと違ってここでは少女扱いなのでよしと思うことにした。

「違うよ。この子もハンターなんだ」

しかしアレンがとんでもないことを言い出したので、サラは焦って顔の前で手を横に振った。

「なっ！　ち、ちが」

「だって、一緒にハンターギルドで身分証をもらっただろ」

周りから幼馴染《おさななじみ》かよという声が飛ぶが、こういうことは否定すればするほど真実味を帯びるので、サラは不満を呑み込んで愛想笑いをするにとどめた。

「だが、初心者には面倒なところだ。気にかけてやんな」

「おう！」

アレンがこの界隈で認められていることだけははっきりとわかったサラである。沼には、前に見たときよりもたくさんのハンターがいるような気がした。

「騎士隊が来ると追い出されるから、朝のうちに狩っておこうっていうたくましいハンターたちだよ。さ、じゃあサラはバリアを張ってそこで見てて」

「うん」

ここまでネリーもクリスもちょっと後ろから見守る保護者に徹している。サラはちょっと恨めしそうにネリーを見たが、ネリーは涼しい顔だ。仕方がない。あまり見たくなかったが、目の前には茶色のヌマガエルが群れになっていて、ハンターを見るとなわばりが侵されたと思うのか次々とやってくる。

クリスとネリーがさりげなくサラの後ろについたのを確認するとアレンはしっかりした足場の場所を確保し、やってくるカエルを次々と殴り倒している。毒腺を避けるためか下からえぐり上げるようにアレンがこぶしを振るうと、大きいカエルが面白いように宙を舞う。あっという間にアレンの周りにはカエルの山ができた。それをポーチに入れてはまた、カエルと向き合う。

「はあ、すごい」

「そうだな。アレンがこうだから、すぐに周りのハンターも一目置いたのさ」

それでいろいろなハンターから声をかけられていたようだ。

アレンを見守る三人の付き添い人みたいになっていて、周りからは若干不審な目で見られたりしたが、しばらく観察しているうちに、自分に向かってこない限りカエルもそう怖くないと知った。

そうなってみると、カエルをバリアで覆って冷やすという、屋敷でやった実験をしてみたくなった。

いつもは自分を中心としてバリアを張り、その大きさや形を自在に変えていくのがサラのやり方だ。だが、そのバリアをシャボン玉みたいに自分から離す。あるいは対象を中心にバリアで閉じ込める。そういうこともできそうな気がした。

サラはアレンの邪魔にならない程度にそっと近寄ると、アレンに向かっていたヌマガエルのうちの一匹をそっとバリアで包み込んだ。バリアの中で跳ねないよう、地面に押さえつける。離れた場所に冷気を発生させるのは深く考えると難しいが、魔法とはイメージである。実際、頭上に雲を作って雨を降らせたスプリンクラーという魔法は、自分から離れた場所でやった魔法だ。

それを思い出しつつ、バリアの中、地面から湧いてくるように冷気を発生させる。

バリアの範囲が狭かったせいか、すぐにカエルは動かなくなった。サラがバリアをそっと外してみても、その場から動かない。冷えるのはすぐでも、温まるのは時間がかかるらしかった。

一匹が大丈夫なら、次は二匹いっぺんに。アレンの右側に順番に実験していったら、いつの間にか動かないカエルの集合場所みたいな不思議な場所ができていた。

「そろそろそいつらを倒してもいいか？」

アレンにいいよと合図する。

動かないカエルの頭に、アレンがこぶしを次々と打ち下ろしていく。倒し終えたときには、なぜかアレンは青い顔をしていた。なにかショックなことでもあったのだろうか。

「サラ。寒い」

どうやら地面ごと冷やしていたせいで、そのあたりの気温がだいぶ下がっていたようだ。冬でも平気なアレンに寒いと言わせてしまうとは、よほど念入りに冷やしてしまっていたらしい。

「ご、ごめん」

よく見ると地面の草もしおれていた。

後ろではネリーが笑っている気配がしたが、サラがしょんぼりと戻ったときには慌てて笑みを消していたのをちゃんと知っている。

文句を言おうと思ったら、ネリーの向こうに騎士隊の小さい影が見えた。

「騎士隊の作戦が始まるってよ。ちょっとでも減らしてくれるとありがたいが」

ハンターは引き上げるようにという通達も同時にきたので、朝から頑張っていたハンターたちは素直に町のほうを目指している。サラたちはその人波に紛れるように、なるべく騎士隊から離れたところを歩いた。

町のほうといっても、実際に町まで戻るわけではない。なんといっても、騎士隊の大規模な作戦を見てみたい。誰もがそう思ったようで、麻痺薬が絶対に流れてきそうもない場所まで下がると、ハンターたちはあちこちで待機し、くつろぎ始めた。サラたち一行も同じように騎士隊の動きを見張ることにした。

目が一番いいアレンが解説してくれる。

「風上で、風を背に受けるように部隊が配置されたと思う。あ、何か投げた。瓶かな。高いところで瓶が破裂した。サラ、あの時と同じだ。ただ大規模なだけで」

あの時とは、ローザでサラとアレンに麻痺薬が使われたときのことで、今でも苦い思い出である。

その時、ハンターたちから大きなどよめきが湧いた。

「カエルが次々と動かなくなっていくぞ！」

騎士隊は風上から風下に移動しながら、次々と麻痺薬を散布している。最後に残っている魔法師は、空気中に残っている麻痺薬を風で吹き飛ばしているようだ。その後に今度は、ハンターとみられる人たちがヌマガエルの間に踏み込んだ。カエルに触れないように、とどめを刺しては収納袋をかざしてカエルを吸い込んでいる様子がとても面白い。

「騎士隊なんて王都にいるお飾りの役立たずだと思っていたが、案外やるじゃねえか」

ハンターの一人がつぶやいたが、サラもそう思った。

「果たしてそううまくいくかな」

サラの背後にクリスのつぶやきが落ちた。

「おそらくハンターギルドとの連携だろうが、それならなぜ薬師ギルドにも連絡を寄こさなかったのだ」

皮肉な声で静かに語るクリスは、この場に薬師が一人もいないことに憤っているようだった。

異変はカエルを回収していたハンターから始まった。ふらふらと体が揺れたかと思ったら、その場に崩れ落ちてしまった。それに気づいた仲間のハンターが駆け寄るが、すぐに同じようにふらついて次々と倒れていく。

「空中に漂っていた麻痺の成分を風で飛ばしたとしても、足元の草むらにも麻痺薬は残っている。草の中を移動している間に、麻痺薬を吸ってしまったんだろう」

騎士隊はと見ると、後ろの出来事には気づいておらず、新たに麻痺薬を散布する作業に追われている。

そうなると、助けるのはここにいるハンターたちしかいない。周りのハンターたちはすぐに助けに向かおうと動き始めた。

「待て！」

大きなクリスの声が響いた。

「何の策もなく助けに向かえば、麻痺して倒れるハンターが増えるだけだ」

「じゃあどうすればいいんだ！」

すかさずハンターから反論が出る。

「あのハンターたちも倒れるにはしばらく時間がかかっていたのを見ていたはずだ。いいか、倒れたハンター一人に対して三人以上が救助に向かい、現場に長居しないこと。救助に向かう際には、麻痺薬を吸い込まないように口と鼻を覆うこと。タオルを巻くのがよいだろう」

クリスからはすぐに具体的な提案が出た。

「私は薬師だ。倒れた者はいったんここに連れてきてくれ。それから」

クリスの話を聞いてすぐ、ハンターたちはパーティ単位で次々と助けに向かう。残ったハンターたちに、クリスは別の指示を出した。

「誰か薬師ギルドに行き、解麻痺薬を持って薬師がここに来るように伝えてくれ。話を聞かないようであればハンターギルド長に頼め」

足の速そうな若いハンターが数人、連れ立って町のほうに走り出した。

「水魔法の得意な者はいるか！　倒れたハンターも助けに行ったハンターも、麻痺薬が体に付いているかもしれないからすぐに洗い流す必要がある」

クリスの的確な指示が次々と飛ぶ。サラも魔法は得意だから、クリスの横で待機する。

「俺もいちおう魔法は使えるし、なにより身体強化があるから、ここで待機だ」

アレンがサラの横に並び、ネリーが後ろに立つ。やがて最初の一人が運ばれてきた。

地面に寝かされたハンターには意識がある。

「おれ、からだ、うごけな……」

なんとか手を持ち上げて状況を説明しようとするが、思うように動けないし話せない様子である。

クリスは解毒薬を片手に持つと、安心させるように頷いた。

「意識があるのはよい状態だ。これなら何もしなくても一両日中には麻痺がとれる。だが、早く楽になるよう解麻痺薬を飲んでおこう。ほら」

少しでも意識があって、水分をとれる状態なら、解麻痺薬を飲んだほうが絶対に回復が早い。何人目かを運んできたハンターが、流れる汗を袖でぬぐって天を仰いだ。

「身体強化を使っているはずだから、こんなに汗が出るはずじゃねえんだが」

それを聞いてサラもハッと気づいた。

「風がない」

「風がない？」

ネリーがオウム返しに聞いた途端、そよと風が復活し、ほっとした空気が流れた。でもサラは何か違和感を感じた。

「待って。さっきは背中から吹いていたのに、なんで前から吹いているの？」

汗をかいた背中がひんやりして気持ちよかったはずなのに、今は顔に風が当たっている。ネリーも額の汗をぬぐいながら、風が吹いてくる方向に顔を向けた。

「風が変わったのか。まずい！　騎士隊は気づいているのか！」

ネリーにつられて、順調だったはずの騎士隊のほうを見ると、案の定、散布した麻痺薬を逆に浴びたのか最前線の数人が倒れこんでいるところだった。

「おい待て」

その声は後ろのハンターたちから聞こえた。

「ああ、あれは」

その声に異変を感じて後ろを振り向くと、アレンもハンターたちも騎士隊ではなく、沼のほうを見ていた。サラも同じほうに目を向けて、思わず一歩後ずさった。

「か、カエルがいっぱい」

麻痺薬でカエルを大量に麻痺させたはずだった。だが、その後ろからどんどんとヌマガエルが押し寄せてきていた。麻痺薬が草原に残っているのは確かなようで、動きを止めるカエルもいる。しかし、そのカエルを乗り越えて後ろから次のカエルがやってくる。緑の草原は今、一面に茶色で埋め尽くされようとしていた。

アレンが隣でこぶしを作っているが、これだけハンターがいても、押し寄せるカエルをすべて狩れるとはとても思えないほどの量だった。

「おーい」

その時、町のほうから走ってきた一団の中に、ハンターギルドのギルド長がいた。一団の中には、ロニーもいる。追加の薬師が来てくれたのだとサラは少しほっとした。

「遅くなった！　いや、なんだこれは！」

薬師を連れてくればいいと思って急いでやってきたら、沼からここまで茶色の帯のようにヌマガエルに埋め尽くされていたら、それは驚くだろう。

幸い、麻痺薬に倒れたハンターは全員回収できた。騎士隊のほうを見ると、倒れた騎士を抱えて全速力でこちらに向かっているから、取り残されている人はいないだろう。クリスは治療していた人をそっと地面に横たえると、立ち上がった。

「ギルド長。どうやら麻痺薬にやられたハンターを治療するというレベルの話ではなくなったようだな」

「なんであんたがここにいて、前ギルド長が薬師ギルドにいるんだ。聞いてないぞ私は」

「それは町長とクライブに言ってくれ。今はとにかく退避と、町への警告が先だ！」

デリックは何かをぐっと呑み込んで、周りを見渡し、すぐに指示を出し始めた。

「これだけの数はここでは倒しきれない。いったん町の手前まで引いて、態勢を立て直す！　動けない者は急いで町まで運んでくれ！」

クリスに解麻痺してもらった最後の人も、身体強化した仲間に軽々と運ばれていった。残ったのはサラたち一行とロニーとギルド長だ。その時、町から、

「カーン、カーン」

という鐘の音が鳴り始めた。

「あれは？」

「ヌマガエルが町まで来るかもしれないから、建物の中に入れという合図なんです」

サラの疑問にロニーが答えてくれた。

「じゃあとりあえず一安心だね」

サラはほっと胸をなでおろした。

「さあ、私たちも戻ろう」

急ぎ足で戻ると、町の手前には、先に戻ったハンターたちがずらりと並んでいた。いったん引いたが、ヌマガエルを町には入れないぞという気概が強く感じられて、サラは胸が熱くなる。

「心配したぜ。あんたたちは仲間の恩人だからな」

温かい言葉をかけられたのも嬉しかった。振り返って、ハンターたちと同じ視点で草原を眺めてみると、ヌマガエルはまるで人を追いかけてくるように町を目指していて、一本の帯になって続い

ている。だが思ったより幅が狭い。

サラは考えてみた。

自分は怖がっているだろうか。いや、まったく怖くない。大きいヌマガエルは気味が悪いとは思うが怖くはなかった。

ではこの状況で自分には何ができるだろうか。数匹のヌマガエルなら、バリアで閉じ込めることはできた。だが、その数が多くなったらどうだろう。

今まで魔力切れで苦しんだことは一度もない。バリアが効かなかったことも、魔法が思いどおりにならなかったことも。

「私なら、たぶんできる」

「サラ？」

クリスがサラのほうをいぶかしげに見たが、サラは気にせず町とは逆方向、ヌマガエルのほうにすたすたと歩き始めた。

「サラ！　ネリー、アレンも、何をしている！　サラを止めてくれ！」

クリスの声が草原に響くが、二人はサラのことを止めはしないだろう。十分な広さの場所を確保すると、サラは後ろを振り向いた。

右にはネリーが、左にはアレンが立っている。

「さて、それでは本気を出すとするか」

「俺だって、まだ本気なんかじゃなかった」

二人の言葉にサラは思わず笑いだした。

「アレンたら、さっきだって本気だったでしょ」

「うん。まあ」

この状況で笑い合っている三人を、ハンターたちは呆気《あっけ》にとられて見ている。

「じゃあ、やってみる」

サラはヌマガエルの群れに向けて両手を突き出した。

「ああ。好きなだけやってみろ」

ネリーの信頼のこもった声が背に聞こえる。いつだって実践派なのだ、ネリーは。

口元にほんの少し笑みを浮かべたサラは、ヌマガエルを見て考えた。

終わりの見えない群れに対して、丸くバリアで覆っても仕方がない。バリアをヌマガエル側に半球に作る。同時に地面を冷やして動きを鈍くする。

この作戦でいこう。

「バリア」

ビーンと弓をはじくような気配がして、目に見えない巨大な盾が出来上がった。サラはかすかに頷いた。よし、いける。そして次に、その盾までの地面の温度を急激に下げていく。ピキピキと音を立てて、地面が凍りついていく。

やがてヌマガエルの先頭が氷の地面にたどり着いた。かまわず進むカエルの動きが次第に遅くなっていく。それでも進んだ何匹かは、まるで線が引いてあって、そこから先は進めないというように止まってやがて完全に動けなくなった。

動けないカエルで地面が埋まると、その上を元気なカエルが跳ねていくが、やはり先頭のカエルのところで何かにぶつかって跳ね返った。

「な、何が起こっているんだ」

ハンターたちのざわめきが聞こえるが、サラは二つの魔法を操っており、答える余裕などない。

「そろそろ行くか」

「サラのバリアは、俺たちなら通れるはずだ」

ネリーとアレンがヌマガエルに向かってすたすたと歩いていく。そしてバリアの前で立ち止まると、まずアレンが迷わず先頭のカエルを殴り飛ばした。アレンの手は当然のようにバリアを素通りした。

「よし、いける！」

空に向かって叫んだアレンに引き続いて、ネリーもヌマガエルを殴り飛ばした。ヌマガエルは天を高く舞って、やがて他のカエルの上に落ちた。

ネリーは後ろを振り向くと、こぶしを握ったまま不敵な笑みを浮かべた。

「理由はどうでもいい。ただ一つ言えることは、ヌマガエルが狩り放題だということだ」

隣でアレンもぐっとこぶしを突き上げた。

「狩りに行こうぜ！」

時が止まったかのように静寂が訪れた。しかし一瞬の後、

「おお！」

というどよめきと共にハンターたちが動かなくなったヌマガエルの群れに突き進んでいった。

サラはネリーとアレン以外がバリアを通るかどうか自信がなくハラハラしたが、ハンターたちは

無事にバリアを通過していった。ハンターに嫌なことをされたことはないので、無事に味方認定されたらしい。

サラの集中を途切れさせないように、そしておそらくサラを守るために、クリスがサラの視界にそっと入ってきた。話しかけはしないが、目に見えるところにいるよと知らせるために、あえてサラの後ろではなく斜め前に立っている。

そしてそれは正解だったようだ。

「サラじゃないか！　こんなところで何をしている！」

その聞き覚えのある声にサラのバリアは一瞬揺らぎそうになった。

リアムだ。麻痺薬を使ってまで、サラとアレンを王都に連れ去ろうとした人。

「ここは最前線だぞ！　危ないから子どもは下がるんだ」

サラは子どもだが、その最前線で戦っているうちの一人なのだ。あの時も、自立していたサラの気持ちを無視して連れ去ろうとしていた。そのことを思い出したサラはなるべく心を無にしようとしたが、リアムをはじめ騎士隊がずんずん近づいてくる気配がして平静ではいられなかった。しかし焦るサラには心強い味方がいた。

「止まれ、騎士たちよ。サラが怯《おび》えているのに気づかないのか」

クリスが騎士隊との間に入ってくれたので、サラは少し安心し、揺らぎかけたバリアへと気持ちを集中し直した。

「怯えたとしても、ヌマガエルに怪《け》我《が》をさせられるよりはましだ。あなたは薬師ギルドの長だろう。人を守るべき立場なのに、なぜこんな子どもを前線に出しているのだ」

リアムの言っていることは何も間違っていない。まさに正論だ。だが、叔父がなくなったとき、その正論はアレンを救ったか。ネリーがいなくなったときに、その正論はサラを救ったか。答えは否である。たまに現れて正論を語る保護者など、サラには必要ない。

「あれを見ろ」

クリスはヌマガエルのほうを指さした。

「ヌマガエルが大変なことくらいはわかっている！」

「違う。アレンだ」

「アレン？」

リアムはクリスの言葉にハンターたちのほうを見たようだった。

「馬鹿な！　あの子も最前線で戦っている。助けに行かないと」

「馬鹿なのはお前のほうだ。落ち着け。状況を見ろ」

馬鹿などと言われたことはないのだろう。ショックで一瞬何も言えなくなったリアムに、クリスは静かな声で語りかけた。

「ヌマガエルがあそこでとどまっているのは、サラが盾の魔法を使って押さえているからだ」

「馬鹿な」

「『馬鹿な』は聞き飽きた。リアム。お前はわかっているはずだ。サラは招かれ人だぞ。今、その無限の魔力を使ってヌマガエルを押さえているところなのだ」

サラを後見しようと名乗りをあげているのは王都の宰相の家、つまり、リアムの家なのだ。サラが招かれ人だということはとうに承知しているはずである。

「女子ではないか！」

「女子とはいえ、ローザで数ヶ月、一人で生き抜いた子だ。見くびるな」

ぴしゃりと言ったクリスをサラは初めてかっこいいと思ったかもしれない。

「アレンもネフェルタリの隣で、大人のハンターと遜色なく狩りをしている。同じく見くびるな。そして今は子どもにかまっている場合ではないだろう」

「くっ」

リアムは悔しそうに黙ると、隊員の半分にヌマガエルの狩りに入るよう指示を出した。残りの半分は、ヌマガエルがハンターたちを越えてきた場合の対処に待機させているらしい。

狩り場に向かった騎士たちは、しかし、いきなり何かにはじかれて体勢を崩した。サラのバリアだ。

「あれ、おかしいな」

思わず口に出していたが、本当はサラにもわかっている。サラの心の中では、騎士隊は敵認定なのだ。

「盾の魔法と言っていたか。ではサラ、それをいったん外して騎士隊を入れてくれ」

「馬鹿なの？」

クリスに聞き飽きたと言われそうだが、サラの言った馬鹿はこれが初めてである。

「なっ！　馬鹿だと？」

「今盾の魔法を外したら、押さえていたはずのヌマガエルが出てきちゃうかもしれない。そしたら、そこから改めて態勢を立て直して盾の魔法を張るのはちょっと難しいから」

「だができるのだろう。命令しないとだめか」

これだからサラは、リアムが気持ち悪いのだ。子ども扱いするくせに、いざとなると自分の都合のいいように利用しようとする。サラは盾の魔法が揺らがないように、気持ちを落ち着かせながら、独り言のように言葉をこぼした。

「私は騎士隊ではない。だから命令されても従いません」

「だが王国民だ」

「私はたまたまこの世界に送られただけ。ローザの人は親切にしてくれたけど、この王国にはまだ何の世話にもなっていません。だから従いません」

そこまで反発されるとは思わなかったのだろう。リアムはまたぐっと黙り込んだ。

「そもそも、子どもだから、女子だからとさんざん言っていたくせに、戦力としてあてになると知った途端、無理なことでも命令してやらせようとする、そこが気持ち悪いです」

さすがに疲れてきて、サラは上げていた両手を下ろした。もちろん、バリアを張ったままだし、狩り場から目も離してはいない。だから、リアムとは目を合わせずに、静かに話しかけた。

「リアム。私は招かれ人として、一〇歳の姿で魔の山に落とされたけど、本来は大人です。こうして頼りになるネリーという保護者もいます。面倒だから、もう関わらないでほしいの」

「そういうわけにはいかない。招かれ人と知る前から、君には興味があった。知った今ならなおさらだ。いずれどこかの貴族が後見することになるのだから、うちに来なさい」

「けっこうです」

本来素直で優しく、お人好《ひとよ》しでさえあるサラをここまで頑《かたく》なにさせるリアムは人を怒らせる才能があるのかもしれない。

リアムがサラに危害を加えないように見守ってくれていたクリスだが、狩り場もきちんと見ていて、リアムの埒《らち》の明かない話の流れを断ち切るように状況報告をしてくれた。

「ああ、ヌマガエルの数がずいぶん減ってきたぞ。新たに沼から出てくる個体がいなくなった」

「もう少しなら頑張れそう」

魔力のほうはいくらでも供給されるが、集中力のほうがもたない。自分の周りのバリアなら無意識でも一日中張れるようにはなったが、こんな大きいバリアを、しかも他の魔法と併用するのは初めてなのだから。リアムの登場もあって、サラはかなり疲れてしまっていた。

「まず冷気の魔法だけでもやめたらどうだ」

クリスのアドバイスに従って、地面を冷やすのをまずやめた。それから、ヌマガエルがバリアの線を乗り越えてきたとしても、騎士隊でなんとかなると思われるくらい数が減ったところで、思い切ってバリアを外す。

力が抜けた反動で思わずふらっとしたサラをクリスが支えてくれた。

「よく頑張ったな」

「はい」

自分でもすごかったと思うし、遠慮なく褒めたいサラである。それでも狩り場にはまだアレンとネリーがいる。サラはクリスと共に、もう少し後ろの安全なところまで下がり、狩りの様子を見守ることにした。

腰を下ろして落ち着いた頃には、狩りはほとんど終わっていた。時折よろよろとハンターの間を抜け出してくるヌマガエルは、騎士隊の面々が確実に狩っていく。やがて目に見える範囲のヌマガエルはすべて狩りつくされた。

一番に走って戻ってきたアレンは、大変だったのかやっぱり青い顔をしていた。

「サラ。寒い」

「ご、ごめん」

氷の上で狩りをしていたようなものだから、寒くても当然であろう。隣でネリーがふっと笑いをこぼした。

「そういうときは身体強化で体を温めながらやるものだ。まだまだだな」

「くっそー。ネリー。師匠はそういうの、狩りの前に教えてくれるもんなんだぞ」

「そ、そうか。すまん。当然できるものと思っていたしな」

弟子になってからまだ冬を経験していないアレンには、学んでいないこともたくさんあるのだろう。悔しがるアレンは、きっとすぐに覚えて実践していくに違いない。

「クリス、解麻痺と解毒が必要な人が何人かいるのですが、手伝ってもらえますか」

一人で大活躍していた薬師のロニーがクリスを呼びに来た。しかしそのロニーにハンターの一人が声をかけた。

「ちょっと待て、ロニー。クライブはどうした。昨日の夜、派手に町を出歩いてるのを見かけたぞ。お供の薬師も引き連れて」

「えと、ギルド長はその、ギルドにいます」

ロニーはうつむいてそれだけ言った。

「いるならなんでこの大事にここに来ない。はじめっから手当てをしているのはこの臨時の薬師さんとお前だけだ。ヌマガエルの狩りだって先陣切ったのはよその町のハンターだってのに、薬師まで何をやってるんだよ。非常事態の鐘の音が聞こえなかったとでもいうのか」

今まで一体感に満ちていたハンターの間にひそひそと疑惑の声が広がった。昨日クライブを見かけたハンターも何人もいたらしい。町に戻ってきたということを盛大にアピールしようとしたのだろう。

「連れてこられなくて、すみません」

肩を落とすロニーの腕をポンと叩くと、クリスは治療を要するハンターたちのもとに歩いていった。ロニーのせいではないし、ましてやクリスのせいでもない。一緒になってクライブの無能さを責めるのも違うから、黙って薬師の仕事を全うするということなのだろう。

「昨日泊まった広場に集合かな」

サラたちにはその一言だけ残していった。

クライブはともかくテッドが来なかったのは、一人で解麻痺薬を作っていたからに違いない。そう思えるくらい、サラのテッドへの気持ちはよいほうに変化していた。

残されたサラは、ネリーとアレンと目を合わせて苦笑した。クリスだけでなく、サラもネリーもアレンも、本来はカメリアの町を救ったヒーローのはずなのだ。しかし町は今混乱状態にあり、しかもいったい誰が何をしたのか正確に把握できている者はおそらくいない。クリスの言葉は、今晩もどこかで歓迎してもらえるという希望は持たないほうがいいということを示していた。

町長は屋敷と食事を世話しただけで薬師ギルドについては放りっぱなしだ。ハンターギルドの長は特に問題のある人ではないが、事態への対応が後手後手で臨機応変ということがない。前ギルド長が戻ってきた薬師ギルドなど、考える価値さえなかった。

草原で休んでいるネリーとアレンには、お互いの健闘を称《たた》えながらハンターたちが挨拶して町へ戻っていく。やがて午後遅くの草原には、サラたち以外誰も残っていない状況になった。クリスも解毒のためにハンターたちと町へ向かったらしい。いつの間にか、騎士隊すらいなくなっていた。

サラたちもそのまま昨日泊まった広場に戻り、テントを張って順番に汗を流し、清潔な服に着替えた。そうしていると、ローザの壁の外で暮らしていたときを思い出してサラは懐かしくなる。あの時はつらかったはずなのに。

クリスが疲れた顔で戻ってきた頃には、サラは大きな鍋でコカトリスの煮込みを温めているところだった。

「おつかれさま。遅かったな」

「ネフのおつかれさまの声を聞けるのなら、私はいくらでも働くとも」

通常運転のクリスなので、心配する必要はないようだとサラは判断した。

「それならご飯にしようよ」

「サラももっとねぎらってくれてもいいのだぞ」

それならクリスももっとサラを大事にするべきなので、お互いさまといったところである。

カメリアでも結局、魔の山と同じ料理を食べているところがちょっと切ないが、サラの冷却の魔法で芯から冷えていたネリーとアレンには特に嬉しい食事だったようだ。

食事が終わると、クリスもテントで汗を流してから着替え、珍しくポーチを手に持って出てきた。

「さて、ご褒美の時間だ」

サラとアレンはぴんと背筋を伸ばした。ご褒美が何かはわからないが、その言葉だけでワクワクするではないか。

クリスはまず、アレンとネリーにポーチから出した金貨をジャラジャラと手渡した。

しかしサラには金貨が三枚だ。サラの採ってきた薬草はきちんと買い上げてもらっているから、これは薬師ギルドの手伝いのお駄賃ということになるのだろう。正直なところ、サラのポーチにしまってある迷いスライムの魔石を売ったほうがずっと儲《もう》かる。だがサラは文句など言わない。

アレンとネリーの金貨はともかく、サラの金貨はおそらく、クリスが自腹を切って出してくれたものだ。流されて始めた薬師ギルドでの手伝いだが、サラにも得るものはたくさんあった。その経験は、お金には代えがたいものだと思うのだ。

とはいえ、薬草や魔力草を売り、ギルド長の屋敷に間借りして宿泊代と食事代を浮かせた結果、サラのカメリアでの収支はかなりプラスである。一二歳としては十分だろうし、なんなら大人並みに稼いでいると自負している。

サラは金貨を嬉しそうに眺めると、ありがたくポーチにしまい込んだ。

「デリックを脅し、いや、説得して、礼金を出させた。アレンもネリーも、最後の狩りの時はたくさん倒すことを優先して、ヌマガエルの回収はしなかっただろう」

「まあな。昨日まででずいぶん稼いだから、いいんだ」

アレンが照れたように鼻の下をこすっている。ハルトと一緒に草原で長距離を歩く訓練をしたときも毎日きちんとツノウサギを狩っていたアレンは、本当は狩った分はちゃんとお金をもらいたいはずだ。今回はクリスにしろ、アレンにしろ、得にもならないのに本当によく頑張ったと思うサラであった。

「でも、ありがとう、クリス」

「なに、気にするな。もっとも、サラの分は無理だった。サラがやったことを見ていたはずなのに、ハンターギルド長は何を評価していいかわからないと抜かした」

クリスは珍しく厳しい顔をした。

「おそらくだが、サラのバリアの実態に気づいたハンターもそうはいなかったはずだ。出入りできる盾の魔法など聞いたこともないだろうからな」

「地面を凍らせる魔法師すげえっていう声はいっぱい聞いたぞ」

「目立たなくていいんだよ」

それがサラの本音である。だから報酬がなくても別によかった。

むしろ今回、一番の貧乏くじを引いたのはクリスである。ローザのギルド長を辞めてまでやってきたのに、忙しく働かされた上に何も報いられることなく追い出されてしまった。

強い魔物を狩ってきたネリーにとっても、ヌマガエルばかり狩っていたカメリアの町は物足りなかったことだろう。特に何をやるわけでもなく、アレンに付き添って時折アドバイスをしていただけだと聞いた。

唯一アレンが楽しそうだったのが救いである。

「私は何をやっていたのかなあ」

クリスとテッドに巻き込まれて、薬師修行に明け暮れたのはよい経験ではあった。ただ、薬師になるという意志も結局固まりはしなかった。

「サラ、難しく考える必要はない。そもそもカメリアには物見遊山に来ただけのことだぞ」

ネリーがサラの背中に手を回し、そっと引き寄せた。

「ネフ、私も」

自分にも手を回して引き寄せてくれてもいいのだが、というクリスの声は無視されている。

「サラは何でも頑張りすぎなのだ。私が面倒を見なくても、今急いで稼がなくても、魔の山で稼いだ財産だけで小さな町なら家が建つはずだぞ。数年遊んでいても困らないではないか」

「そういえばそうだ」

コツコツと採取した薬草、うっかり倒してしまった魔物、ゴールデントラウト。スライムや迷いスライムの魔石もまだ売り切っていない。魔の山でまじめに暮らしていたサラは、ちょっとした小金持ちなのだ。

どこに行っても自立していることは大切だが、本来の目的を忘れては意味がない。

「せっかく自由に動ける体になったんだから、いろいろなところに行って、いろいろなことをしてみたい、って言ってたのにね」

「そうだぞ。とりあえずカメリアまで来て、薬師修行をして、なおかつヌマガエル退治までしてしまったではないか。いろいろなことをやったのだと自分自身が認めないでどうする」

サラもネリーにギュッとしがみついた。流されるばかりで自分は何をしているんだろうと思っていたが、実は楽しいいろいろな経験をしていたのだ。

「私も人生でこんなにのんびりしたことはない。師匠とは楽なものだな」

「何も言わない師匠を持つと、弟子が大変なんだよ」

アレンがやれやれと肩をすくめるので、サラはつい噴き出してしまった。

クリスも手を後ろにつくと、夜空を仰いだ。

「何やら忙しかったが、これもくびきを解き放たれた代償だと思えば安いものだ。明日からは完全に自由だぞ」

そしてそのまま仰向《あおむ》けに倒れこんでしまった。そして夜空を見ながら、静かに毒を吐いた。

「明日から私は自由だが、クライブは地獄を見るだろうな」

「クライブ。薬師ギルド長」

「そうだ」

サラにとっては一度顔を合わせただけのおじさんに過ぎない。クリスに嫌がらせをするために薬師の仕事を放棄した情けない社会人という印象しかない。

「今日一番活躍したのは間違いなくサラだ」

「頑張りました」

サラはネリーに引っ付いたまま、ぐっとこぶしを作った。

「だが、外からはアレンとネリー、そして私が頑張ったように見えただろう」

それで全然かまわない。実際頑張ったのだし。

「そして私たちよそ者が頑張っている間、クライブと取り巻きの薬師たちは何をしていた？」

クリスは特に答えを求めているわけではないようなので、皆黙って話を聞いている。

「落ち着いて被害と戦果をはかりにかけたときに、非難は薬師ギルドに集中するだろう。だが頑張っているロニーを皆が見ているから、結局はクライブが責められることになる」

ただでさえ解毒薬が足りなかったのだ。一番苦しかった時期に何もしなかったギルド長として名を残す羽目になるだろう。

「名誉や地位を求めてもいい。だが薬師の本分を忘れた薬師は最後にすべてを失う。哀れだな」

クリスの顔には苦々しさだけがあった。

「そしてテッドに翻弄《ほんろう》されるがいいさ」

「結局そこですか」

ついにサラも突っ込んでしまった。だがおかげで、淀《よど》んでいた雰囲気はどこかへ行ってしまった。和やかな空気の中、ネリーは引き寄せていたサラから手を離すと、改めてサラの顔をのぞき込んだ。

「明日にはカメリアをたとうと思う。騎士隊もいるしな」

いいよと言うようにアレンが隣で頷き、クリスが寝転がったまま片手を上げた。サラもそうなるだろうなとは思っていたので、素直に頷いた。

「でも、どこへ？」

忙しすぎてこの先のことはまったく話し合っていなかったのだ。

「うむ。南へ。ハイドレンジアに行こうと思う」

「ハイドレンジア」

初めて聞く名前だ。

「王都を挟んでローザとは反対側にある。そしてそこに私の親がいる。サラの後見を正式に頼んでみようと思っているんだ」

そうすれば、あの嫌味《いやみ》な騎士、リアムからは逃れられる。サラは一も二もなく頷いた。

「じゃあ、とりあえずの目的地は、一つ先の町、オーリアンでいいか」

「オーリアン？」

これも初めて聞く名前だ。どんな町なのだろう。今日一日の疲れでネリーにもたれたまま眠ってしまいそうになりながらサラは思いを巡らせた。

「海があって」

「海！」

サラの眠気は一気に去った。

「確か海産物がおいしいと評判の」

「食べる！」

「ダンジョンもあって」

「それはいらない」

ハハハとネリーの笑い声が静かな夜に響く。

「今度の町ではゆっくりできたらいいな」

「そうだな」

明日、また一歩を踏み出そう。目的地、ハイドレンジア。今度こそのんびりとした旅になりそうな気がした。

エピローグ　旅の醍醐味

「まさかテッドが見送りに来るとは思わなかったよ」

サラは街道を歩きながら、カメリアを出発した朝のことを思い出し、ポーチにそっと触れた。

チャイロヌマドクガエルの大発生の次の日、面倒な町からさっさと逃げ出そうとしていたサラたちの前にテッドが現れたのだ。

テッドがこの町に残るということは知っていたが、淡々と別れたので、まさかまた会えるとは思ってもみなかったというのが本音だ。

「見送りに来ました」

しかもクリスにきちんと挨拶している。クリスは優しい顔で微笑《ほほえ》み、テッドの背を叩《たた》いて励ましていたが、どうもテッドの用事はそれだけではなかったようだ。

「サラ」

「私？」

テッドはサラのほうにやってくると、腰のポーチから小ぶりのかごを取り出した。

「やる」

「やるって……。前にもかごをもらったのに。これ、何？」

「ん」

開けてみろという意味だと理解したサラは、かごを受け取るとそっと開けてみた。そしてはっと顔を上げた。

「これ、テッドが使っていた茶器じゃない。最近お茶が趣味じゃなかったの？」

「中古だからかまわない。お前はいつも、そっけない茶器を使ってるから」

その茶器はティーポットとカップ五つのセットで、ソーサーはついていないが少し厚みがあり、外で使える仕様になっている。真っ白な陶器の外側に、赤いツタの模様が入っていて、サラは常々かわいいなと思っていた。

「サラ。それはロイヤルレジオシリーズといって、注文した人にしか手に入らない逸品だぞ」

「クリス様は余計なことを言わないでください！」

テッドが珍しくクリスに口答えしている。

「そんな高いもの、もらえないよ」

「そんなに高くない。新品ではないし」

アレンがこれだからお坊ちゃまはという顔をしているのでサラも笑いそうになってしまうが、我慢する。だが、そもそもテッドが人に何かしてあげようなどと奇特なことを考えること自体が珍しい。ここは素直に好意を受け取るべきだとサラは判断した。

「じゃあ、せっかくだからもらうね。ありがとう。この茶器、いつもかわいいなと思ってたの」

サラはかごを掲げるように持って、お礼を言った。

「ん。じゃあな」

テッドは片手を上げると、クリスにはちゃんと礼をして、振り返りもせずにカメリアの町に戻っていった。

「物でしか好意を表せないうちはまだまだだが、それでもテッドにしては大きな進歩だ」

クリスのテッドへの評価は相変わらず渋いままだが顔には笑みが浮かんでいたから、なんだかんだ言っても弟子として大切に思っているのだろうと思う。

そんな朝の出来事で、カメリアの町からの旅立ちがいっそう気持ちいいものへと変わった。

最初の目的地のオーリアンまでは身体強化を使って二日の道のりだという。もうすっかり慣れた野営を一日挟んでてくてくと足を進めていくと、次第に山が消えていき、きらめく海が見え始めた。

「海！」

海はまだまだ遠くなのに、サラは思わず走り出した。つられたようにアレンも走り出したので、二人で競うように足を動かす羽目になった。

体が弱くて友だちとは海に行けなかった。家族で行った海も、一日目で疲れてあとは宿で休むばかりだった。今なら一日中でも遊んでいられる。隣には一緒に走ってくれる友だちもいる。

満足いくまで走ると、自然と足は止まった。大きく息をしているサラと違って、アレンは息を切らしてもいないのが悔しい。魔の山では平地がないので走り回ることはなかった。せっかく平地に下りてきたのだから、走る訓練をしようとサラは決意した。

「海は見たことがなかった」

アレンが目を細くしてまぶしそうに向こうを見ている。

「叔父さんとは来なかったの？」

「カメリアには行ったけど、オーリアンは少し街道から外れるし、南には行かなかったと思う」

二人並んで道の真ん中から遠くの海が光を跳ね返すのをじっと眺めていると、やっとネリーとクリスが追いついてきた。

「やれやれ、私はもう走ろうとは思わないな」

「私も走るとしたら魔物に襲われたときだけだ。楽しくて走るなんてもうないな」

見た目は若いし体力もあるのに、二人とも年寄り臭いことを言うのでサラは思わず笑ってしまった。そしてふと思い出して尋ねてみた。

「ネリー、水着ってオーリアンで買えるかな？」

「水着？　なんのために？」

「なんのためって」

サラはネリーを振り返った。

「海で泳ぐためだよ」

「サラ」

ネリーはサラの両肩をガシッとつかんだ。怖いくらい真剣な目をしている。

「サラ、海は魔物が多い。泳ぐなんてもってのほかだ」

「魔物？」

サラはぽかんと口を開けた。ダンジョンじゃなくて草原にも魔物がいたが、まさか海にまでいるとは思わなかった。

「じゃあ、渚《なぎさ》で水遊びするのは？」

「かなり危険だが、泳ぐよりはましだ。サラがどうしても、どうしてもしたいというのであれば、渚であれば私が全力で守るぞ」

「そんなに危険なんだ」

サラはそうまでして遊びたいわけではなかったので、とりあえずそれは固辞することにした。

「サラが泳ぎたいのなら、魔物のいない湖にしよう。確かハイドレンジアの近くにあったはずだ」

「そこを楽しみにすることにする」

生きるのに必須だからという親の勧めで、スイミングには休みがちながらも一通り泳げるようになるまでは通っていたし、泳ぐのは楽しかった。

「水に濡《ぬ》れるのなんて俺は嫌だけどな」

アレンが鼻の頭にしわを寄せている。そういえばアレンはそもそもお風呂もあまり好きではないなとサラは思い出した。

「気持ちいいんだよ。水そのものだけど、こう浮かんでる感覚が」

そんな話をしながら、一行はオーリアンにたどり着いた。オーリアンはカメリアと同じように開放的なつくりの町で、小さいながらも大通りはにぎわっている。

「ここにはダンジョンもあるし、そもそも海に魔物が多いからな。ハンターギルドもあるぞ」

ネリーは大通りの向こう側を指さした。ワイバーンのマークの看板がぶら下がっている。

ハンターの二人は、やはり狩りに興味があるようだが、サラは違う。というより、さっきからいい匂いが漂ってきて気もそぞろだ。匂いにつられて体がふらふらと引き寄せられるほどだ。

「おじさん、これ一本くださいな」

気がつくと屋台でなにかの串焼きを注文していた。

「おう、お嬢ちゃん。ちょっと高いぞ。一本五〇〇ギルだ」

「大丈夫です。はい、どうぞ」

ポーチから流れるように小銭が出てくる。

「ところでこれ、なんの串焼きですか？」

「いつもはウツボを売ってるんだが、こないだ珍しくクラーケンが獲《と》れたらしくてな。クラーケンの塩焼きだ」

「クラーケン。足がいっぱいの」

そうだと屋台の店主が頷《うなず》いた。クラーケンは魔物だと思うが、要はイカかタコだろう。どちらもおいしいので問題ない。サラはあぐっと大きく口を開けて白い身にかぶりついた。

「サラ！」

「あい？」

アレンが走り寄ってきたときはサラの口にはもうクラーケンの串焼きが入っていた。

「おいひいー」

「ちょっとくらい待てよ。おじさん、俺もそれ、くれ」

「あいよ」

アレンもさっそく串焼きを買うと大きな口を開けて噛《か》みついた。

「ん、これ、弾力があって噛み切りにくいな。でも、うまい！」

「じゅわって味が染み出てきて、塩がそれを引き立てているよね」

ネリーとクリスは仕方がないなと笑いながらサラとアレンを見ていたが、屋台に寄って買い食いするというたったそれだけのことがカメリアではできなかったのだ。いかに忙しかったかがわかるというものだ。そして自分たちも串焼きを買ってそのおいしさに驚いている。

サラはオーリアンの海は魔物で危険だという話を思い出して、ふと疑問に思った。強いハンターのネリーでさえ、渓流の水にいる魔物を狩るのは苦手だと言っていたではないか。海なんていったいどうやって狩りをするのだろう。

「海の魔物ってどうやって獲っているの？」

屋台のおじさんはサラの後ろのクリスとネリーのほうを見ると、何かに納得してうんと頷いた。

「お嬢ちゃんとこは流れのハンターだな」

「俺もハンターだ」

アレンが串焼きにかぶりつきながら反対の手の親指で自分を指した。

「お、おう。まだ若いのに偉いな。だが忠告しとくぞ。海で狩りをするのは駄目だ。あっちのダンジョンにしな」

あっちとはどっちなのかサラにはわからなかったが、やはり海は危険らしい。

「そもそも魔物は海の中だろ。他のところと違って、海には踏み込んで狩りはできないからな。足元の悪いところで魔物に襲われたら終わりなんだよ。だから海専門のハンターがいて、専用の道具が必要なんだ。網を使ったり、罠《わな》をかけたり、釣りをしたりな」

どうやって狩りをするのか教えてくれたが、まだ疑問は残る。

「舟に乗ったりは？」

「舟なんて海で魔物にやられちまうに決まってるだろ。舟に乗りたいなら湖に行きな」

舟がやられるというと、やはり魔物にひっくり返されたりするのだろうか。なかなか興味深い。

ネリーも湖に行こうと言っていたので、この世界の海はやはり危険なのだろう。

「どうしてもやってみたいっていうんなら、岩場の手前で貝を掘るなら安全だぞ。あんまり金にはならんから子どもの小遣い稼ぎ程度だが」

「とりあえず見に行ってみるか？」

「うん！」

炭火で炙《あぶ》られてぱっかりと口を開いている貝や、野菜と一緒に炒められている謎の肉など興味深いものをチェックしつつ、話題の海に向かう。

大通りからそのまま坂を下ると海岸へと下りられるようだ。向かった先にあったのは大きな湾で、湾の端は岩場、真ん中は砂浜になっており、ハンターらしき人が何やら作業しているのが見えた。

数人がかりで縄を引いているのを見学していると、海から引き揚げられたのは網ではなく大きな壺《つぼ》だ。引き上げた壺からは、タコのようなものが引き出されとどめを刺されている。

「あれがクラーケン？」

「いや、タコだろう」

普通にタコもいるようだ。

「あんな重い壺を舟なしでどうやって海に沈めたの？」

「なに、身体強化があれば何とでもなる」

ネリーの身体強化万能説は久しぶりに聞いた。確かに、先に壺を引き上げた人たちは、作業を終えるとその壺を持ち上げて次々に遠くへと投げ込んでいる。同じように、普通に見える釣り竿《ざお》でものすごく大きな魚を釣っている人もいる。

ふと岩場のほうを見ると、サラやアレンと同じくらいの年の子どももいた。どうやら屋台のおじさんが言っていたように、岩場のそばで貝を掘っているようだ。

「あのあたりなら危険も少なそうだ。行ってみるか」

そうして波の打ち寄せる浜辺へと歩を進めたとき、サラはいきなりポーンと宙にはじかれた。

「え？　なになに。うわーっ！」

目の端には砂色の何かが鞭《むち》のようにしなっている気がするが、空中に飛ばされているサラはそれどころではない。バリアを張っているから、落ちても衝撃はないと思うが、そうして焦っている間にも、まるでボールのようにバリアごとポーン、ポーンと海のほうに運ばれていく。

「サラー！」

ネリーの声が響くが、サラにはどうしようもない。何回目かにやっと冷静になって体勢を立て直した。

「こんなところで魔の山の修行が役に立つとは思わなかったよ。丸い結界でころころ転がって止まれなかったときよりはましだもの」

下を見ると、そこには巨大なタコがいて、なんとかサラをつかもうとしては手を、いや足をバリアにはじかれているのが見えた。それがお手玉のようにサラを弾ませている原因らしい。ちらりと陸のほうを見ると、まだそれほど離れてはいない。

どうやら浜辺の近くに潜んでいた大きなタコに獲物認定されてしまったらしい。しかし、このままでは沖に連れ去られてしまう。攻撃は好きではないが、今回は正当防衛である。

とっさに思いつくのは雷撃だが、水に落とすと、近くのハンターまで痺《しび》れてしまう。

「よし、タコ単体の水上部に雷撃。そーれ、いけ！」

サラはポーンと放り投げられながら、タコに狙いを定め、雷撃を落とした。

ドンと大きな音がして、タコはいったん水に沈むと、やがてプカリと力なく海に浮かんできた。

だがサラはそれどころではない。一度タコの上で弾むと、そのまま海に落ちてしまったからだ。バリアのおかげで海にぷかぷか浮いているが、さて、どうやって岸に戻ったらいいのか。

「サラ！　今行く！」

ネリーが海に入ろうとして、周りの人に必死に止められている状況からいっても、早く戻らないとまずい。サラはふと思いついた。バリアは伸び縮みする。これを使うしかない。

「ネリー！　その場で支えて！」

「サラ！　わかった」

ネリーはサラの言うことをすぐに理解すると海に出ようとするのをやめて、その場にしっかりと立ち、少し腰を落とした。サラはプカプカ浮かびながら、細長くバリアを伸ばしてネリーを覆うようにした。

「そしてネリーを起点に、バリアを縮める」

波打ち際では、海の上をすべるように戻ってきたサラにどよめきが上がったが、サラは大きく手を広げているネリーにしっかりと抱きとられた。

「怖かったよ」

「よしよし、よく頑張ったな」

ネリーの温かさでやっと緊張が解け、それと同時に恐ろしさと怒りがこみ上げてきた。なぜ浜辺を歩いていただけなのにタコにさらわれなければならないのか。サラはネリーの胸から顔を離すと、タコをきっと睨《にら》みつけた。もっともタコは気絶していて動かないのでなんの意味もなかったが。

「とりあえず、ここまで持ってくる」

今やったことの応用である。ものすごく嫌だが、自分のバリアを伸ばしてタコを入れる。自分を起点にしてバリアを縮め、タコを岸に引き寄せる。

「これでよし、と。あ、生きてた」

動かした衝撃でか、タコが目を覚ましたようだ。

「よくもうちのサラをさらったな！」

ネリーが飛び上がって頭にこぶしを叩きこむと、巨大なタコはフルフルと震えて、やがて動かなくなった。

「海って怖いね」

「まったくだな」

海に文句を言う二人に、アレンがあきれた顔を向けた。

「あんたたちのほうが怖いって、絶対周りに思われてるからな」

それが真実かどうかはわからないが、実際にはサラもネリーも周りのハンターたちにとても感謝された。

「あんたたちが退治してくれなかったら、あそこで貝を採っていた子どもたちがやられてしまうかもしれないところだった」

その代わりにサラがやられかけたわけで、サラとしては微妙な気持ちではある。

また、サラとネリーが倒したタコはタコではなくクラーケンだった。

「さっき食べた串焼きのやつかー」

なんだか微妙な気持ちでもあるが、食材なら倒してもいいかとちょっとほっとする。

「だが、おかしいんだよな」

ハンターがクラーケンを見ながら首をひねっている。

「クラーケンはあの大きな体に見合わず慎重で、めったに浅瀬のほうには来ないんだ。こないだも小ぶりなクラーケンがたまたま網に引っかかったから獲れたんだが、それも年に数回あるかないか。こんなに大きいやつが磯にいて人を襲うなんて珍しいんだ」

だからこそ子どもたちは渚からちょっと離れたところなら安全に小遣い稼ぎができるのだという。こんな危ないところに子どもがいちゃだめじゃないのかと思っていたサラは、その話でやっと納得がいったが、ではなぜサラがさらわれそうになったのかは納得がいっていない。

「サラって本当に大きい生き物に好かれるよな」

「好かれてないし。たまたまだし」

こう言い訳するしかないのである。

「なあ、サラ。クラーケンもいなくなったことだし、俺、あれがやってみたい」

サラはちょっと信じられないという目でアレンを見た。いなくなったことだしではない。サラが命の危険を賭してやっと退治したところではないか。休ませてあげようとか思わないのだろうか。

アレンが見ていたのは子どもたちが貝を採っていた場所だった。

「砂を掘ったら貝がいるなんて、そんなことあると思うか？」

「あると思うけど」

潮干狩りはしたことがあるので、サラにとっては別に不思議なことではない。

「ハハ、貝を採ってみたいのか。強くてもやっぱり子どもだな。よし、採り方を教えてやる」

「ほんとか？　ありがとう！」

ハンターが乗り気で教えてくれることになった。

「ほら、この砂にあいた穴が貝がいる証拠だから、ここをグイッと掘ると」

少し深めにスコップを入れると、砂と一緒に子どもの手のひらほどの大きな貝が出てきた。

「一個二〇ギルとかだぞ。だが、一〇個採れたら子どものおやつ代くらいにはなるからな」

そう言ってスコップを貸してくれようとした。しかし手は三つ伸びてきた。

「あんたもか？」

「保護者として、自分も経験しておきたい」

ネリーが目をキラキラさせて待機していた。クリスはちゃんとした保護者らしく、クラーケンの後片付けに回っているというのに。

スコップが深く刺さりすぎて抜けなかったり、そもそも貝を真っ二つにしたり、身体強化組のアレンとネリーが苦労している間に、サラは着々と貝を掘っていった。

「ふんふんふーん。よし、と」

大きい貝なのでどんどんたまる。桶《おけ》をいっぱいにしたサラが立ち上がると、アレンとネリーはようやっと順調に貝が採れるようになったところだった。熱心に砂を掘る二人のつむじを見下ろすと、なんとも言えない楽しさがこみあげてくる。

「旅って、いいね」

さっきクラーケンに襲われたことはサラの頭からすっかり抜け落ちていた。

採った貝は一日砂抜きしないと食べられないということで、残念ながらすべて売り払うことになった。

「もしかして屋台で焼かれてました？」

「ああ、どこででも食べられるから。そんなに気落ちすんなよ、ハンターの姉ちゃん」

自分で採った貝を食べたかったらしいネリーが残念そうなので、ハンターは笑いながらネリーを慰めていた。

「それにしてもあんた、クラーケンだけでなく、貝を採るのもうまいな」

「クラーケンは関係ないですよね」

たまたま一頭獲っただけに過ぎないので、変な噂《うわさ》を流さないでほしいサラである。

「なんていうか、私、薬草を採るのが仕事なんですけど、それと同じなんです。注意して見てると、貝のいそうな穴がわかるというか」

「なるほどな。海の魔物は食材として人気があるから、ハンターはいつも不足してる。お嬢ちゃんたちならいつでも歓迎するぜ」

クラーケンはけっこうですと言いたかったが、曖昧に笑ってサラはごまかした。そもそもハンター希望ではないのだから。

幸い、クラーケンは高額で買い取ってもらえたので懐は温まった。しかもハンターギルドから特別報酬が出て、その日は無料で高級旅館に泊まって地元の名物料理が食べられることになったのだ。

「カメリアではできなかったことばかりだ」

海辺からそのまま案内された宿は、居間付きの続き部屋だった。海が見えるテラスの付いた居間には、くつろげるように大きなソファが置いてあり、寝室が二つ、バストイレ付きだ。

クリスとアレンにはまた別の部屋が用意されているので、こちらは女子専用の部屋である。

お風呂に入ってさっぱりとしたサラとネリーは、ローザで買ったよそゆきに着替え、一階の食堂に移動した。

先に来ていたクリスはすっと立ち上がると、自らネリーの椅子を引いた。

「ネフ、いつも以上に美しいな。ジーニアの町で着ていたドレスでもよかったのに」

「うるさい」

いつものネリーだが、椅子に座る姿も凛《りん》として美しい。そして相も変わらず放っておかれたサラのためにアレンが見よう見まねで椅子を引いてくれた。

「なんで椅子を引くんだろうな。自分で座るほうが早いだろ」

「私もそう思うけど。でもありがと、アレン」

アレンらしい感想にサラが笑ってお礼を言うと、アレンはちょっと照れた顔をした。

「ああ。それから、その黄色い服、似合ってる」

「ほんと？　嬉《うれ》しいな」

サラはうるさいと怒ったりはせず、にっこりとお礼を言った。

席に着いた四人のもとに、少しずつ料理が運ばれてくる。

前菜はカキの燻製《くんせい》と薄切りにしたハムにピクルスだ。クリスとネリーをお手本にしながら、少し

ずつ口に運ぶ。メインは魚介のたっぷり入ったスープだ。

「これがさっき採った貝だね。大きいなあ」

「私の採った貝ほどではないがなかなかいい形をしている」

ネリーが満足そうに貝を口に運んだ。貝はハマグリよりも大きくて身もぎっしり詰まっているので、ナイフで外して一口サイズに切り分けて食べる。ちょっと厄介だがそれが楽しい。味は濃厚で後を引く。

次に運ばれてきたのは、同じく魚介のたっぷり入った大きな皿だ。

「パエリアだ！　お米！」

結局カメリアでは食べられなかったお米である。

「カメリアのあたりで栽培しているんですよ」

給仕の人が教えてくれた。やはり本来ならカメリアで食べるべき料理であった。せめて食材として手に入れたい。サラは給仕の人に尋ねてみた。

「この町でも買えますか」

「もちろんです。必要なら明日の朝までに用意しておきますよ。なにしろクラーケンを倒してくれたハンターのためですからね」

「ゴホンゴホン」

サラに片目をパチッとつぶってみせた給仕の人に、ネリーの警告の咳払《せきばら》いが入った。

「自分で選んで買いたいんです」

「では明日カウンターに、店の場所を聞いてみてくださいね」

「ありがとう」

給仕の人はネリーに苦笑しながら去っていった。ネリーはことサラのことになると過保護なのである。

久しぶりのお米は日本のお米とは違ったけれど、涙が出そうなほどおいしかった。

明日はお米を買いに行こう。そして、そして。

「次は何をしよう」

「それこそが旅の楽しみだな。オーリアンの次はどこだったか」

地図を思い出そうとするネリーに、そのネリーを愛しそうに見るクリス、そしてもりもりと食事をしているアレン。

変な組み合わせだが、一人よりずっとずっと楽しい。サラは心の中でそっと祈った。

「次の町では何も起こりませんように」

転生少女はまず一歩からはじめたい 3

～魔物がいるとか聞いてない！～

CHARACTER DESIGN

招かれ人

ORIGINAL COVER ART
オリジナルカバーイラスト

特別公開!!

MFブックス

転生少女はまず一歩からはじめたい ～魔物がいるとか聞いてない!～ 3

2021年 8 月25日 初版第一刷発行
2021年12月 5 日 第二刷発行

著者 カヤ
発行者 青柳昌行
発行 株式会社KADOKAWA
〒102-8177 東京都千代田区富士見2-13-3
0570-002-301（ナビダイヤル）
印刷・製本 株式会社広済堂ネクスト
ISBN 978-4-04-680693-2 C0093

企画 株式会社フロンティアワークス
担当編集 依田大輔／齋藤 傑（株式会社フロンティアワークス）
ブックデザイン AFTERGLOW
デザインフォーマット ragtime
イラスト 那流

本シリーズは「小説家になろう」（https://syosetu.com/）初出の作品を加筆の上書籍化したものです。

この作品はフィクションです。実在の人物・団体・事件・地名・名称等とは一切関係ありません。

祝 コミカライズ!!!
©岡村アユム／マッグガーデン
短《みじか》い人生《じんせい》でした…
オイ
よろしくサラ
ネリーだ
ハンターは無理《むり》です…
だろうな
さっき喰われようとしてたしな
ぎゃあああ
私《わたし》は
自分《じぶん》の力《ちから》でいろんなところに行《い》って
いろんなことがしたい!
MFブックス人気シリーズ
『転生少女はまず一歩からはじめたい』のコミカライズが
「MAGCOMI」にて
好評連載中!!!
漫画：岡村アユム
原作シリーズも大好評発売中!!
著：カヤ

特報
人間不信の冒険者たちが
アニメになるようです!!!
鋭意制作進行中!
続報を待て!!
＼原作シリーズ好評発売中!／
人間不信の冒険者たちが世界を救うようです
著:富士伸太
イラスト:黒井ススム

MFブックス
MFブックス新シリーズ発売中!!
お茶屋さんは賢者見習い
A Tea Dealer is An Apprentice Philosopher.
コミカライズ企画進行中
著 巴里の黒猫
イラスト 日下コウ
Story
ある日異世界へ転移してしまったお茶屋さんのリン。
四大精霊の加護を受けた彼女は、
精霊術師ライアンの保護のもと暮らすことになる。
そんなリンは精霊の力と現代知識を活かし、
様々なアイデアで周囲を驚かせ――!?
精霊に愛された賢者見習いの、
異世界暮らしがはじまる!